中国政府出版品国际营销平台精选图书·文学书系　　王昕朋 主编

快乐的日子将会来临

Happy Days Approach

霍　君 著

中国言实出版社

图书在版编目（CIP）数据

快乐的日子将会来临 / 霍君著 . -- 北京 : 中国言
实出版社 , 2021.1
（中国政府出版品国际营销平台精选图书·文学书系 /
王昕朋主编）
ISBN 978-7-5171-3656-9

Ⅰ . ①快… Ⅱ . ①霍… Ⅲ . ①中篇小说—小说集—中
国—当代②短篇小说—小说集—中国—当代 Ⅳ . ① I247.7

中国版本图书馆 CIP 数据核字（2020）第 260527 号

出 版 人　王昕朋
责任编辑　王蕙子
责任校对　代青霞

出版发行　**中国言实出版社**
　　　　　地　址：北京市朝阳区北苑路 180 号加利大厦 5 号楼 105 室
　　　　　邮　编：100101
　　　　　编辑部：北京市海淀区花园路 6 号院 B 座 6 层
　　　　　邮　编：100088
　　　　　电　话：64924853（总编室）64924716（发行部）
　　　　　网　址：www.zgyscbs.cn
　　　　　E-mail：zgyscbs@263.net

经　　销　新华书店
印　　刷　北京中科印刷有限公司
版　　次　2021 年 1 月第 1 版　　2021 年 1 月第 1 次印刷
规　　格　880 毫米 ×1230 毫米　1/32　9.5 印张
字　　数　186 千字
定　　价　58.00 元　　　ISBN 978-7-5171-3656-9

有风骨讲美学接通全球

——"中国政府出版品国际营销平台精选图书·文学书系"总序

王昕朋

  中国言实出版社是国务院研究室主管主办的国家级出版单位，出版定位是：主要出版党和国家重大政策的研究成果以及相关的辅导读物。1995 年成立以来，我们一直坚持这一出版定位，围绕党和国家中心工作开展出版活动，因而，国内外读者很少见到由中国言实出版社出版的文学类图书。但是，近几年文学界对中国言实出版社已不陌生。这源于出版理念的一次变革。习近平总书记在文艺工作座谈会上的重要讲话指出："一部小说，一篇散文，一首诗，一幅画，一张照片，一部电影，一部电视剧，一曲音乐，都能给外国人了解中国提供一个独特的视角，都能以各自的魅力去吸引人、感染人、打动人。"这给了我们启示、启迪，文学也是讲好中国故事、传播中国好声音的重要途径。所以，我们也用心、用功、用力打造文学板块，并将它推向世界。2018 年 8 月，由中国言实出版社出版的李春雷报告文学作品《朋友——习近平与贾大山交往纪事》获第七届鲁迅文学奖，同时入选"丝路书香"出版工程在国外出版，于是文学界发现，中国言实出版社在文学出版领域同样有不俗的表现。中国言实出版社的文学图书品种少而精，中国文学的声音在通过中国言实出版社持续传播到海外，承载着文化和文学信息的《温文尔雅》翻译成英文、日文、俄文、德文、法文、意大利文、西班牙文、葡萄牙文、阿拉伯文等多种语言向全球推介，英文版、中文繁体版荣获第十三届"输出版引进版优秀图书"奖，长篇小说《京西胭脂铺》一举登榜"中国图书世界馆藏影响力图书 20 强"。付秀莹、金仁顺、乔叶、魏微、滕肖澜、叶弥、戴来、阿袁等 8 位"当代中国最具实力女作家"的作品集同时推出，之所以在名称中冠以"中国"二字，是出于对外推介的考量，其中付秀莹、魏微、戴来等人的小说集后来入选"经典中国"项目在美国出版，产生良好反响。

近年来，中国言实出版社加快国际出版步伐，与英、美、日等多家国外出版单位建立战略合作关系，近百名当代中青年作家的作品陆续推介到美国纽约、日本东京、德国法兰克福等多个国际书展，被多个国家的图书馆收藏，图书受到国外图书界关注，连续 6 年入选中国图书世界馆藏影响力百强出版单位。2015 年经财政部批准立项，中国言实出版社建设并主办中国政府出版品国际营销平台，为推动"文化走出去"提供支持。2020 年，有感于体量庞大的中国当代文学无法快捷地被全球关注所带来的传播学遗憾，有感于年度文学选本出版周期较长，有感于众多具有潜力、实力、影响力的青年作家的作品没有很好的对外传播渠道，中国言实出版社整合资源，决定专门为中国政府出版品国际营销平台的文学板块打造出一种比年度选本出版周期短、对当代文学创作反应更为灵敏的季度文学选本。《中国当代文学选本》应运而生，书名由王蒙题写，选稿编委梁鸿鹰、李少君、王干、付秀莹、古耜皆为业内名家行家，所选作品为国内新近发表的文质兼美的力作。作为一种有公信力的季度文学选本，《中国当代文学选本》因"让国外读者快捷阅读当代中国文学精品"的窗口作用，以及"为中国作家走向世界铺筑交流合作桥梁"的桥梁作用，受到作家、汉学家、国内外读者一致好评。《中国当代文学选本》传播中国声音，讲述中国故事，产生良好社会效益。有鉴于此，中国言实出版社决定打造这套"中国政府出版品国际营销平台精选图书·文学书系"。

出版社并不承担培养作家的使命，但是这套"中国政府出版品国际营销平台精选图书·文学书系"的入选作品多是出自青年作家之手，原因在于，我们始终关注着中国当代文学最具活力与实力的鲜活部分，求取风骨与审美的统一，始终在精心遴选极具当代性的中国文学好声音，始终把推动中国当代文学与全球接通作为出版人的责任，这套"中国政府出版品国际营销平台精选图书·文学书系"的入选作家和作品便是如此。有风骨、讲美学，是选取这套丛书的思考维度。"有风骨"是要对民族精神有所反映，要为人民而文学，要关怀民生，帮助读者把无病呻吟、凌空蹈虚的作品以独特筛选眼光来淘汰掉；而"讲美学"是指中国言实出版社遴选书稿时看重作品的文本质量，内容和形式互为表里，是为美。美为作品飞向全世界插上翅膀，中国言实出版社人始终认为，美是全人类可通融的共同语言，有风骨、讲美学才能接通全球，成为文学精品。这些优秀作品里，都跳动着时代的脉搏，展现着当代中国日新月异的面貌，蕴含着深厚的文化自信。出版是文学生产的终端，对于中国言实出版社而言是文学传播的开始。中国言实出版社将始终秉持"好作品主义"，重视名家不薄新人，盘点、整合中国文学资源，积极开展对外译介和推广工作，自觉地将有风骨、讲美学的文学精品作为永不改变的出版追求。

2020 年 12 月

目 录
CONTENTS

五姑娘

1

　　五姑娘对菱花镜仔细瞧，边瞧边唱：只见她头发怎么那么黑，她的梳妆怎么那么秀，两鬓蓬松光溜溜何用桂花油，高挽凤簪不前又不后，有个名儿叫仙人鬏。银丝线串珠凤在鬓边戴，明晃晃走起路来颤悠悠，颤颤悠悠真呀赛金鸡叫的什么乱点头。芙蓉面，眉如远山秀，杏核眼灵性儿透，她的鼻梁骨儿高，镶嵌着樱桃小口……

　　瞅瞅人家张五可，这位五姑娘，长得是有多俊。周围看电影的妇人，吧嗒着嘴儿称赞。我是有多么讨厌这群妇人，她们就像我父亲那台老收音机一样，听着听着就串了台，有了杂音，严重影响了听众的心情。我回转头，将厌弃的小眼神朝着杂音投掷过去，想轰轰烈烈地灭掉它们。然而，眼神在行走的路上发生了意外，被另外一种景象所吸引。

我的同学，我的一个小名叫五丫头的女同学，此时对着屏幕的那张脸，鲜艳得如同熟透的桃子，红扑扑粉嫩嫩。红晕不是天然而成，是由于激动。两颗比夜色的黑还黑的眼珠，滴溜溜地闪烁，发出璀璨的光芒。美若天仙的五姑娘以五丫头乌亮的瞳孔为舞台，慢闪秋波对镜自夸，自叹，自怜。走了一个连环步、收起水袖的五姑娘，忽然就变成了五丫头，五丫头叫了一声"王俊卿，你来得正好"，满目的愤怒和哀怨。五丫头怎么会成了五姑娘？看着看着，五丫头又变回到了五丫头，电影里的五姑娘在五丫头比夜色的黑还黑的眸子里，将一朵定情的红玫瑰送给了情郎哥哥。

2

五丫头排行老五，上边有四个姐姐。四个姐姐都是大饼脸，细眼阔嘴，唯独这五丫头像她们的母亲。据说四个姐姐长得随她们的父亲，是她们父亲的那个人，在五丫头小时候就跟别的女人跑了，再也没有回来过。像了母亲的五丫头，倒也不是承袭了绝色的容颜，非要有一个标尺，大略是中等偏上的样子吧。但是，五丫头的眼睛很是特别，外形大而饱满，内里眼白儿和眼仁儿泾渭分明，白和黑都异乎寻常地纯粹。它们不轻易与谁对视，一旦对视了，对方不是对它们排斥，就是被它们所吸引。

　　说句实话，我有些怕五丫头，就是因为她有这样一双眼睛。五丫头和我同岁，与我在一条街住着，在同一所小学校同一个班上学。仔细地回忆，读小学之前的时光，五丫头给我的印象是非常模糊的。我们不是彼此的玩伴，几乎没有什么交集。她好像不屑于和我们一群小屁孩玩耍，摔泥巴套圈以及爬树摘榆钱。等到上了学，三年级之前，印象也不是十分深刻。那时候的我和我们，是多么忙碌啊，就盼着下课，丢沙包跳房子踢毽子，教室门前被我们折腾得热气腾腾。热闹之外开辟出来的一小片安静，岂能入得了我们的法眼。那片安静空间中的五丫头，究竟在忙些什么，轮廓也不是十分地明朗。直到有一个雨天，课间不能出去疯玩的我们，拥挤在教室里，互相捉拿头上的虱子。

　　嗬，你脑袋上的虱子个头好大。

　　我们顺着惊叫声望过去，见一个女生拇指和食指间捏着一只肥硕的小动物。谁脑袋上养的？五丫头。听说是五丫头，大家都围拢过去，簇拥着她的一颗头，在浓密的发丝间找寻。五丫头的头还真是宝藏，藏着一只又一只肥大的虱子。虽说那时候虱子很常见，但是个头如此大，只数如此多，也算得上一个景观了。我没有去捉五丫头脑袋上的虱子，而是站在一边观望，看着同学兴奋地喊"又一只大个儿的"，心里在想两个问题。第一个问题，五丫头头上爬了这么多大虱子，她不痒么？第二个问题，如果在我头上发现了这么多不雅的小动物，我肯定会难堪的，五丫头会吗？第一个问题我不得而知，第二个问题很快有了答案。在捉虱子同学的尖叫声中，五丫头说了一句话："我就喜欢大虱子。"她的嘴角上扬，做微笑和满足状，为她拥有肥硕的虱子而自豪。这时候已经快十岁的我，已经有了判断能力，我认为五丫头说的不是真心话。尽管她的两颗黑眼仁异常淡定，一点也不慌乱。

忽然，五丫头看了我一眼，幽深幽深的眼睛吓了我一跳，我赶紧将视线挪移到了其他地方。就仿佛头上爬满大虱子的人，不是五丫头，而是我。只这一眼，我心里就放不下了，我开始注意起五丫头来。如今十岁出头的五丫头，尽管安静的特质没有改变，但她的确越来越不一般了。谁说上世纪七八十年代的小朋友保守，不懂得早恋？就说我们班吧，有几个女生同时喜欢上了一个姓王的男生。长得有几分奶油相的王同学，很享受被几个女生在课间追打的过程，在他看来，打你就是喜欢你。实际情况也是这样，贱贱的女生脸上挂着二十斤的愠怒，小拳头砰砰砰地捣在王同学身上，把别人都当成傻子，以为看不出来她的愤怒是伪装的。王同学跳桌子跳板凳，躲闪小贱们的追打时，眼睛时不时地朝着五丫头瞄。坐在课桌后边的五丫头，一如既往地安静着，长长的睫毛盖住幽深幽深的眼睛，并不迎接王同学的眼神。

我承认，我不讨厌王同学，所以才在意王同学被女生追打，在意王同学寻觅五丫头的目光，在意五丫头冷淡王同学的样子。因为把精力大部分放在他们身上，严重影响了我在课间的疯玩。

3

"叫一声王俊卿，你来得正好，顾不得女孩儿家粉面发烧，我的心止不住噗噗突突地乱跳，有句话我要问问你呀……今日里到花园我们见了面，我让你仔仔细细把花瞧。你看看红玫瑰，再看看含羞草……你看看兰花如指，再看看芙蓉如面，看一看我这满园的鲜花美又娇……"

五丫头的记性真是好，大段大段的唱词分毫不差。她把每个课间变成了她的舞台，一边埋头写作业，一边独自哼唱。后来连我们班主任都知道五丫头会唱戏的事情了，就在班会课上，把五丫头请上台，让她给同学们唱上一段。五丫头也不客气，站到讲台上，咿咿呀呀地唱起来。她不光唱，还带了动作，"……走一步凤展翅，走两步彩云飘，五可走了一个连环步，钗环响亮声音高。可笑你小小的书生为花颠倒……"唱到"可笑你小小的书生为花颠倒"时，五丫头柳眉倒竖，杏眼圆睁，兰花指向着讲台下的某个方向翘。那个方向可不是普通的方向，那里坐着王同学。唱完了这句，就结束了。看过电影的我知道，后边好像还有一句唱词，后来知道是"意悬悬眼灼灼你魂散魄消"。也许这句太深奥了，让一个十多岁的女孩记住，有点儿勉强了。

五姑娘不简单。老师笑着做了点评。

连老师都叫五丫头为五姑娘，同学们更是叫得响亮。她扮演五姑娘，本身在家里也是排行老五的五姑娘，叫得特别顺理成章。五姑娘有了，还要有王俊卿来配，那么谁是王俊卿呢，当然是王同学。

按照电影里的情节走，与五姑娘花园相会的并不是王俊卿，而是假冒王俊卿的贾俊英。真的王俊卿，喜欢的是他的表姐李月娥。我的同学版的王俊卿，和电影里的不同，他喜欢的是五姑娘。自从五丫头变成五姑娘，王同学更加热切地喜欢五丫头（以下称五丫头为五姑娘）。女生喜欢男生的方式特别，男生喜欢女生的方式也特别。为了证明自己就是王俊卿，就得先引起五姑娘的注意，如果之前源自女生的追打是被动的，那么现在的王同学就有些主动了。他一主动，暗恋他的几个女生简直疯狂了，恨不得剥了他的皮，吃了他的肉。跳桌子跳板凳过程中，王同学频频朝着五姑娘张望。如果五姑娘低垂的眼帘吧嗒一下挑起来，给他一个不满的眼神，他简直会幸福死呢。王同学的苦心感动了天和地，终于盼来了他要的戏码。低垂的眼帘真的挑起来了，从里边款款释放出来的小女生暗语，轻轻地搔了搔小男生的面庞。登时，小男生面红耳赤了，斥责追打他的几个女生，别逗了！

他确定五姑娘给他的暗语是制止的意思。这让他欢喜万分。制止，是因为在意。他的目的达到了，验证了五姑娘对他这版王俊卿的喜欢，便不再热衷于和其他女生的无聊游戏。正在察言观色的我，也从旁边证实了王同学的感觉。表面上看五姑娘不动声色，并没有因她的一个目光就俘获了王同学而欣喜，但是我看出来了，五姑娘很享受她眼神产生的良好效果，她把得意和骄傲巧妙地掩藏起来了。它们被主人藏到了瞳孔里，然后被长长的睫毛遮盖住。五姑娘也许不会想到，骄傲的瞳孔很是不安分，在有限制的眼眶空间里快乐地旋转。飞扬的痕迹划过遮盖的眼皮儿，泄露了五姑娘内心的得意。十岁的我冷笑了，五姑娘用眼神动了的男人，白送我都不要。

4

我和五姑娘还是有了大面积的交集。

五姑娘——

每天早晨，我都会推着自行车，站在五姑娘家的门口呼唤。听到呼唤的五姑娘先是应答一声，大略一两分钟后，大门被撕开一条缝隙，刚好可以挤出来一个人一辆自行车。然后，我和五姑娘骑上自行车，朝着六七里地以外的学校进发。无论春夏秋冬，都会有这样一个开始，也都会有一个沉默的骑行过程。那个过程需要二十分钟来完成，陪伴每一个二十分钟的，是两个人制造的沉默。偶尔，我们也会说一声今天的天气真热，或者真冷。过于简洁的对话像一把钝器，根本无法割破沉默的坚韧。

我们那条街上只有我和五姑娘在中学读书，在家长的恐吓下，女孩子必须结伴而行，才能安抚他们不安全的心脏。当然，我想说的重点并不是让我痛苦万分的行程，而是在行程中的另外收获。某一天，我一回头，发现在我和五姑娘身后远远地有一条影子。影子和我们保持着相等的速度，相等的距离。我们快，影子就快。我们慢，影子就慢。晴朗的天气，影子在。雨雪天气，影子还在。我和五姑娘是并行的姿态，唯一的好处就是，便于我用眼角的余光观察五姑娘。表面上，五姑娘一如既往地清淡如水，所有秘密一如既往地藏在两颗幽深幽深的黑眼睛里。因为要看前方的路，长长的睫毛不能垂下来，像小学时代那样盖住隐藏的秘密。秘密的光彩就泄露出来，照亮每一段清晨的柏油路。

影子不是别人。王同学打定了主意，要扮演好王俊卿的角色。他是本色的演员，不靠演技有多高超，靠的是诚心恒心，以影子的形式追随着心爱的姑娘。忠诚是需要付出代价的，有一次非常惊险，影子跟着跟着就倒了下去。我和五姑娘在前边，并不能看到后边的情景，听到行人的呼唤，才知道出了事情。原来，影子发高烧，半路上给烧迷糊了。"这个死傻子"，我听见五姑娘骂了一句，幽深幽深的眼睛里流淌出的自豪，汇成了汹涌的瀑布，差点淹没了逼仄的柏油马路。死傻子是一句相当暧昧的话，它让我相信，五姑娘喜欢的就是王俊卿，而不是假冒王俊卿的贾俊英。

王同学的痴心，让五姑娘有理由蔑视她一个又一个的姐姐。中学三年的时光，五姑娘的四个姐姐，先后嫁到了外村。每一个姐姐出嫁的早上，刚好是我站在五姑娘家门口，等候五姑娘的时候。我看着在鞭炮声中，五姑娘的姐姐从洞开的门口走出来，爬上迎接新娘的手扶拖拉机。突突突，突突突，车子颠簸着走远了。五姑娘推着自行车从院子里走出来，不看远去的姐姐，也不看站在门口抹眼泪的母亲。母亲在她身后责怪道，让丫丫（这是我的乳名）帮你请个假，替我端个茶倒个水的，亲戚们都在，咋这不懂事呢。五姑娘没有回头，只嘀咕了一句，您闺女就是烂菜帮子，全让您给处理了。姐姐出嫁的那一个早上，我能感觉出来，五姑娘特别不开心。她眼里藏着的光彩不见了，连前方的路都变得晦暗起来，一点也不明朗。

　　和五姑娘大面积交集的日子，随着中学生涯的结束而结束了。有一个小插曲我想讲出来：毕业前，我们都去拍照片，把照片取回来，大家互相传阅，看谁拍得更好。看着一群女生亢奋的表情，我们的中年男性班主任突然说，三班的五姑娘照片拍得特别好。我们是四班，他当着四班的女生，夸三班的五姑娘。而且，这个老男人夸的时候，表情像煮过火的玉米粥，黏稠得一塌糊涂。后来在照相馆的橱窗里，我看到了五姑娘的照片。它被放大了，添加上了色彩。红唇粉腮更加衬托出两颗眼珠的乌黑与幽深。照相馆在镇子上，紧邻着街道。那是一条全镇最热闹的街道，人来人往，车来车往，颇有川流不息的大家气象。路过橱窗的人都不约而同地做同一件事情，纷纷将目光投向五姑娘的照片。一定是有火苗从两颗幽深幽深的眼睛里窜出来，烫到了行人的目光。被烫到的行人心就乱了，心一乱脚步就跟着乱了。于是出现了车子撞车子、车子撞人、人撞人的交通事故。最悲惨的一桩是，去拉货物的男人，驾着货车爬上了路边的一棵老槐树。没有了呼吸的人，眼睛大大地张开着，迷醉的眼神望向五姑娘的大照片。

5

没有考上高中的五姑娘和王同学，在我读高二那年结婚了。他们的婚结得静悄悄，原因之一是五姑娘未婚先孕了。还有一个原因，男方家里对五姑娘不是很满意，那时的王同学接替父亲的工作，成了某工厂的正式工人。正式工人，而且还是北京郊区的正式工人，这在我们村是多大的一个新闻啊。门当户对比真理还真理，有着尊贵身份的王家，怎能看得上五姑娘的家庭呢。五姑娘嫁进王家的筹码就是肚子里的孩子。作为同学，我去看过一次五姑娘。月子里的五姑娘，正躺在床上给小婴儿喂奶。雪白的乳裸露着，小婴孩的小嘴叼着奶头蠕动。只看了一眼，我便不好意思了，好像那雪白的乳是长在我身上的。五姑娘呢，一边给小婴儿喂奶，一边哼唱她最喜爱的《花为媒》："叫一声王俊卿，你来得正好……"

我确定五姑娘是幸福的，全村人都确定五姑娘是幸福的。在五姑娘的姐妹中，五姑娘不光长得最好，也嫁得最好。五姑娘的母亲，也以嫁得好的五姑娘为荣耀，周日回家经过五姑娘娘家门口时，我听见五姑娘母亲在骂五姑娘的姐姐。"就知道跑回来哭，这一个个的，都像五丫头似的，我得多省心。死废物，连个男人都管不了。"被骂得急了，五姑娘的姐姐就回嘴，废物还不是随您，您有本事，我爸咋跟人跑了呢。院子里硝烟弥漫，战事不断升级，你发射一枚火箭弹，我有导弹回应。战争中，五姑娘母亲脑后盘绕的发髻，呼啦啦地松散开来，花白的发丝愤怒地摇曳。

日子就这样缓缓地流动，五姑娘渐渐淡出了我的生活，我以为属于她的绚丽可以告一段落了。再听到关于五姑娘的消息，就是我大二那年的寒假了。拖着行李箱兴冲冲回家的我，老远就听到有吵闹声从五姑娘娘家传出来，看来五姑娘的姐姐们和五姑娘母亲之间的博弈，已经成了一种日常的存在。行至门口，我才发觉自己的判断有误。原来是一个陌生的妇人在嚎啕，由于太过粗糙和沧桑，我看不出妇人的实际年龄来。像三十多岁，又像是四十多岁。奇怪的是，妇人身后还拖着三个敦实的男孩子，大的十来岁，最小的四五岁的模样。他们不发声，只让泪水和鼻涕糊了满脸。

让你闺女把男人还给我，求求你了——妇人死死地抱着五姑娘母亲的大腿。五姑娘母亲满眼的厌弃，你要是有本事，就把你男人夺回来，夺不回来，就跟我似的，认命吧。说着说着，五姑娘母亲也嚎啕起来，比抱着她的妇人哭得更响亮。直哭得天地动容，唰唰地飘起雪花来。直哭得抱着她的妇人，反过来安慰，老大姐，没想到你和我一样命苦哇。同命相邻的女人，是惺惺相惜的，最终妇人选择了主动离去，领着三个儿子，步履蹒跚地出了五姑娘娘家的大门。边走边流泪，口中含糊不清地嘀咕着什么。妇人的大儿子脱下头上的棉帽子，戴在妇人头上，为妇人遮挡雪花的冰冷。并且恨恨地说了一句，妈，别哭了，等我长大了给你报仇！

原来，五姑娘抢了妇人的男人，三个男孩的爸爸。男人也姓王，外村一个杀猪的屠户。据说，王屠户去城里卖肉，碰到去城里赶集的五姑娘。无意中，五姑娘幽深幽深的黑眼睛，和王屠户有了一个对视。这一对视可是要了王屠户的命，从此，王屠户深陷幽深的魅惑之中，无法自拔。终于，在初冬的夜晚，他寻到了五姑娘的门前。五姑娘的男人，也就是王同学，因为工作单位在北京郊区，十天半月才能回一趟家。王屠户远远不像王同学那般的斯文，他凭借着一身的力气，翻墙进了五姑娘的院子。王屠户可不是空手而去，身上是带了礼物的。还未等五姑娘驱逐他，就从身上抽出来明晃晃的杀猪刀，将刀横在脖子上，说五姑娘要是不接受他，就死在五姑娘眼前。王屠户的这一招没有吓到五姑娘，而是征服了五姑娘。看着粗糙的男人，竟然要为心爱的女人殉情，有几个女人招架得住呢。更何况，那人的勇猛还表现在床上。连街坊都听到了夜里五姑娘家里床的鸣唱声，人还纳罕，那张床一向低调，怎就突然张扬起来了，难道男主人改变风格了吗。

据说，邻居转天才知道，男主人根本就没有回来。一个邻居知道了五姑娘在偷别的男人，就等于全村人都知道五姑娘偷了别的男人。当然，没有人告诉五姑娘的婆家人。大家在围观一场戏，想看看剧情如何进展，如何结局。又据说，是五姑娘的公公婆婆亲自发现了问题，半夜里孩子病了哭闹着找妈妈，公公婆婆去敲五姑娘的门，却发现镜子面似的雪地上，有两串男性的大脚印。它们从远方而来，心里掩藏的秘密，还来不及被新鲜的雪片覆盖住。王同学赶了回来，在父母面前替五姑娘求情，说只要五姑娘改好了，就原谅她一次。王同学父母亲悲恸，怒打王同学，天下的女人死绝了不成吗？导致这段婚姻解体的原因是，五姑娘并不领王同学的情，执意不认错。

离了婚的五姑娘去了城里，从小村庄里消失了。王屠户为了五姑娘，抛下三个儿子和老婆，在城里租了房子，过起了有爱情滋养的幸福生活。王同学呢，再也没有回来过。父母和孩子想念王同学了，就坐着班车去北京郊区看王同学。再后来，王同学有了足够的购买能力，就在北京郊区买了房子，将父母孩子接了过去。对这样的结局，村里人并不是很满意，他们觉得王同学太窝囊了，应该好好地收拾一顿五姑娘，打她个腿折胳膊烂。

6

N多年后，我在城里一所中学做老师。我清楚地记得，是一个周六，我们一家三口去逛街。逛着逛着，人流忽然疯狂地朝着一个广场涌动，说那里有什么犯人游街。在好奇心理的驱使下，我们三口也汇入了看热闹的人群里。果真看到了犯人，他们垂首立在车厢上，被荷枪实弹的警察押着。其中，有一个罪犯非常特别，他不像其他人一样，将一颗罪恶的头深深地勾着，而是挺胸抬头，目视着远方。就有声音在身边发出来，犯罪了，还牛逼了呗。一只大喇叭响起来，喇叭里的声音逐个念罪犯的名字，以及他们所犯的罪行。这时，我听到了王屠户的名字。它在一堆名字里，被我的耳朵敏感地分拣出来。我没有见过王屠户，但他的名字是印在心里的，就因为这个名字和五姑娘密切相关。我不得不承认，尽管我不是很喜欢五姑娘，但是却如此地在意她。也许，是另外一个王屠户也说不定，毕竟名字相同的人太多了。

大喇叭里说，王屠户是犯了故意杀人罪。多么大的仇恨，要故意杀人啊。哪个是王屠户，哪个是？人群里嗡嗡嘤嘤。"我就是王屠户，谁让他骚扰我媳妇！"挺胸抬头的那个罪犯，突然咆哮起来。身边两个全副武装的人民警察将王屠户的头死死地按压下去。王屠户又来一个惊人之举，粗拉拉的嗓子尖细着模仿女腔，唱起评剧段子——叫一声王俊卿你来得正好，顾不得女孩家粉面发烧……那一刻，我验证了自己的感觉，他就是五姑娘的第二个王俊卿。

这一个王俊卿走得有些惨烈。

7

央视有一个娱乐节目叫《向着幸福出发》，我看过几期，感觉还不错，就记住了这个名字。很少看本地电视台的我，某一天晚上让手里的遥控器牵引着，居然有了惊奇地发现。我要说的不是我们本地电视台的复制能力有多么强，把人家的《向着幸福出发》模式几乎照搬了过来，而是我在节目上见证了一段美妙的姐弟恋。二十多岁的小男生，在主持人的引导下讲述自己的爱情故事。小男生的外形很容易让人联想到他的职业，漂染过的头发，五彩斑斓。一个理发师，被顾客多看了一看，从此不可救药地爱上了顾客。他上这个节目的目的，就是想借助电视平台，来表达内心的感动。感谢美好的相遇，感谢她给他爱她的机会。几个回合下来，我弄清楚小男生姓王，因了是理发师，可以叫他王师傅。

是的，又是王俊卿的那个王。

讲述完了爱情故事，接下来该女主角上场了。说句实话，节目做得真是不咋地，偷人家的模式，做不出来人家的效果。背景设计缺乏新意，主持人问话也很二逼。我想，让我没有调台的理由有两个：其一，小鲜肉王师傅的"王"姓，是我的敏感姓。其二，对女主角有所期待，我想看一看是什么样的眼睛，堪比当年的五姑娘，多看了一下就制造出缠绵的故事来。女主角上台了，在落座前转过身来，面对着镜头了。那一瞬间，我另一只手握着的玻璃杯，由于受到惊吓，差点没香消玉殒。杯子里的水大部分都泼洒出来，打湿了我的衣襟。

女主角是五姑娘。人至中年的五姑娘。

岁月将对她的磨损转化成一份优雅，优雅的坐姿，优雅的交谈，优雅的笑容。笑容浮现时，人就弄不清楚，究竟是她的嘴巴在说话，还是幽深幽深的眼睛在说话。看得出来，小她十多岁的小男人对她的滋养是丰润的。明明她享受了他的滋养，他却要来感谢她，真是长知识。后来又上来一个人，这个人也是小鲜肉王师傅要感谢的。发如雪的老太太颤颤上台来，我一眼就认出来，老太太是五姑娘的母亲。小鲜肉王师傅赶紧颠儿颠儿地小跑着过去，将老太太扶到演播室的椅子上坐下来后，又做了一个感人的肢体动作，把老人一双苍老的手亲切地埋在他的掌心里。"妈，谢谢您给我养育了这么好的爱人。"接下来会发生什么？老太太会满眼慈爱地送上对女儿和小女婿的祝福？这样才合情合理，也一定是彩排操练过的模式。然而，现场发生了反转，老太太从小女婿的掌心里抽出自己的一副老手，手腕来一个旋转，就牢牢地捉住了小女婿的手。捉住了并不罢休，还激烈地摇动，把两只干瘪的眼睛都摇得湿润了。只听白发如雪的老人在哀求，求求你，千万别不要我闺女，不许嫌她岁数大噢……这两句话颠来倒去地说。节目再录下去就尴尬了，主持人发挥了作用，及时请老太太下去休息。

　　秀完了神奇的爱情故事，节目的最后，在主持人的邀请下，五姑娘唱了一段拿手的"叫一声王俊卿你来得正好"。弦子响起来，五姑娘展歌喉，"……今日里到花园我们见了面，我让你仔仔细细把花瞧。你看看红玫瑰，再看看含羞草。你看看兰花如指，再看看芙蓉如面，看一看我这满园的鲜花美又娇"。唱到高潮部分"走一步凤展翅，走两步彩云飘，五可走了一个连环步，钗环响亮声音高。可笑你小小的书生为花颠倒，意悬悬眼灼灼你魂散魄消"，我注意到，五姑娘把曾经缺失的"意悬悬眼灼灼你魂散魄消"补齐了。词是戏里的词，调是戏里的调，改变了的是情绪。想当初，五姑娘站在我们班的讲台前，情绪和兰花指是多么悲愤。此一时呢，为爱情痴醉的小鲜肉，一定没有过王同学假借和其他女生跳桌子跳板凳，来考验五姑娘的劣迹。所以五姑娘即使在戏里，也悲愤不起来了。指向王俊卿的兰花指，指尖燃烧着幸福的火焰。

情绪一点没受老母亲的影响。

8

两年后。2017年的春天。

听朋友介绍说，某个成功人士在我们这座城市开了一所女人堂，专门给在情场和婚姻中失败的女性做培训与辅导，如何魅力永存，让男人死心塌地，目不旁视。犹疑了再三，我决定去看看，说不定真的会有所收获，挽救亮起红灯的婚姻。

我携带着中年人的悲哀，走进盛满女性的课堂。课堂里女性的年龄结构非常丰富，如同路边的绿化带，既有草花植被，又有高大健壮的乔木，个中还夹杂着衰败的灌木丛。层次真是分明得很，一目了然。说不定这里就有我学生的家长，如果被认出来是非常尴尬的事情。于是，我挑了一个不起眼的位置，将身子塞进最后一排的空位里。然后，两只眼睛寻找头颅与头颅的缝隙，以便让视线顺畅地抵达讲台。

老师来了！随着人小声的议论，讲课的老师款款而来。天，我是不是眼睛花掉了，讲台上站着的人怎么这么像五姑娘。我伸出指头抠了抠眼睛，将障碍物全部清理干净再看，还是像五姑娘。什么像，根本就是。那副可以申请专利的幽深幽深的眼睛，无论你七十七八十八还是九十九，哪个女人能拥有？她开口说话了，我特意侧着耳朵来听，声音分明也是五姑娘的。五姑娘竟然成了讲师，这也太乌龙了吧。此刻的她，应该在她小男人的理发店里才对。悠闲地坐在收费的吧台后边，用翘着兰花指的手，轻轻地捻动一张张大面值的纸币。虽然这样的场面有些庸俗，烟火气息过重，但符合五姑娘和王俊卿现实生活中的身份。

讲台上的五姑娘是侃侃而谈的五姑娘，褪去了保留几十年的矜持。她在这里讲课，她的王俊卿呢？她不在身边守着，王俊卿万一和别人去花园相会了呢？也许……我做了一个大胆的猜测，说不定她和这个第三任王俊卿之间出了问题。对五姑娘而言，所有的王俊卿都只是过客。因为，真正爱五姑娘的，是假冒王俊卿的贾俊英。真实的情况究竟是怎样的呢？我的五姑娘，尽管永远不会贴心，却是让我永远牵肠挂肚的人儿啊。

"姐妹们，今天的课就上到这里，下次再见！"

怎么，一节课就这样结束了吗？她讲了什么，我一个字都没有听进去。我眼睁睁地看着五姑娘微笑道别，转身，朝着教室前边左侧的门口走去。猛然，我从座位上站了起来，朗声说道：

五姑娘，慢走，我想代表姐妹们邀请你唱一段评剧《花为媒》里边的"叫一声王俊卿"这段戏。

听说授课老师会唱戏，教室里登时响起热情的掌声。五姑娘止了步子，回转身来，幽深幽深的目光，在丛林般的头颅上掠过，和我的眼神对接。我迎住五姑娘的审视，看她如何发落我提出的请求。五姑娘面部的微笑更深了，操着清亮中夹杂浅浅疲惫的嗓音回我——

不好意思，我不是什么五姑娘，也不喜欢评剧，您说的段子从来没有听过。

我的父亲是陈世美

1

　　我最害怕填一种表格，上边有一个栏儿，让你写下父亲的名字。那一时刻，我的心情是极其绝望的，多么想从表格身边逃走，逃出教室，逃出学校，逃到一个不用填表格、没有人知道我父亲名字的地方。我的那些同学真是讨厌，往往会做出在我伤口上撒盐的事情，在老师催着我赶紧交表格的时候，他们大声向老师汇报，老师，他爸爸叫陈世美。

　　怪不得你叫东哥呢，原来你是陈世美的儿子。女老师笑得肥肉乱颤，眼泪都流出来了。同学们也都热情地配合着老师，一个个笑得哎哟直叫肚子疼，就差滚到了地上。学生生活是多么枯燥，好容易制造了一个滋润的机会，每个人都牢牢地抓住，使出吃奶的气力把它放大，再放大。笑声夹杂着跺脚声，在尘土的裹挟下，朝着我汹涌地扑过来。于我而言，它们就是黏稠的耻辱，一层一层地涂抹在我的心灵上。

我想大声喊，我爸不叫陈世美，你爸才是陈世美！不光喊，还用手准确地指着某个具体的同学，那个同学一定是笑得最投入的。然而我没有喊出来，虽然我现实中的爸爸是不叫陈世美，可我户口本上的爸爸的确叫陈世美。表格上父亲的名字，就得填户口本上的陈世美。这怪谁呢，归根结底，让我和妹妹蒙羞的，是我的母亲。是的，是我的母亲。我的母亲认定了我父亲是陈世美，认定我父亲是陈世美的母亲，有着她自己的一套逻辑。她从多个方面来向世人证明，我的父亲不是别人，就是陈世美。首先，她给我和妹妹取名东哥和春妹。母亲总是特别主动地把我和妹妹介绍给别人，这是东哥，这是春妹。如果我和妹妹不在一起，母亲单独介绍我们的名字或许不能引起大家的注意。但当东哥和春妹组合在一起时，就别有深意了。哈哈，东哥，春妹，东……哥，春……妹，他们爸爸不会叫陈世美吧？就是，就是，他们爸爸就是陈世美。我母亲忙着应和，披着一脸的委屈和仇恨。

因此，我和妹妹从小就知道，我们的名字是多么与众不同，它们承载了很沉重的东西。而这些东西，是那时的我们所不能理解的。几岁的小孩子，只是模模糊糊地意识到，那不是什么好名字。走在街上时，村里的大人们看见我们，会模仿评剧的腔调，把我们两个的名字唱出来：东哥，春妹……每每这个时候，我就会拉着妹妹的手，快速地离开人的视线。妹妹无数次问我，哥哥，他们为啥唱我们啊。尚且不能解释的我，就恶声告诉妹妹，唱咱们的都是坏人。妹妹就记住了我的话。有一回，我和妹妹去村里的小卖店买盐，又碰上有人唱我们的名字。气愤的妹妹就拿了盐颗粒投掷人家，边投掷边骂，你是坏人。唱我们名字的大人笑得东倒西歪的，呦呵，小春妹够厉害的。结果，到了家里，母亲见所剩不多的盐颗粒，好生把我打了一顿，边打还边说，你们就是东哥春妹，还怕人家唱，有本事别托生成陈世美的儿子。明明扔盐颗粒的是妹妹，我却成了替罪羊。母亲抽打我屁股的时候，正在烧火的最小的姑姑，拎着烧火棍子扒住门框探望屋里的情况。我不哭，一声都不哭。两粒小眼珠盯着小姑姑手里的烧火棍子，恨恨地对母亲说，有本事用棍子打我啊，打死我啊。在我的激将下，母亲抽打得越发起劲，边抽打边咒骂，让你犟嘴，我打死你个陈世美的儿子。我还是不哭，更加凶狠地盯着小姑姑手里的烧火棍子。

　　哇——春妹再也憋不住，吓得玩命地哭。母亲终于也累了，坐在炕沿上吧嗒吧嗒地掉眼泪。我不知道母亲为什么掉眼泪，是心疼我，还是因为别的。我理解不了她，她是如此执拗的一个人。我和妹妹生下来，就叫东哥春妹。父亲不是，他有着另外的名字。听说我还没有出生，母亲就开始管父亲叫陈世美。为了证明父亲是货真价实的陈世美，母亲不满足只是口头管父亲叫陈世美，她要从根儿上给父亲贴上陈世美的标签。母亲揣着家里的户口本，找到村里，又从村里找到乡里，要求更改父亲的名字。结果是，户口本原封不动地被母亲揣回来。母亲不达目的不罢休，开始了漫长的更改名字的道路。不论是村里，还是乡里，都认为母亲的要求是毫无道理的，没人支持我母亲的诉求。就算母亲诉求是合理的，也要我父亲同意才行。母亲才不相信父亲会同意，把他自己变更成陈世美，所以母亲根本就不用和父亲商量。政府不是不同意么，母亲有的是办法。

我父亲一共兄妹九个，父亲是长兄，下边有八个弟弟妹妹。我爷爷奶奶在我母亲嫁给我父亲前，已经先后过世了，我的八个从十七八岁到三四岁不等的姑姑和叔叔，生活都由我母亲来照顾。我母亲可以选择罢工，只是简单地放弃一日三餐，我们家里就会乱套。家里一乱套，父亲就有可能向母亲妥协，主动配合母亲去更改名字。这不过是一种假设，事实上，我的母亲根本就不会罢工。我的父亲也不可能向母亲妥协什么，或者不妥协什么，母亲的一切行动他都不参与。母亲用很长时间来更改父亲的名字，父亲从来没有阻拦过。母亲一定相信，她不求着父亲的帮忙也会把这件事办妥当，所以才不畏惧艰难险阻，一往直前。

几个月后的一天，在快该吃午饭的饭点儿上，母亲将刚刚满月的我用两个连体大枕头压在炕上，领着一串儿父亲的弟弟妹妹，也就是母亲的小姑子和小叔子们，趁着我父亲到外村出诊的空当，浩浩荡荡地去了村长家里。村长不给开证明，浩大的队伍就在村长家里吃喝。村长和村长媳妇躲出去了，也难不倒我的母亲。母亲撸起袖子，到处翻腾，找到村长家盛白面的缸，弄了大半盆子和面烙饼。她一边和面，一边给我的姑姑和叔叔们分工，抱柴火的，烧火的，到窗户下的鸡窝里掏鸡蛋的。那时候，最好吃的饭也就是烙饼炒鸡蛋了。每家的白面很是有限，只有逢年过节来客人才舍得吃，鸡屁股里的蛋更是攒着卖几个钱花，不忍心往自家的几张嘴巴里送。这家伙，我的姑姑和叔叔们可是解了馋了，叮叮当当地大吃一顿。这顿吃了下顿就没有了，几个还不懂事的姑姑和叔叔眼珠子瞪圆了，可着劲地吃，撑得直翻白眼儿。我母亲眼睛在桌子上的小姑和小叔身上，耳朵却听着外面的动静。

果然，村长一家沉不住气了。村长女人坐在家门口号啕大哭，大骂村长无能，跟着他没享福，家都快给败光了，老婆孩子眼看着就要喝西北风了。如此一来，村长也真是无法镇定下去了。其实，要是村里其他的人给村长摆上这一道，村长早就翻儿了。村长倒不是多么怕我的母亲，而是在意我母亲身后的那个沉默男人，也就是我的父亲。如果不是我父亲，而是换作别家的什么男人，村长早就找上门，让男人好好管管自己的女人了。你管不了？那好，证明我给开，别说改成陈世美，就是西门庆也是无所谓的。偏偏是我父亲，凭着在村里村外的威望，任谁都要敬着三分。但我母亲这一招，打破了村长的底线，他去找了我父亲。

改吧，由着她。我父亲这样回复村长，然后寻找家里的面缸，准备赔偿村长家里的损失。

就这样，一场持久战，我母亲胜利了。胜利后的母亲拿着户口本，一家一家地展示，让人看陈世美三个字。遇到不识字的老人，她就给人家念，陈——世——美，就是戏里的那个陈世美。往后，大家都叫他陈世美，记住了啊。家里有人来找我父亲，母亲总是大声吆喝，是来找陈世美的吗？让我母亲生气的是，村里村外的除了她自己，没有一个人管我父亲叫陈世美。至少，没有人肯当着我父亲的面唤他作陈世美的。谁家有了病号，偏赶上父亲不在家里，病号家属就到村大队部，让大队部的人帮着喊喊我父亲。从大喇叭里出来的名字也不是陈世美。这一点让我母亲很长火，明明是陈世美，大家却合起火来和她过不去，偏偏不承认陈世美是陈世美。

2

　　我父亲跟别人的父亲不太一样。别人的父亲都要到生产队干活挣工分，为了养家糊口，为了每天挣到十分，那些父亲们早早就累得驼了背。而我的父亲不是，他不用干那些粗糙的庄稼活，每天用他那辆漂亮的飞鸽牌自行车驮着诊包行走乡里，为乡亲们去病除灾，也一样挣十个工分。还有，他也不像别的父亲那样，不把男女生殖器挂在嘴巴上，就不能开口说话。父亲不挂，他的嘴巴干干净净的，一点都不脏。这样一个父亲和母亲在一起，就有了差异性，母亲就略略显得粗糙了些。我母亲长相没有什么特点，乍一看上去，人不会记住她的五官，记住的是她的强健。要是夏天穿个短袖,露在外边的胳膊上是一块一块的腱子肉,一看就有把子力气。母亲之所以能和我父亲成了一家子,身上这把子力气起到了决定性的作用。

我爷爷和我奶奶都属于英年早逝的,四十来岁就都双双归西了。我爷爷先去世,一个简单的肚子疼就要了我爷爷的命。肚子疼不是病,有泡屎没拉净,我爷爷坚持不去医院。眼看着我爷爷疼得满炕翻滚,我奶奶大着肚子找到队长,队长给派了一辆马车,拉着我爷爷去城里的医院。结果在路上我爷爷就咽气了。后来才知道,我爷爷得的不是普通肚子疼病,而是急性阑尾炎。我奶奶生下了我最小的姑姑,一个人带着九个孩子过日子,到了年底决算,工分不够,要给生产队补贴粮食款儿。否则,一家人的吃粮就成了大问题。队长看我奶奶带着一堆孩子可怜,就破天荒地给我奶奶记十分的工分,家里勉强能参加劳动的,也就是我二叔和三叔,还没有长成人的半大小子,生产队每天给五分就是感恩戴德了。

中间的几个姑姑和叔叔实在不能拿工分,都分散在小学校不同的年级里,下了学做饭的做饭,给猪和鸡鸭去地里采草的采草。十岁的大姑姑和二姑姑是双胞胎,二姑姑烧火,大姑姑贴玉米饼子。大铁锅里煮着一锅的高粱饭,玉米饼子要贴在锅沿儿上。大姑姑胳膊短,手上的玉米面够不到里边的锅沿儿,就爬到锅台上,蹲在上边贴饼子。贴着贴着,两个姑姑吵了起来,而且吵得非常凶。如果二姑姑知道沸腾的高粱饭的厉害,她说什么也不会伸手去推大姑姑的。不知道后果的二姑姑,一气之下就推了大姑姑。蹲在锅台上的大姑姑就失去了平衡，双臂出于保护自己，本能地作出了巨大牺牲。二姑姑被突发事件吓到了，没有去拉大姑姑，而是选择了逃跑。从此，我大姑姑无论多么热的天气，再也没有穿过短袖衣服。

不够上学年龄的几个姑姑和叔叔，稍大的照看稍小的，背着抱着拖着，不管用啥方法，能活着就行。最小的姑姑只有几个月大，一天一天地躺在炕上，身上压着沉重的连体大枕头，爬不动挪不动，摔不到地上。至于渴了饿了拉了尿了，嗓子哭破了是常有的。听说，小姑姑一直这样躺到一岁多，把连体大枕头搬掉，就满炕地跑了。即使家里这种情况，我奶奶也没有拖我父亲的后腿，让他回生产队挣工分。我父亲读完了中学，作为有文化的人被村推荐到上边进修学医。在学习期间，村里只给记五分。我爷爷的死对我奶奶触动特别大，所以再苦再累，我奶奶也支持我父亲去学习。

学成回乡的父亲成了一名村医，每天可以拿十个工分，那可是壮劳力才能拿到的。而且，和壮劳力不同的是，我父亲从事的是一份体面的工作。非常不幸的是，就在我奶奶刚刚看到黎明前的一丝曙光时，自己却病倒了。我奶奶的病超出了我父亲诊治的能力范围。也就是说，我奶奶得了一种特别不好的病。我奶奶日渐消瘦，精神头每况愈下。自知时日不多的我奶奶，有一桩沉重的心事未了，岂能安心地撒手西去。她要在自己咽下最后一口气之前，为我父亲寻得一门亲事，好照料遗下的众多儿女，便托了媒人到处去寻觅好姑娘。我父亲已经不是一个普通的农民，按理说娶媳妇是不用发愁的。唯一的缺陷是，他众多的弟妹可能会牵连到他的幸福。即使这样，出众的父亲也不致于打光棍儿。知道我父亲这块砝码重量的我奶奶，给长子选择未来媳妇的条件很是苛刻。这个女人，肩膀上要有力量，能挑得起一家子的重担才可。我奶奶把重担具象化，她在麻包里装砖头，装得够了一百斤，把口袋嘴儿扎起来，然后让儿子们把装着砖头的口袋搬到屋子里。大家谁也不明白我奶奶的用意，只得照着我奶奶的意愿做了。日子不多的人了，能顺就顺着吧。但是，大家都在观望，想看看我奶奶究竟要唱哪出戏。

我奶奶的确编了一出好看的戏码，虽然没有锣鼓家什配合，却也演得精彩纷呈，包袱儿不断。被病痛折磨得过早衰败的身子倚在被窝垛上，两片眼皮努力地撑开，让黯淡的视线艰涩地爬出来，检验刚刚被媒婆领进来的女子。那女子腰围至少二尺六，大胸脯，大眼珠，见我奶奶用目光示意她，女子便拘谨地走向地上立着的大麻包。她用双臂死死地箍住麻包，然后浑身的力量往双臂运行，勉强让麻包离开了地皮儿，早就脸红脖子粗。两秒钟不过，气力便断了，麻包轰然落地，里边的砖头砸到了脚趾。哎哟喂。女子又是疼，又是羞。至此，我父亲才明白我奶奶的用意，原来是在拿砖头做标尺，来给他选媳妇。

停止吧。

父亲命令我奶奶。他生气了，而且很生气。哎哟……我奶奶吐了一口浑浊的废气，老大，你得让我死得安心，是吧？这一大家子，不得找个能干的？一般的人玩不转哪。我奶奶说完了，累得拼了命地捯气儿，眼仁儿上翻。我父亲被吓到了，收敛了自己的火气，平心静气地告诉我奶奶：

我心里有人了。

我奶奶一个震颤，眼仁儿复位，气息也平稳了，回我父亲：

能抱得动这个袋子吗？

不能——我父亲答。

不能就得听我的——我奶的眼仁儿又开始上吊，嘴巴张得大大的，嗷嗷地喘息。地上不光有麻袋里的砖头，还有叔叔和姑姑们。他们站了一地，被我奶奶的状态吓到了，妈呀妈呀的哭声一片。

我奶奶的生命力很顽强，再一次艰难地复苏了。她还没有找到替代她照料众多儿女的儿媳妇，怎么会舍得走呢。然而，找未来儿媳妇的路并不顺利，坎坎坷坷。尽管我父亲很诱人，但父亲现实的家庭，尤其是我奶奶的硬性条件，让大姑娘们着实望而生畏了。我奶奶不死，守着最后一口气，靠在墙角的被垛上，努力聚拢起涣散的眼神，等着奇迹的发生。

3

等我母亲闯进来时，我奶奶已经在穿寿衣了。

我奶奶的顽强终于没有抵挡得住病痛的进攻，生命力一丝儿一丝儿地弱下去。乡间有个不成文的规定，人不能等着咽气再穿寿衣，要趁着胳膊腿还柔软时穿戴停当，然后众亲朋围在身边，矜着各种情绪，等着人咽下最后一口气儿。我奶奶一定想拒绝穿寿衣，两颗眼仁儿艰涩地在眼皮底下颤动了一下，它们大概想把眼皮撑开，来传递她的反对意见。但只是颤动了一下，眼皮又沉寂了。蜘蛛丝儿般的一口气儿在喉间含着，一毫米一毫米地往外输送。家族的女人们已经酝酿好了泪水，就等着喷薄而出的悲壮时刻。忽然，我奶奶的两片眼皮，吧嗒一声打开了，露出明亮的光芒来。她清脆地说，来了。

话音刚落，蹭蹭进来一个陌生年轻女子。这女子中等偏下的个头，体形略胖，无论从哪个角度看，都不会超越普通的范围。她一撸袖子，就不普通了。胳膊都是肌肉疙瘩，小山包似的排列着，一看就有劲儿。那女子并不说话，砰的一下子，双手薅住麻袋嘴儿，腕子上一较劲，麻袋就举了起来。腰身往下一坐，手臂往上托，麻袋就过了头顶。女子圆圆的脸蛋儿憋得通红，她就那么保持着托举的姿势，目光炯炯地看着我奶奶，等着我奶奶绽开满意的笑容。奇迹发生了，笑容如上帝派来的天使，美美地开在我奶奶的眼角眉梢。在我奶奶美美的微笑中，女子稳稳地放下麻包，打开肩上背的包袱，从里边拿出来自己做的鞋子，将鞋底鞋帮全方面地展示给奶奶看。鞋帮的针脚好匀称，每个针脚之间都是等距离，多了一毫米则显得拥挤，少了一毫米会感到稀疏。鞋底儿是一朵一朵的梅花组成，素白素白的花朵，安静地守候在枝头，只等一场风事，便会落英缤纷。好巧的一双手，看得奶奶笑意渐渐加深，马上就要进入到大笑状态了，笑容戛然而止，灿烂地凝固在奶奶欲打开的嘴角上。

铺天盖地的悲痛席卷而来。只有我不到三岁的最小的小姑姑不懂得死亡的含义，鼻子底下拖着两串鼻涕的她，茫然地看着大家，她不明白发生了什么，让大家集体痛苦。当人把穿好衣服的奶奶抬上门板、蒙上青色单子时，我最小的小姑姑才哭闹起来。怎么能把妈妈盖上呢，盖上就找不到妈妈了。这个很少享受到母爱的孩子，是多么惧怕看不见妈妈啊。见没有人在意自己的反抗和惊恐的哭声，最小的小姑姑扑上去，想要掀我奶奶身上的遮盖物。这时，一副有力的臂膀，将小姑姑捡拾起来。这一捡拾，就再也没有放下。

年轻的女子在奶奶发丧期间，主动承担起了照顾年幼的叔叔和姑姑们的义务。这个年轻的女子就是后来成为我母亲的那个人。我母亲的故事很感人，因此在乡间广为传颂。最感人的就是我奶奶出殡前的一个晚上。村里人过世，从咽气到出殡要在家里停放三天，在三天时间里，接受众亲朋的吊唁，完成繁杂的规矩和程序。往往会惊动大半个村子的人。白天，最小的小姑姑被各种热闹吸引着，暂时转移了寻找我奶奶的注意力，那女子以家人的身份里里外外地跟着忙乎，安顿我众多的叔叔和姑姑。最小的姑姑只有不到三岁，还不太懂得死亡的年纪，很容易就相信了大人的善意谎言，懵懵懂懂地被眼前热烈的悲痛氛围吸引着，平稳地度过两天两夜。第三个夜晚，当母性气味没有穿越大人的谎言时，我最小的小姑姑发飙了，哭到浑身抽搐，几次背过气儿去。这时候，我母亲做了一个伟大的举动。

她撩起自己的衣服，露出粉红色的乳头，塞进最小的小姑姑嘴巴里。母性的乳，魅惑了婴儿期的小姑姑，这种魅惑伸出触角，一直延伸到她的幼儿期。当它们突然出现在她眼前，小姑姑立即就嗅出了里边蕴涵的母性味道。这是她最缺失的，也是她最期盼的，岂能错过。最小的小姑姑叼着乳头，用略显狐疑的目光看着我母亲。我母亲朝着小姑姑点点头，小姑姑的舌头便坚定了许多，慢慢地蠕动起来。刚开始的几下蠕动是生疏的，但很快便熟练起来。娴熟的蠕动渐渐平复了小女孩内心的惊恐，一会儿的工夫，最小的小姑姑闭拢了眼睛，安静地睡着了。舌头继续蠕动，只是蠕动的节奏渐渐地缓慢了。每蠕动一下，睫毛上沾染的泪珠儿就轻轻地震颤一下。每一个震颤都牵着我母亲的心，看着看着，我母亲的泪水就流了下来。好像她怀里的，根本就是她自己的孩子。灵前的长明灯突突地跳动着，仿佛在跳着欢乐的舞蹈。它莫不是我奶奶的化身，看到了眼前的一幕，在表达她的欢乐？

　　我父亲盯着欢乐的灯光，长久地不眨一次眼。他不敢眨，一眨，眼里饱满的绝望就会滚落下来。这样的时刻，无论我父亲怎样的绝望，都是合情合理的。尚未婚配的年纪，就经历了双亲的离别，还即将背负起超出想象的沉重生活，搁谁也是绝望的。然而，没有人会知道，父亲的绝望还有着另外一层意思。或许，之前他有一丝力量来拒绝这份绝望。可是，当他看到我最小的小姑姑含着我母亲的乳头，进入到沉静的睡眠时，仅存的那一丝拒绝力量逃遁了。这个女子，即将和他发生紧密的关系么，她怎么就擅自闯进他的生活了呢？长明灯腰肢摇摆，摇啊摇，摆啊摆，灯芯里出现一个清晰的镜像，镜像里竟然是我父亲要的那个答案。

是我母亲的那个女子站在镜像里。她正站在村里的十字路口，左右环顾，一脸的茫然。她来村里走亲戚，因为平时走动得不多，对亲戚家的路线有些生疏。所以，她准备问路了。正在这时，背着诊包匆匆而过的男子经过了她。我母亲想拦住男子问路，可是见到男子的刹那惊愕住了。这个男子和她见过的所有乡间男子都不一样，他是与众不同的，但他又是忧愁的。他遇到什么困难了吗？我母亲突然就有了一种使命感，她要帮助这个男人，让这个男人快乐起来。打听清楚我父亲家里情况的母亲，回到家里作出一个决定，让家里人退掉已经定下的婚约。疯了，这个女子疯了。母亲被自己的父亲狠狠打了两个耳光后，亲自跑到定下婚约的男方家里，说自己变心了，看上了别人。

灯光闪烁，母亲决绝而去的背影帅极了。很多年之后，我的目光穿透时光的隧道，看到了那盏我奶奶灵前的长明灯，从欢悦舞蹈的灯光里，看到了母亲那坚定的背影。在上个世纪七十年代末期的乡村，出现那样一个为了一见钟情的爱情作出超越常理的举动，是需要多么大的勇气啊。我简直有点崇拜我的母亲了。没有退路的母亲，给生下她的父母亲深深鞠下一个躬，背上她最精彩的才艺展示品和户口本，去了我父亲的家，踏上了一个冒险之旅。是的，这是一个冒险之旅。如果我奶奶在她之前去世了，如果她没有轻松拎起装着砖头的麻包，如果她的才艺没有被看上……即使前面所有的条件都满足了，也并不意味着就可以成为我们陈家的媳妇儿。过了我奶奶的关，未必就是板上钉钉，我父亲也完全有可能推翻我奶奶的遗愿。那时的母亲已经没有退路了。看来，被爱情冲昏头的母亲，根本顾不上为自己寻找退路了。

后来，我经常想一个问题，我奶奶临终前的微笑，只是因为母亲举起了麻包，以及她的女红好么。肯定不是的。或者说，这只是一个部分。我奶奶那样的年纪，已经阅人无数了，她一定从我母亲的眼睛里，看出了她的坚定和善良。正是母亲的坚定和善良的气质，让我奶奶真正地安心了。我奶奶的眼光没有错，当我母亲撩开衣服，把奶头递给我最小的小姑姑时，她通过长明灯表达了她的欢乐。还有我父亲，他看到了他几个年幼弟弟妹妹依偎在我母亲身边的场景。正是这样的场景，让他彻底绝望了。

因为，他丧失了拒绝母亲的力量。

4

父亲成为陈世美的证据，是一辆崭新的飞鸽自行车。在这辆车子出现之前，我父亲出诊都是靠步行的。路远些的病患家属，大多用一辆大白杆自行车来接父亲。大白杆是出现在村里最早的自行车，非常笨重，连刹车都没有。怎么减速？把鞋底子当成减速器，在车轱辘上摩擦，吱吱声中，车子放缓了速度。

父亲坐在这样高大笨拙的车后架上，文文静静地背着诊包，显得特别不搭调。那辆让母亲差点疯掉的飞鸽牌自行车，才真正配得上父亲。

当漂亮的自行车出现时，我敏感的母亲立即把它和另外一种现象结合起来。她认定它们是一体的，是有连带关系的。我母亲几个月的疑惑也终于明朗起来。疑惑从结婚的那个晚上就开始了。给我奶奶发完丧，过完了五期的忌日，我母亲和我父亲就领证结婚了。在结婚前的这段日子，我母亲并没有为自己缝制嫁衣，而是夜以继日地为我的姑姑和叔叔们忙乎。在我奶奶生病的这些日子里，大姑姑的衣服破了，四叔叔的鞋子露出了脚趾头。安抚好了最小的小姑姑，我母亲就着一盏昏暗的煤油灯，给大姑姑缝补衣衫。我母亲的手是多么巧啊，她给大姑姑破损衣服的胳膊肘处补缀上了一只小狗图案。为了这幅图案，我母亲绞尽脑汁。原本可以来一次普通的缝补，可母亲没有那样做。这个年纪不大的大姑子，是最特殊的一个，从母亲进入到这个家，她还没有主动和她说过一句话，小眼睛里满满的戒备。如果用了心血的缝补能减弱小女孩的戒备程度，我母亲拼了命也要去做的。善于观察的母亲注意到，大姑姑放学回家，总在家门口站上一站，等邻家的瘦狗扑奔过来，伸出小手掌给它温柔的抚触。思忖良久的母亲就用布头剪了一幅小狗的图案出来，再用绣花线坠上狗眼睛狗鼻子。早上起来的大姑姑，发现自己的衣服上多了一只小狗，很是活蹦乱跳的样子，眉头就稍稍松弛了些许。这个十岁刚刚出头的女孩子，因了自己被烫伤和亲人的去世，整日里郁郁寡欢。跳跃的小狗给大姑姑带来一丝欢愉，一个微微的笑意在小脸蛋上隐现。然而，微微的笑意还没站稳脚跟，就被大姑姑轰走了。总排行老五的大姑姑，已经有了自己的小心思，对一个陌生女子的擅自闯入充满了抵御性。尽管最小的妹妹和她几个兄弟姊妹已经在向陌生女子靠拢，但大姑姑才不会轻易服从呢。一件衣衫就收拢了她，才没有那么容易，所以，她不能轻易展示出自己的喜悦。

我母亲已经捕捉到了大姑姑情绪上的变化，这是一个美好的开始，不是吗？因此，我母亲是怀着巨大的信心嫁给我父亲的。没有娘家人的祝福，没有置办酒席，甚至连一件新衣服都没有，但我母亲是幸福的。她怀里抱着我最小的姑姑和对未来美好的憧憬，慢慢走近我的父亲。"我先把小妹妹哄着了"，娇羞的母亲对父亲说。将表情埋在医书里的父亲轻轻地嗯了一声。睡吧，睡吧，乖宝宝。母亲哼唱起来，她的乳头一只被怀里的小姑姑揪在手里，一只被含在小嘴里吸吮着。母亲哼啊哼，唱啊唱，那孩子终于香甜地睡去了。

睡吧。

嗯。

对完话，我父亲的表情依旧埋在书本里。他不看她的新娘，一眼都没有看。噢，他是羞怯的。这样想的我母亲，对父亲的喜爱更加深了一层。她是多么热爱眼前这个男人啊，为了他，愿意抛弃所有，哪怕与天下为敌。我母亲情不自禁了，按了按腾腾跳动的心脏，朝着父亲走过去。合上父亲的书本，默默看着父亲。新娘子多么期待新郎给她最温情的注视，然后打开怀抱，让女子的身子填充进来。那个怀抱，将是多么多么地温馨。偏偏，父亲没有给母亲如愿的注视，以及散发着雄性气息的宽阔怀抱。没有了书本的掩饰，他显得无所适从，目光漂移到别处，不肯和母亲的目光进行对接和碰撞。我母亲的心一下就酥了，世上居然有如此拘谨的男子。她用自己的唇去捉父亲的唇，完成她作为女人的初吻。父亲的唇像小鹿，慌乱地逃跑了。

把蜡烛吹了吧。

总是停电。因为是新婚，那晚燃起的不是煤油灯，而是红蜡烛。我母亲果然嘟起嘴巴，吹灭了红蜡烛。黑暗里，母亲从一个大姑娘蜕变成新婚的少妇。在那个过程中，父亲既是羞怯的，又是收敛的，有些努力迎合母亲的意思。母亲的心在着火，唇上闪烁着淡蓝色的火苗儿，她希望父亲是个消防员，以热烈的状态投入到救火行动中来。而不是如此迁就和节制。也许，初夜就是这样的吧，他不好意思呢。母亲想着，不觉得脸儿更红了。她害羞了。

左手的小姑姑蠕动了一下，又蠕动了一下。我母亲在黑暗中摸索着，从被窝里拎出来小姑姑，给她把尿，尿完了又塞回到被子里。这时，母亲听到了右手父亲的鼾声。鼾声很轻，不但不会影响别人的睡眠，听上去还非常美妙。尽管新婚的父亲不是很热情，但丝毫没有削弱母亲的幸福感。幸福的母亲躺在铺着旧席子的土炕上，静静地享受着父亲的鼾声。忽然，母亲听到了父亲的梦呓。他在不停地重复一句话，仔细地听，是在说"对不起"。说着说着，竟自呜咽起来。新婚的夜晚，自己的男人怎么会做如此悲伤的梦呢。母亲伸手触摸父亲的脸，摸到一片泪渍。

5

那辆崭新的飞鸽自行车出现的时候，母亲正在大闹学校。

事情的起因是大姑姑那件有小狗补丁的衣服。小狗的补丁好时尚，一下就惹来了班里女生的羡慕。衣服破损的女生，回到家向家长提出要求，也要补一个小猫小狗的图案，遭到疲于奔命家长们的一顿奚落，小猫小狗，你就是小猫小狗，把你缝衣服上。家长们说得没错，孩子们低贱得就如同小猫小狗，他们没有时间为某一条小猫或者小狗花费太多的气力。他们，永远在奔命的路上。衣服没有破损的女孩子，想出一个办法，将袖子放在砖石上摩擦，非要弄出一两个洞洞来，结果招来的不止一顿斥责，额外增加了一顿大巴掌。于是，女生们由羡慕大姑姑转而成了嫉妒大姑姑。嫉妒的方式有很多，她们会选择不和大姑姑一起玩耍，上下学不和大姑姑一起行走，故意把大姑姑孤立起来。

这里边最嫉妒大姑姑的是二姑姑。因为烫伤事件，大姑姑怀恨二姑姑，二姑姑也因此遭到我奶奶一顿打，在心里对大姑姑积存了深深的怨怒。两个人互不发生交集已经很久。大姑姑肘上的小狗活灵活现地刺痛着二姑姑，她为此好几天都不愿意搭理我母亲。眼见着班里的女生有意和大姑姑疏离，二姑姑心里还是不解气，小眼珠一转悠，她要趁机生出些事端来。便背后挑唆，说听到大姑姑说女生的坏话了，不稀罕和大伙一起玩耍。这句话是引发暴力争端的导火索。在简陋的厕所里，一个女生指着我大姑姑嘲笑说，你们瞅瞅，她拉完屎没擦屁股。

你才没擦屁股。我大姑姑愤怒地回应。

你，就是你。几个女生朝着我大姑姑包抄过来，手指头戳在我大姑姑的额头上。戳一下，我大姑姑后退一步，从眼睛里释放出来巨大的愤怒，嗖嗖地射向逼她的女生。不服气是吧，妈个逼的。我大姑姑回骂，你妈个逼的。哈哈，你这个没爹没妈的家伙，还敢还嘴，给她点厉害瞅瞅。

有女孩子拿来木棍子，用木棍一头在粪坑里沾上大便；另外几个女孩子，上前按住我大姑姑，让她动弹不得。棍子上的大便，肆意地在我大姑姑身上涂抹。你再闹屁，就抹你嘴里。我大姑姑是多么怕她们说到做到，惊骇地紧闭了嘴巴，停止了无效的谩骂和呼救。涂抹完了，几个女孩子弃了搅屎棍，开开心心地上课去了。留下我的大姑姑，在女厕所里绝望地哭泣。后来，一个照看孙子的老人，循着哭声发现了我大姑姑，这才托人告诉了我母亲。其时，我母亲正在生产队上剥玉米，还带着我年幼的三姑姑和最小的小姑姑。听得人说了大姑姑的事，便把两个小姑姑托付给身边的人，急急火火地往学校赶。

谁，都是谁，有种的给我站出来！

我母亲将一桶大便拎到大姑姑的班上，手里举着一根棍子。

看那架势，谁要是站出来，我母亲就会把桶里的大便抹到谁身上。老师劝阻我母亲，校长劝阻我母亲，都让我母亲顶了回去，我把孩子交到学校，你们尽到看管的责任了吗，尽到了么？老师和校长说，您别耽误我们上课啊。我母亲说，没人承认是吧，谁也别想上课。那几个做坏事的女孩子，早吓得灵魂出窍，隐藏起心虚的眼神，假装看书写作业。同样害怕的还有我二姑姑，心虚的她，在桌斗里搬弄自己的手指头。

再没人承认，我可就挨着个儿地抹了！

关键时刻，学生们为了自保，开始站起来揭发了。有她，还有她。对对，还有她。我母亲举着沾着大便的棍子，走向被指认的女孩子。惊恐的女孩子，打开喉咙，哇哇地大哭。

把你爸妈叫到学校来，快点！

在我母亲的指令下，女孩子们撒腿就跑，有的叫来了家长，有的干脆躲藏起来，逃避一场暴风雨的降临。"她没爹没妈是吧，但是她有嫂子，嫂子就是她爹她妈，谁要是再欺负我们家孩子，别怪我真翻脸，今儿个是个警告。"家长们诺诺地应答，保证回家好好管教自己的孩子。母亲教训大伙的时候，屁股是坐在老师的讲桌上的。俨然一个泼妇的形象，哪里有新婚不久的小媳妇的样子呢。后来，我大姑姑出嫁时，大家还提起这段儿，我母亲骄傲地说，那是头一炮，必须得打响了，打了蔫儿炮，给别人留下好欺负的印象，那可就坏了。一大家子，咋挺胸抬头地活啊。

大闹完学校的母亲，领着大姑姑回家，给大姑姑清洗。大姑姑的小手，在我母亲的掌心里，我母亲明显感觉到小手的温顺和服帖。它那么乖顺，乖顺里有深深的依赖。那一刻的母亲，忽然很想哭一顿。获得一份依赖的过程，是艰难的。她不想打碎它，无论多么艰难。

进了院子，母亲第一眼就看见了那辆崭新的飞鸽自行车。二八式的黑色飞鸽车让破败的院子熠熠发光，突然有了某种高贵的气韵。它从哪里来，它是谁的，它和我父亲有关系么，为什么我父亲在拿着红色的塑料条给它梳妆打扮？父亲一会儿弓起腰身，一会儿又蹲下来，将手上的红塑料条往车子上缠绕，凡是容易被人触碰到的地方，都小心翼翼地用美丽的颜色覆盖住。牵着我大姑姑手的母亲，就那样站在父亲身边，父亲浑然不觉。他是那么专注，眼睛从未有过地明亮，从未有过地深情。

谁的车子？

面对母亲的问话，父亲竟然没有听到。谁的车子？母亲提高了声调。

噢，这是咋了？父亲终于转过头来，他的眼睛在惯性的作用下，依旧是亮亮的，深情的。和他嘴巴上的担心有些不协调。

大妹妹在学校被人欺负了，你管不管？

管，当然管。

那你把欺负大妹妹孩子家的锅给砸了去。

我母亲说着，松开大姑姑的手，从院子里寻来一块砖头，交到父亲手上。接过砖头的父亲，为难地看着母亲，咱能不能换成另外一种方式，更文明一点的？

那你告诉我车子是谁的，就不让你去了。

6

我母亲一定从车子上嗅到了某个女人的气息，而且，这个女人和父亲夜里的梦话有紧密的关联。母亲多么希望父亲能够撒个谎，说是借来的钱买的新车。问不到答案的母亲，并没有和父亲撒泼打滚，大吵大闹。我不知道是母亲不忍心，还是她的战斗策略。从我记事起，尽管她一直在通过各种方式来证明父亲是陈世美，但是却从没有与父亲激烈地交锋过。就算父亲不和母亲吵，母亲也完全可以发起一个人的战争。可是，母亲从来没有过。伺候完一家大小吃过晚饭，我母亲开始了侦查行动。这就是我母亲的最大优点，无论她和父亲发生了什么，都不曾懈怠家里日常的每一个细节。她拿着铁皮手电筒，从院子里开始，追寻飞鸽牌自行车的足迹。崭新的车胎，在泥土地上留下清晰的车辙。我母亲就这样弯着腰身，一步一步地往前捯着车辙走。一直走出了庄子，往南边行进。车辙不是一帆风顺的，流畅性不断地被各种外界力量破坏，变得断断续续，时有时无。走着走着，就是一段黄土混合着石子儿的路了，车辙的印痕明显地淡了，轻了。只是浅浅地在路上划过，像是害羞的小姑娘，怕足迹被人发现了。我母亲便蹲下来，近乎是趴在路上，仔细地辨别。蹲累了，干脆双膝跪下来。跪下来之前，我母亲没忘了把裤子撸上去，咯破了皮肉不要紧，裤子破了可是大事。近乎是一寸一寸地往前挪，挪着挪着，母亲的膝盖就出血了。放弃吗？当然不。轻易放弃了就不是我母亲了。浅浅的痕迹，在母亲固执地追寻下，慌慌张张地逃窜了。逃到通往县城的马路上，彻底不见了踪影。

这是一个母亲害怕的结果。我母亲听村里人说过，父亲在城里学习时，认识了一个城里的女子，还和女子处过对象。如果不是家里突发的变故，父亲娶的可能就不是她了。很自然地，母亲就把自行车和城里的女子联系起来了。自行车为什么会出现，它出现的目的是什么？母亲倒吸了一口冷气，在她有限度的知识里，跳出来一个人物——陈世美。对，我父亲这是要当陈世美。当我从村人的讲述里，知道那晚的故事后，对那晚的母亲充满了同情。当时的她，一定被自己的想法吓到了。除了她自己，没有人知道她惊恐的程度有多深。村里许多人站在黑暗里，遥望着远方那一点亮光。

后来，村头响起嘹亮的哭声。嫂子，嫂子，我要觉觉……四五个小叔叔和小姑姑的团队中，最小的小姑姑哭声尖锐地在夜幕中穿行，牵起我母亲的衣角，朝着村口疯狂地奔跑。奔跑的母亲，左手举着铁皮手电筒，右手拿着一根带钩的铁钎子。她无可奈何于父亲，但是并不代表对外界的侵入手软，铁钎子就是证据。

那一个夜晚，我母亲一夜都没有睡。哄好了最小的小姑姑，又就着昏黄的灯盏给叔叔们打了几副鞋样子，母亲再次出了家门。累了一天的小叔叔小姑姑们，鼾声分别从三间正房和两间厢房里传出来。父亲的眼睛一直闭着，作睡眠状态，谨慎的鼾声却一直没有响起来。我母亲并没有到远处去，也没有再去纠结消失的车辙。那时的我还没有出生，她在这个世上还没有出气筒，想发泄的她，只能另觅渠道。家门口西边不远就是一个大水坑，很多人家盖房子脱坯都到这里来。前几天，母亲让二叔叔和三叔叔拉了两车土，准备脱坯子用。二叔叔和三叔叔是紧挨着父亲的两个弟弟，眼看就长起来了，一晃就到了娶亲的年龄，母亲要早早地为他们打算。

脱坯是个力气活，村里没有哪个女人敢伸手。月色很吝啬，只是从云层里露出来一点点。借着清淡的月色，母亲从坑里拎来水，脱了鞋子光脚跳进土堆子，蹚出一个凹形来，再把水倒进去，这样水便不会外溢了。光用水和泥是不够的，还要添加麦云儿，就是脱粒后的麦子壳儿。麦云儿搅拌在泥巴里，起到拉力的作用，使得泥坯更加坚固。已经是深秋的季节了，母亲将裤腿高高地挽起，两脚扑哧地踩泥巴，让泥巴和麦云儿充分地融合。她踩得很用力，一脚下去，就会有几束泥巴喷泉从脚丫的缝隙喷薄而出。有的喷上了夜空，有的喷到了母亲面颊上，糊住了母亲的视线。母亲并不理会，依旧猛烈地踩踏，让泥巴喷泉欢乐的吱吱声掠夺内心庞大的绝望。

然后是泥巴，一坨一坨地抱，用坯模子脱出来一块块的坯子。母亲的动作娴熟，脱出来的坯子光洁齐整，它们的队伍越排越长，阵容越来越大。强大的泥坯阵容刚要有一丝骄傲的感觉，这时一辆崭新的飞鸽车横空出现，车身上长满了嘲笑的眼睛，它们用神态表达内心的蔑视，哼，你们算什么，再多的数量也比不上我一个。泥坯子阵队无语，我母亲愤怒了，加快了抱坯子脱坯子的频率，她要把自行车赶走，赶到十八层地狱里，永远不得翻身。忽然，我母亲眼前一黑，清淡的月光在眼前消失了。母亲以为自己累得昏厥了，奇怪，意识还在，感觉还在。原来，是一块软软的东西覆盖住了自己的面庞。而且，软软的东西在移动，一口一口地吸食掉了自己脸上的汗珠。

是父亲。他在给母亲擦汗。擦完了，说，怀着孕呢，别逞能。

说完，我父亲就脱了鞋子，挽起裤腿，去抱泥巴。父亲抱泥巴的姿势远不如母亲流畅和迅猛，过于斯文过于有板有眼。手臂上的那坨泥巴，显得很是委屈的样子，故而在模子里也不是很甘于接受形状的改造，出来的成品粗粗拉拉，疙疙瘩瘩，一副和父亲赌气的架势。

这个话语永远很金贵的男人，默默地承受着泥巴的不良情绪，让泥坯的队伍缓慢地添丁进口。很快，他便气喘吁吁、疲惫不堪了。但他是男人，他不想停止。我母亲看着他，用深爱一个男人的目光，用深恨一个男人的目光。

而我在想另外一个问题，如此强大的劳动力都不能奈何母亲肚腹中的我，看来，我真的是为着给母亲当东哥来的。打不死，累不垮。

我父亲每天骑着被他梳洗打扮好的飞鸽自行车，骑行在大街小巷。大家都知道这是一辆来历神秘的自行车，如果换作别人，也许会开开玩笑。但没人会开我父亲的玩笑，不光是大家都会生病，会求到我父亲，而是我父亲的性格使然。他的谦和，他的风度，他的内敛，任谁都不忍心下嘴。于是，村人也都和我母亲一样，选择了不直接碰撞的方式，来观察我父亲。飞鸽自行车真是我父亲的宝贝，它不会风驰电掣，遇到坑儿洼儿，小心翼翼地绕行，哪怕地上有个小石子，肉眼能见的小颗粒，车轱辘也会离得远远的。父亲出诊回来遇上最后一场秋雨，人看见一个奇特的景象，父亲的雨衣不是穿在父亲自己身上，而是穿在飞鸽自行车身上。穿着雨衣的自行车不是在地上行走，而是架在了父亲的肩膀上，车轱辘干干净净。倒是我父亲很狼狈，气喘吁吁不说，裤腿上沾满了泥点子。

到了家里的父亲，不是先把自己收拾干净了，而是先擦拭他心爱的自行车。擦拭的动作极轻，不像是在擦一辆自行车，仿佛在擦拭一张美人脸。你看他的眼睛，荡漾着快要溢出来的怜爱，还有心痛。其时已是正午，父亲在三间正房的西屋擦车，一大家子人在堂屋里吃饭。母亲煮了一大锅白菜，又蒸了一大锅发面的玉米饼子，桌子上热气腾腾。因为人多，大些的叔叔和姑姑蹲在堂屋的各个角落吃，手里捧着一只菜碗，呼呼吃个山摇地动。小些的叔叔和姑姑围坐在矮桌前吃，也呼呼地吃个山摇地动。唯独灶台一份菜，一张发面饼子，没有人触动。它们安安静静地等候着主人。那是母亲留给父亲的。没有人呼唤父亲出来吃饭，任凭他收拾飞鸽自行车。此刻肚腹已经凸显的母亲，用手狠狠撕下一块饼子，填进嘴巴里，牙齿大幅度地咀嚼。最小的小姑姑学着母亲的样子，也用小手狠狠撕下一块发面饼子，牙齿大幅度地咀嚼。大姑姑看了一眼母亲，又看了一眼最小的小姑姑，忧郁地放缓了吃饭的速度。

我母亲朝着最小的小姑姑微笑，用眼神给予最小的小姑姑鼓励。然后，点了点头。最小的小姑姑也朝着母亲点了点头。或者，在最小的小姑姑点头的时候，一个计划就在母亲的脑子里形成了。我母亲扫了一眼吃饭的叔叔和姑姑们，默默地盘算着如何让他们发挥作用，来对付我父亲心爱的自行车。母亲是多么聪明，她的计划是一个系列，这个不行，再换下一个，一环顶着一环。首先发挥作用的是四叔叔，四叔叔是在双胞胎大姑姑和二姑姑上边的哥哥，初中二年级的在读学生。每天四叔叔都是跑步前进，到离家五里地的学校去上学。趁着父亲睡着了，母亲将飞鸽自行车悄悄推出来，再到东屋把四叔叔捅醒，悄声问四叔叔，想不想骑你哥哥的车子上学？四叔叔的睡意一下就没了，想啊，做梦都想。母亲说，好吧，随我来。

是个满月，月光很是慷慨，不像前些天那般的吝啬。从未摸过自行车的四叔叔，开始由母亲给扶着车后架练习，毕竟是十几岁的男孩子，很快就有模有样了，也有了胆量。母亲便在一旁看着，四叔叔自己独自完成骑行。我母亲和四叔叔都高估我四叔叔的技艺了，车子骑得还算平稳，可是，他下不来了。任凭车子一直前行。在四叔叔的求救声中，人和车子扎进了水坑里。我的儿啊——我母亲一声惊呼，拖着几个月身孕的身子，奔向事故现场。万幸的是，我四叔叔和自行车并没有扎进水里，而是搁浅在了坑坡上。人无大碍，车子的大梁有了一个小小的弯曲。

车子悄悄地回到了原来的地方。第二天，没有人提起自行车的事情，我四叔叔不提，我母亲也不提，他们早早地上学的上学，上工的上工。一言不发的，还有我父亲。他一醒来就发现了自行车的异样，看着自行车一身的尘土，尤其是大梁处小小的弯曲，脸涨得通红，眼珠往外喷射血红的痛感。他要发脾气了吗，要追查自行车事件的真相了吗？一个不善于发脾气的人发脾气，对我们家而言，将是非常惊悚的事情。可是父亲没有。他没有发出脾气来，只是默默地，用一天的时间来修理他的自行车。灶台上，排列着给父亲预备的一日三餐，而父亲一口都没有动。自行车受伤事件着实刺激到了我父亲，原来他的自行车是如此地不安全。为了防止自行车再次受到伤害，每晚父亲临睡前，照例将自行车擦拭干净后，用一根细细的绳索，一头连着自行车后架，一头连着自己的手腕。这样，只要自行车有任何的风吹草动，他就感知到了。

我母亲暗中恨得牙根儿痒痒，她没有想到，这个计划这么快就失败了，迅速启动第二个计划。父亲推出来自行车准备出诊，母亲将最小的小姑姑从地上拾起来，放在自行车的横梁上，对父亲说，我身子有点儿累，你替我照看着点儿，也不耽误你给人看病。那一刻的母亲是多么担心遭到父亲的回绝，但是父亲没有，在任何事情上他都是顺着母亲的，这一次也没有例外。父亲用自行车驮着小姑姑出诊去了。有最小的小姑姑在自行车上，我母亲踏实了一点，起码，小姑姑可以做她的眼线，见了什么人，去了哪里，她都可以了如指掌。最小的小姑姑是母亲安插在父亲身边的内线，母亲一旦掌握可靠的线索，她会立即发动一场战争，直捣对方的老巢。那个女子是谁，她长什么样子，我母亲太想弄清楚。结果却是，自行车上的小姑姑，并没有给母亲带来任何有价值的信息，父亲只是纯粹地出诊去了。偶尔，出诊的人家，见父亲带来了小妹妹，会拿出家里好吃的东西来，塞到最小的小姑姑手上。最小的小姑姑不舍得吃掉，坐在车子横梁上一路举着，将炫耀进行到底。

后来，我和妹妹出生了，从给我们兄妹取名字，到给父亲更改名字，足以见得母亲的坚定性。而父亲的坚定并不比母亲弱，他每一天和他的飞鸽自行车相守，每一年都把原有的彩色塑料条拆掉，更换上新鲜的。同样坚定的，还有父亲的眼神，若干年，它们都不曾更变。柔柔的目光撒在飞鸽自行车上，没有被岁月侵蚀掉一丝一毫。

8

　　父亲从来没有呼唤过我和妹妹的名字，实在需要叫我们的时候，我是"小子"，妹妹是"丫头"。他不反对母亲给我们取的东哥和春妹，不反对村里任何人称呼我们兄妹东哥和春妹，但是父亲没有叫过一次。在母亲咬牙切齿的教唆下，"陈世美"给我们呈现的形象是十恶不赦的。再加上我们后来承受的屈辱，更加确定了我对"陈世美"的认知，他一定做了很多坏事，是个大坏蛋。而我们的父亲，表面上看着文质彬彬，骨子里也肯定是坏透了，和戏中的"陈世美"一脉相承。

　　那个时候，我已经知道了陈世美是戏中的一个人物。我们村很多人喜欢戏，从他们支离破碎的哼唱中，"陈世美"这个名字频繁地出现。那些哼唱的人避讳我父母亲，但并不避讳我和妹妹。往往，看到我和妹妹，还会给咿咿呀呀的唱腔添加些作料，做些挤挤眼睛、掀掀眉毛之类的小动作。然后，人就把目标对准我和妹妹，意味深长地笑。一方面承受着耻辱，一方面我心里有着强烈的好奇心，想弄明白陈世美究竟做了哪些坏事。村人嘴巴里的陈世美太过零碎，我怎么也拼凑不出一个具体的陈世美来。

　　机会终于来了。每年挂锄或者冬闲的时候，村里都会放映电影。那个时候放电影，在缺少娱乐的乡村，无异于是过节一样。那些放电影的晚上，我和妹妹一场都不拉。两个小小少年，怀里抱着两只小板凳儿，形成一个孤独而又团结的小集体，朝着放映电影的大队部走。路上，与我们年龄最接近的最小的小姑姑，从我们身边风儿一般飘过。她和她的女伴勾肩搭背，悄悄地说着属于少女的私密话题。她们是风儿，我和妹妹连一粒沙都不是，无法让风儿注意到我们的存在。小姑姑不和我们打招呼，因为我们是东哥和春妹，是两个不吉祥的人。所以，她要在街上做出一副和我们划清界限的模样。我生气地朝着小姑姑后背吐口水，呸，不要脸的家伙，是谁小时候和我抢母亲的奶喝！忽然有一天，村里的人奔走相告，听说今儿晚上放啥电影了吗？听说了，早听说了，是《秦香莲》。早点做饭，好占地儿去。

东哥，春妹，你们也听说了吧？

听说个屁！我用恶的语言恶的表情，狠狠地投掷给问我话的人。

怎样才能形容我激动和紧张的心情呢，中午饭吃得马马虎虎，晚饭也吃得马马虎虎。真相马上就要被揭开了，小小少年的心里是说不出的五味杂陈的感觉。那一场电影不光我们村里的人去了，周围村子的人也去了。大队部的场院成了罐头盒，一条一条的小沙丁鱼在电影开场之前拼命地拥挤着，甚至大打出手，制造出一片喧腾的气氛。老沙丁鱼们的大声呵斥，被撕扯成一条条一缕缕，残破不堪地在场院上空飘荡。我不明白，这场叫做《秦香莲》的电影，怎么会有如此大的魅力。它和我父亲，和我的家庭有关吗？在走进场院的那一瞬，拉着妹妹的我胆怯了。胆怯是有传染力的，妹妹一定感觉到了它。可怜的刚刚读小学一年级的妹妹，张着两只大大的眼睛看着我。眼睫毛已经在轻轻颤抖，只要我说一句"咱们回去吧"，就会迎来一场暴风雨。

我朝着妹妹笑了笑，意思是，吹呢，我是男子汉，怎么能轻易被吓跑呢。但是，我没有勇气把自己和妹妹变成两条小沙丁鱼，在罐头盒里寻找落脚的缝隙。我怕在这样特殊的时刻，成为大家关注的焦点。我用屁股都能想象得出来，有些人会一边看电影，一边看我们兄妹。看一眼电影，再看一眼我们兄妹，就像吃玉米饼子蘸大酱似的，蘸一下，咬一口，有滋又有味儿。我可不能把自己和妹妹变成大酱让他们蘸，站在大队部门口，思考了两秒钟。有了，春妹，跟哥来。把两只板凳藏进街上的一垛柴禾里后，在一根粗木棍的协助下，我把妹妹使劲地推上柴禾垛，让妹妹舒舒服服地坐在上边。这垛柴禾紧邻着大队部，而且刚好高出大队部围墙一截。妹妹的视线从墙头上坐着的密密匝匝的人身上略过，可以真切地看到挂在两根高杆上的屏幕。我呢，则噌噌爬上了离柴禾垛不远的一棵老树，坐在树杈上心潮起伏地看一出戏是如何地与我们家纠结在一起。

吃过晚饭的放映员终于来了，带来了放电影的机器。机器亮起来，惨白的光束打在屏幕上，小沙丁鱼们开始嗷嗷叫着，在光影里摇摆跳跃伸手吐舌，让自己的丑态映射在幕布上。这是电影开始前的一个小高潮，淘气的家伙们从来不会放过任何表现的时机。装在机器上的圆盘子开始转动，评剧电影《秦香莲》开始了。一个像我母亲那样年纪的女人，穿着长袍子，带着两个孩子出现在画面上。她们刚一出来，下边就有人喊，这个是秦香莲，领着的是她两个孩子，东哥和春妹。我听得清清楚楚，原来东哥和春妹就是这样，他们跟我和妹妹竟然是差不多的年纪。我不由看了一眼妹妹，刚好看到妹妹也在朝我张望。看得出来，妹妹好紧张。我是男人，要做妹妹的靠山，我悄悄地握紧了拳头，尽量淡定地看电影。

娘儿三个要找的男人出来了，是叫做陈世美的男人，刚才口里还喊着东哥春妹的名字，转眼就让一个武士去杀掉母子三人。陈世美为什么要杀掉她们？我的掌心里全是冷汗。我的母亲仇恨我的父亲，难道我父亲也曾经做过要杀害我们的事情吗？也像电影里的陈世美一样，雇佣一个人来狠心要了妻儿的命？我和妹妹之所以好好地活着，那么，是雇佣的那个人不忍心下手，自杀了不成？一大堆的问题蜂拥而至，搅扰得我心烦意乱，手臂紧紧地箍在树干上，强撑着往下看。我想知道陈世美杀害妻儿的原因。嗯，他一定会有一个迫不得已的原因的。真相在字幕里，在道白里，在唱腔里，也在观影人七嘴八舌的解说里。把各种途径真相的来源糅合在一起，当那个叫皇姑的女人出现时，我明白了，真相在她身上。是她让陈世美变了心，是她让陈世美无路可逃，让陈世美生出了杀心。皇姑，多么美丽的女子，却抢了秦香莲的男人。

现实中，我的陈世美父亲，也是为了皇姑才杀我们母子的吗？

谁是皇姑，谁是！她不仅害了我母亲，更是害得我和妹妹生活在奇耻大辱中。

皇姑，你他妈的给我出来！

我大喊了，而且不能自已了。亢奋中的我，忘了自己是骑在树杈上的。结果，我从树上摔了下来，摔的样子很难看。

我的眼睛一定闭了很久很久，所以，当我想睁开的时候，它们赖皮地违背我的意愿，不听我的使唤。懒蛋，真是一对懒蛋。有阳光在我的脸上抚摸，棉絮一样暖暖的。我想看看阳光，和它说说话，告诉它不要走，留下来一直陪着我，我好喜欢暖暖的感觉。用足了身上的气力，砰，一声清脆的类似瓶子盖开启的声音响过，两只眼睛打开了。看见的不是暖暖的阳光。

是我父亲的目光。就是它们，生出棉絮般的暖意。

儿子，我就知道你会没事的。

我躲开了父亲的目光。因为它们不仅是我父亲的目光，还是陈世美的目光。我的嫌恶大概刺激到了父亲，有那么几秒钟，父亲不知所措了。但是很快，父亲这个角色给了我父亲勇气，他决定对我说一些什么了。也许，我父亲早就想对我说些什么，他早就准备好了要说的话。他只是在等我长大，等我能够明白他话语的含义。

儿子，爸爸想对你说一句话，如果你听不明白，你就把爸爸说的话放在心里，等将来长大了再好好琢磨琢磨。

儿子，你记住喽，爸爸不是陈世美，没有做过对不起你妈妈的事情。你妈妈对这个家的贡献太大了，我很感激她。

说完这句话，父亲流泪了。这是我第一次看见父亲流泪。

9

在我母亲的操持下，叔叔们一个一个娶妻生子，姑姑们一个一个嫁了人。无论是娶亲的叔叔，还是嫁人的姑姑，他们都是风风光光的，礼金给的够多，嫁妆陪的够丰富。哪来的那多钱呢？包产到户后，我母亲在村里开了一家小卖店，从日用百货，到点心烟酒，各种便宜的小菜蔬，小棉袄似的很贴农家人的日子。我母亲很懂得经营，用小恩小惠拉拢客户，生意很快就红火起来，盖过了另外一家死气沉沉的小卖店。小卖店在新盖起来的简易倒房里，每天凌晨两三点母亲就起来，开着一辆车身两侧架着大箩筐的旧电炉子，突突突地进城去囤货。四个叔叔，四层敞亮的大瓦房，是母亲送给他们的新婚礼物。二叔和三叔结婚早，新房是泥坯子盖起来的，口袋鼓起来的母亲又找人把泥坯子房推倒了，重新建起来与三叔四叔一样的砖瓦房。最小的小姑姑结婚那年，我正忙着考研，即将大学毕业的妹妹在一家公司实习。母亲给我打电话，说回来吧，小姑姑要结婚了。我说，忙呢。沉吟了片刻，母亲说，算妈求你了，回来吧。母亲的语气竟然有些低声下气。这还是我那个英勇无敌、经常朝着我屁股高高举起棍棒的母亲吗？忽悠一下，我内心角落里某些坚硬的东西坍塌了。

嫂子，嫂子……

美丽的小姑姑，双臂环住我母亲的脖颈，在我母亲耳边呢喃撒娇，以这种方式和我母亲道别。我看见我母亲擦起了眼泪，那只擦眼泪的手粗糙得像木锉。小姑姑也流泪了，她说了一句让我非常不舒服的话，嫂子，我想叫你一声妈。母亲的眼泪啊，便汹涌而下了。旁边的人也都跟着哭得稀里哗啦。只有我没有哭。小姑姑不光是跟我抢奶喝的那个人，也是和我争夺母爱的那个人。婴儿时期的我被连体大枕头压在炕上，终于盼着母亲回来了，就含住母亲的奶头，拼了命地吸吮。那样小就有了沉重的心思，想趁着最小的小姑姑不在身边，饱饱地吃上一顿。我的梦想往往被残酷的现实打碎。不等我吃空一只奶，小姑姑就霸占住了另一只奶。让我伤心的是，任凭我委委屈屈，向着母亲发出求助，却无济于事，反倒换来小姑姑的得意洋洋的嘲笑，朝着我又是吐舌头，又是翻白眼。母亲为了填饱我的小肚皮，就去盛上一碗糨糊，用手指头蘸了，朝我的嘴巴里抹。我的奶让最小的小姑姑替我喝了，该她承受的惩罚，却让我挨了。最小的小姑姑不但不感激我，还对我嫌弃了二十多年，怕我这个叫东哥的侄子玷污她的清白。终于松开了母亲，小姑姑又转向父亲，把父亲拉到一边，叮嘱了父亲几句话。她以为没人会听见，但是从口型和神情上，我就可以推断出来，小姑姑说的话和父亲的自行车有关。

　　其实，小姑姑也是明白的，她的劝说也只是劝说，并不能起到实质性的效果。是的，我父亲那辆飞鸽自行车还在。在我父亲的呵护下，年纪一大把的它，活得非常健康。除了轮胎更换了几次，其他零件基本是原装的。父亲依旧保持着旧有的习惯，每天给自行车擦拭尘土，让它保持光洁明亮的妆容。到了年底，给自行车买来新衣，替换掉旧年的塑料条，把它装扮得袅袅娜娜，一副青春不老的娇媚模样。无论岁月如何更迭，它和他的陪伴不曾改变过。他到哪里，它就到哪里。不再拿生产队的公分后，父亲在家里开了一个诊所，诊所就设在两间厢房里。取药是母亲的活儿，母亲进城囤货，一路突突突，连父亲的日常用药都买回来。如此，父亲就没有了进城的机会。我还记得父亲第一次让母亲取药的情景，是电影《秦香莲》放映后不久，或者说是我从树上摔下来不久。那天，父亲拿着开好的单子，对着母亲说，以后进城取药的活就麻烦你了。他的语气很真诚，也很客气。几十年里，父亲唯一的交通工具就是他的自行车，所到的范围就是服务范围内的几个村镇。别说火车飞机，连公交车都没有坐过。那些工具可以让他走向远方，他从主观上拒绝远方。

群众雪亮的眼睛，总结出一致的答案，多么好的一个男人啊，怎么会是陈世美呢。可我母亲并不这样认为，她坚定地认为，我父亲就是陈世美，过去是，现在仍然是，未来也会是。我母亲甚至推测，父亲之所以放弃去远方，是因为他害怕远方，远方有送他自行车的女人。因此，我母亲深刻的仇恨并没有减少一分，她扬言要好好地活着，比父亲活得更久，等待父亲临终前向她交代罪行。在我母亲看来，一个人总不能把秘密带到棺材里去吧。真是天不遂人愿，我父亲还真就把秘密带走了。

那天，在离家两千里的城市，我接到二叔叔的电话，二叔叔哭着说，你爸……你快回吧。我就知道事情不妙了。在飞机上，我忽然泪流满面，觉得自己亏欠了父亲，而这种亏欠永远无法偿还了。母亲用爱和仇恨伤害父亲，而我和妹妹用逃离来伤害父亲，无论怎样的伤害，父亲从来都是默默地接受。他的不反抗，长久地被大家忽略，甚至认为是顺理成章。他如此孤单，孤单到世界里只剩下一辆自行车。所以，当出诊的他，看到停放在患者家门口的自行车，生命安全受到威胁时，奋不顾身地冲了上去。一辆奔驰的车，从父亲头部碾压而过，父亲怀抱里紧紧地抱着他心爱的飞鸽车。父亲在一片血肉模糊中微笑着，因为他胜利了，完好地保护了心爱之物。那是胜利者的微笑，也是幸福者的微笑，它们蘸着鲜艳的颜色绚烂地绽放。世上最美的花朵不过如此。花朵的美愈加刺激到了母亲，母亲披散着花白的头发，恶毒地咒骂父亲。咒骂变身成一柄又一柄的小刀子，嗖嗖地飞向父亲，令人惊讶的是，绚烂的微笑是刀枪不入，锐器根本奈何不了它。不仅奈何不了，在强大的反作用力下，一柄柄的小刀子改变了航向，掉转头朝着母亲的心脏扎过来。只一会子，母亲便身中几十把利器，刀刀刺中母亲要害部位。

　　你这个陈世美，给我起来，我还没有恨够你啊……母亲大喝一声，一大口鲜血喷薄而出。

10

父亲去世后的第十个春节，我带着老婆孩子回家过年。家里的小卖店早就变成了有些规模的小超市，日常打理它的是我二叔和三叔。死活不愿意离开家的母亲，生活由婶婶们帮着照料。

母亲呢？

在家人目光的指引下，我走向老屋。虽然几经修缮，却没有阻挡得住老屋衰老的步伐。衰老得想不起任何往事的它，在阳光充足的午后，眯着混沌的眼睛打盹儿。我尽量轻着脚步，不去打搅它。进了堂屋，左转就是西屋了。年迈的母亲鼻子上驾着一副老花镜，正在认真地做一件事。

给父亲的飞鸽自行车换衣服。

红艳艳的塑料条一圈儿一圈儿往大梁上缠绕，母亲的手有些颤抖，导致某一个圈儿不规矩，影响了美观。母亲就重新来过。每到这个时候，母亲就开始埋怨，你这个骚狐狸，穿得那么好，好勾引我男人啊。把你美的，想占我的窝儿，门儿没有哇。说着说着，母亲就嘿嘿地笑，笑得都咳了。

母亲终于扭头了，昏花的目光费力地跨过鼻梁上的花镜，捕捉到了门口的我。她茫然地看着我，问，你是谁啊？不等我回答，母亲又问，看见我们家东哥和春妹了吧，他们上学去了，咋还没回来呢？然后，她又说，告诉你吧，他们俩是陈世美的孩子。陈世美，知道吧？

不等我做任何回答，母亲已经收回目光，继续在飞鸽自行车上缠绕。

……

鉴于母亲的情况越来越糟糕，我不得不和回老家过节的妹妹商量，如何强行带走母亲的事情了。大年三十儿，吃过团圆饭，我与妹妹两家人就在超市里召开家庭会议，准备在会上拿出一个具体的方案来。这时，一个电话闯了进来。超市里的电话响，一定是找叔叔的。于是，我随手接了，想告诉对方叔叔不在，过一会儿再打。

我不找你叔叔，我找你。一个衰弱的妇人声音。

找我，您知道我是谁？我纳罕极了。

你是陈林春的儿子，对吧？

对，您是谁，找我有事吗？

请你相信我，自从分手，我从来没有见过你父亲，也没和你父亲有过任何联系，所以你父亲根本就不是陈世美。我只是听说那辆自行车还在，孩子，我想把它收回来，在死之前，让它陪着我，好么……妇人还想继续往下说，一阵剧烈的咳嗽汹涌而来，电话挂断了。

喂，喂——话筒里传来一阵忙音。

习惯性地，我去翻看来电显示，寻找老妇人的联系方式。让我失望的是，这部电话根本就没有设置来电显示。

金 手 指

1

这是一对中年的乳。中年该有的下垂和松弛等气象，它们哪一样都不少。青春时期的饱满，一去不复返。这也是一对焦灼的乳。乳的焦灼，不仅仅是缘于姿色的衰退，更深层的原因，来自健康的焦虑。是的，它们病了。

它们不知道生了什么病，被莫名的胀痛折磨着。主人用几片小药安抚它们说，吃上几天，说不定就好了呢，以前也有过的，不是吗。乳想也是，如此反反复复，不知道历经了多少次。最终的结局，都是安然无恙的。几天后，乳发现，胀痛非但没有减轻，还开始分泌血乳。看见血乳的主人，直接崩溃了，大哭道："上有老下有小的，我不想死啊。"血乳非常凶险，主人发出绝望的痛哭也是正常。泪迹未干的主人，被家人簇拥着，直奔这家著名的三级甲等医院的乳腺科。三级甲等医院因乳腺科闻名，而乳腺科的声名则因了金手指而起。金手指横扫一切疑难杂症，只要它们往病患的乳上一触，管他修炼百年还是千年的病魔，统统现出原形来。

　　金手指长在一个金姓医生的手上。此刻，金姓医生探出右手拇指之外的四根手指来，对中年病乳的左乳进行触诊。四根手指在左乳上沿着顺时针的路径行走，先是内上、内下，然后外下、外上，再然后乳晕区，最后一站是腋窝。右手的触诊任务结束后，金医生又探出他左手四根宝贵的手指，沿袭了刚才左乳的诊察脉络，对右乳进行细致入微的审视。触诊的过程，金医生一言不发，全部的力量都集中在八根手指上。这八根手指是何等神秘，每一根都蒙着一层面纱。中年病乳的主人，紧张得面色苍白，眼睛直勾勾地盯着金医生脸上的表情。只要金医生的眉毛跳一下，或者眼底漫起些微不祥之云，中年病乳的主人都会判定，蒙着面纱的金手指们，肯定是索命的恶魔。她的呼吸忽而急促，忽而停滞，做好了晕厥的准备。

　　正在触诊的金医生，面部和他的嘴巴达成了某种协议，同样一言不发。像一潭沉静千年的老水，再大的风暴，都难以让它掀起波澜。镜片后的两只呈三角形状眼睛的视线，不在两只中年乳的身上，更不与中年乳的主人眼神对接。它们在别处，安静地等待手指传递过来的信息。对金医生而言，手指是他另外的眼睛。八根手指，就是八只眼睛。八只眼睛形成合力，深入到中年乳的内部，对中年乳做缜密的检阅。它们比孙大圣的火眼金睛功力还要强大，乳内部的那些质地坚硬、边界又模糊不清的肿物，隐藏得再深再巧妙，也休想逃得过金手指的眼睛。

乳癌变有许多外在特征，好比一个老人，花白的头发，脱落的牙齿，弯曲的腰身，都是衰老的佐证。乳肤色的改变，乳头凹陷，血乳的溢出等，都是乳癌生成的表象。开始触诊的时候，金医生的金手指也是奔着捉拿癌魔而去的，但是经过一番追踪，并没有在癌喜欢的"乳外上"栖息之处发现不吉祥的硬核。假如这个区域存在祸害人的那个东西，别说直径两公分大小，就是两毫米大小，金手指也会将它生擒活捉。直径两公分，是普通乳腺科医生的能力限定。金手指的两毫米，甩了别人十条大街。既然没有捕捉到造成血乳的妖魔，那么，金医生已经断定这对中年乳是安全的。造成血乳的原因，可能是乳管内毛细血管的破裂。

金手指平复了一场凶险。心里有了答案，而且还是阳光灿烂的答案，结束触诊的金医生才把在别处的眼神收回来。眼神就要和中年乳的主人对视了，就要告诉中年乳的主人他触诊的结果了。猛然，金医生停止了。比海啸还要凶猛的犹疑，以光的速度，冲到了就要公布的结果前边，吞噬了那个即将出炉的结果。"里边有个东西，我摸得不是很清晰，拍个片子看看吧？"

长有金手指的金医生的话，等于给中年乳判了死刑。突然的惊吓，让中年乳的主人本已经苍白的脸，蒙上了一层死灰色。死灰色散发出一种对尘世恋恋不舍却又无可奈何的悲哀气息。它波及了正在开超声波单子的金医生。金医生抬头，安慰中年乳的主人："不会有事的，别紧张。"他镜片后的两只三角眼，与中年乳的主人有了一个短暂的对视，便匆匆而去了。只这一匆匆，却有多重表情溢出，再不是刚才触诊时的一片空茫茫。第一重表情是愧疚。第二重表情是不安。第三重表情是无奈。第四重表情是愤怒。每一重表情都不甘示弱，为了证明自己的重要性，在一方不大的空间里，激烈地搏击，想多争取一些地盘。中年乳的主人，有选择性地读取了愧疚和无奈这两样表情，她坚定地认为，这是出自一个有良知的医生，对濒临死亡患者的同情。

不会有事儿的。金医生将开好的单子递给僵在椅子上的人，并再次安慰道。

等到中年乳的主人万分艰难地复苏，再万分艰难地出了诊室，金医生起身关闭了诊室的门，暂时停止叫号。

2

诊室门口一侧的墙壁上挂着一块长方形的玻璃镜，玻璃镜下方是洗手盆。金医生有个习惯，每结束一次触诊都要洗一洗手。不知道的，会以为金医生有洁癖，其实不然。金医生在流动水下反复搓洗手指，是想彻底洗去上一个患者留下的痕迹。

他的八根手指是有灵性的，如果不做彻底的清洁，恐怕会把沾染的气息带进下一个患者的诊断中。这是金医生不容许的，他需要它们干干净净、清清爽爽地投入每一段工作。微小的差池都不能有。弯腰搓洗手指的金医生会在玻璃镜子里检阅一下自己的面部变化，看看眼神的温和度，是否能够给病患带来亲和力。如果今天心情有些糟，影响到了眼神的温度，他就努力调节一下，让镜子里的人摆几个笑脸，或者吐一下舌头。几番挑逗之后，镜子外的人眼神果然温和多了。亲和的眼神在什么时候用呢？当病患推开门，温和的眼神马上就迎上去，第一时间把安全感输送过去。温和的眼神，是金医生八根金手指的先锋官。

此刻与玻璃镜面对面的金医生不敢看镜子里自己的影像。镜子里的那个自己是陌生的。金医生不喜欢他，恨不得啐他一口。他怎么可以做出这样卑鄙的事情来。明明不需要再继续检查，完全可以像过去那样，给患者开些简单的内服药；再叮嘱患者，如果有条件有时间，每天坚持用淡盐水热敷就行了。可是，他下手了，开出了从医以来第一张非情愿的单子。那是纸质的单子吗？不，它是一头猛兽，长了尖锐的牙齿，会把牙齿嵌入人的皮肉里。水龙头拧开了，白花花的水喷出来。金医生将水撩泼在玻璃镜面上，一层水一层水地叠加。他想遮盖住自己的影像，遮盖住所有的真相。

以模糊了的玻璃镜为背景，金医生举起自己的两只手掌。两片手掌中的八根手指，数十年为他效力，给他挣得金手指的美誉。从今天开始，金手指不复存在了。因为，它们没有价值了。金医生端详着弟兄八个，它们漂漂亮亮，经常修剪的指甲，指甲缝里没有一丝污垢。他是有多么珍爱它们，为了保持手指的颜值，金医生从来不吸烟，唯恐手指被烟雾熏染成焦黄色。在家里偶尔洗个碗，金医生都要戴上塑胶手套——他担心洗碗液，会蚕食手指掌面的敏锐性。手指的掌面迟钝了，金手指也就废弃了。

他爱护自己的手指，简直到了病态的程度。生活中，处处在意和维护它们。他为了它们，绝不是仅仅不吸烟、洗碗戴上塑胶手套那么简单。在家里，金医生所有可能触及的、对手指造成磨损的地方，都是有套子的。换句话说，质地柔软的套子，在金医生家无所不在。墙壁上的开关有套子，电视遥控器有套子，吃饭的筷子有套子。筷子的套子是半截的，家里和单位各放一副，吃饭的时候套上，吃完了再取下来，不妨碍筷子的清洗。再预备了一副套子随身携带，餐馆里的筷子多是一次性的，上边容易有毛刺儿。媳妇儿说金医生，哪天也给她套上一个套子。金医生开玩笑说，等你老了，皮肤变得粗糙了，到那时候就真得把你套起来。这样辛苦维护着手指，值得吗？值得，完全值得啊。它们不是普通的手指，是给病乳们带来福音的金手指啊。曾经的它们，是多么辉煌。全国各地病乳的主人们，半夜带着行李排队挂号，只求金医生亮出金手指，把病乳从水深火热中解救出来。金医生的金手指，被相机的特写镜头定格在全国一线的各大报纸上，风光无限。

怎么就这样了呢？两行不自觉的泪水涌出了金医生的眼窝。金医生慌忙将金手指并拢，从水龙头下掬水，冲洗干净脸上的泪痕。等一会儿，玻璃镜面上的模糊散去，重新清晰起来，里边的那个人会嘲笑他的。不想，泪水越洗越多，哗啦啦地从眼窝里往外奔涌。"金医生，您没事吧？"分诊台的小护士来敲门。

金医生用最快的速度收拾好自己，深深地呼出一口气，让高度近视镜片后的两只三角眼重新恢复亲和力。然后，他坐回到办公桌后边，迎接下边的患者。

3

拍个片子看看吧？

接连几个求诊的，有青年的乳，有老年的乳，大部分是和第一个乳一样的、落满了岁月风尘重负在肩的中年乳。每一次，金医生用他的金手指给这些乳触诊完了，都会小心翼翼地征求主人们的意见。

他的语气虚弱，没有底气，好像做了对不起那些乳的事情。那些乳呢，基本也都经历了第一个中年乳的心路历程。连金手指都无法确定的病情，必定是凶多吉少。它们惊恐不安的主人捏着金医生开好的检查单据，步履沉重地走出乳腺科。走到门口，当乳腺科的白色门即将关上时，乳的主人们透过门缝，将不甘的眼神投射给金医生。她们想在门彻底关上之前，听到金医生的呼唤，回来吧，不用拍片子。可是没有。拥有金手指的金医生一声不发，他只是挺了挺背部，做着迎接下一个病乳的准备。他看上去好疲惫，两只亲和的三角眼被沉重的倦怠缀着，眼皮几乎遮盖住了眼仁儿。

在患者与患者之间，金医生依旧不让她们衔接得太紧，开辟出一小块时间的自留地。在自留地里，用流动水清洗掉手指掌面上留下的患者痕迹，为下一个患者的触诊做准备。不同的是，他不再抬头面向水池上方挂着的玻璃镜子，拒绝与镜像里的那个人进行眼神与眼神的交流。他怕触碰到令他胆寒的蔑视。尽管八根手指的辉煌不在了，但是他对它们的珍视不会改变。它们是他的信念，是他的理想，也是他的生命。所以，他不会因为它们失宠了就马马虎虎。他愿意冒着被镜像里那个人鄙视的危险，认真完成每一场清洗。

一场新的清洗刚刚完成，诊室的门突然被撞开了。跌进来的中年乳的主人，跟跄了两步才站稳，张皇地递上彩超结果。她的手有些抖，印有彩色影像的厚纸片，也茫然地跟着颤动。金医生用吊在洗水盆旁边挂钩上的白毛巾，擦了擦手上的水渍，接过中年乳主人的单子。

没啥事儿，乳腺增生，开点药吧。

见金医生说得这般轻松，中年乳的主人满含着疑惑，金大夫，我是不是得了没治的病了，您跟我说实话，我挺得住。说话时，她用决绝的目光狠狠地抓着金医生。

真没事儿，出血是由于毛细血管破裂引起的。金医生表现出最大限度的诚恳。

真的？真没事儿？哎呀妈，吓死我了，我以为阎王爷要把我收走了呢。中年乳的主人，呼啦啦就放松了。人一放松，眼泪花儿、玩笑都出来了。后来，中年乳的主人往门外走，边走边说，金大夫您忙着，我走了。走得风轻云淡地，不是过去金医生享受惯了的千恩万谢。中年乳的主人也没有错，给她解除危机的，是高科技的彩超，不是你的金手指。类似的风轻云淡，也在下边的乳病患者之间发生了。大家用风轻云淡表明一个态度，金手指不过如此罢了。

会好的，以后会好的。金医生安慰自己。所谓"会好的"，并不是指他的金手指再现辉煌，而是说时间长了，他便会接纳了，麻木了，和那些人一伙了。他真的会和那些人一伙吗？他悲伤地认为，他并不是一个特别坚定的人，今天是妥协的开始，用不了多久，便会和他们一样冒着利益熏天的臭气。这一时刻，那些胜利者一定在哈哈大笑。听啊，哈哈大笑声已经穿透了诊室的墙壁，向他拍击过来。哈哈大笑是一个团伙制造出来的，尽管它们混合在一起，有着金手指的金医生，耳朵的辨别能力也不错。当团伙的笑刚传播到耳鼓，金医生马上就分辨出来，这一缕笑是这个人的，那一缕笑是那个人的。

这个人是他同科室的同事。虽然今天他不值门诊，在住院部忙碌着，忙碌的间隙，却不断地跑过来，使用各种打探手段，其中包括观察患者离开诊室的表情，手上是否惶恐地捏着超声波单子。这是一种低等的打探，其实他只需拨打一个内部的电话就可以了。内部电话由那个人来接听，那个人在影像科，正在给一名来自乳腺科的患者做彩超。"正做着呢，挂了。"听上去，这是一句很普通的话。事实上，它类似于过去特工人员的接头暗语。意思是说，我正超着的，是你们乳腺科的。那个老顽固开的单子噢，他终于妥协了。一个重大的胜利，晚上我们要不要喝一杯呢。

不安的患者只顾着自己的不安，哪里有心思在意超她的人、电话背后的暗语和欢乐的心情呢。当然，超她的技师，再怎么喜悦，也不可能当着患者的面放出哈哈的大笑。他们的大笑是暗藏的，是另一种形式的存在，只有金医生能够听得到。哈哈大笑的同科室同事不是一个人，是同科室同事的集体。哈哈大笑的影像室技师，也不是一个人，同样代了整个科室。两个阵营的哈哈大笑，合并一处直逼金医生。颓败的金医生，瑟缩在椅子上，用两根大拇指堵住耳朵。即便到了这个时候，他也不舍得劳动他珍爱的八根金手指。

4

同科室的同事，以及影像室的技师们，怎么能不高兴呢。金医生开了戒，以后大家的日子都会好过些。连着几个月，乳腺科的绩效都是倒数第一，影像科跟着吃瓜落儿，绩效也在后几名里徘徊。

医院的改革从今年年初开始，各个科室都下任务，医务人员的工资分两个部分：基础工资，加上绩效工资。让医生们抓狂的是，基础工资只有千八百块钱，要想收入好看，只有拼了命地提升绩效。怎么提升？举个例子，一个患者来看病，明明没有多大问题，或者通过医生的"望闻问切"四门功就可以诊断清楚了的，要把问题严重化，病情模糊化，建议病人拍片子，进一步诊治。一个普通的感冒，在医生的建议和谆谆诱导下，可以从胸片开始，一直拍到核磁。中间的各种拍，有的是感冒的近亲，有的是感冒的远亲，走过万水千山才能抵达。公正地讲，部分病患的确需要拍片，需要高科技的辅助。假设每一张片子都确系因了病情需要才拍，那么，每个科室的任务都不可能完成。任务完不成，个人的收益就直接受到影响。于是，医生们一边叹息着"被逼无奈"，一边举着锋利的手术刀，砍向他们的患者。医生阅人无数，他知道哪个患者肉厚，哪个患者肉薄。肉厚的，就多砍几刀。肉薄的，尽管也会生出来几分的同情，但一想到自己其实也挺可怜，便狠狠心也砍上一两刀。幸好，时间有治愈的效果，砍着砍着，同情心就不知道何时沿着刀锋溜走了。其实，治愈的主要原因，是越来越好看的绩效成果。

在这场血肉横飞的大战中，只有金医生不为所动。你一个金医生，为了显示金手指的魅力，牵连了一大堆人的利益，这还了得。首先乳腺科同事的脸色就不好看了。由于金医生是乳腺科的金字招牌，来求诊的大部分乳患是奔着金医生而来。因此，同科室的其他医生即便刀磨得再锋利，可供宰杀的患者有限，效益也好不到哪儿去。偏偏金医生不自觉，拖了科室的后腿，影响了大家的利益，还做出事不关己的嘴脸，真是太可恶了。然而，金医生是医院的金字招牌，又是乳腺科的一把手主任，作为同科室的人能拿他怎样呢？那可是连院长都要让三分的人，硬碰硬肯定是不行的。

"主任，这个月咱又垫底儿了。"讨好的笑脸中埋藏着殷切的希望。下班前，认真清洗金手指的金医生，眉头是紧紧锁着的，做出防御的架势，唯恐有人拿了钥匙来开锁。显然，这个老顽固不吃这一套。这一套的科学含量太低，不足以打动和制服金医生。真的是急中生智，生出来的智管他是上三烂，还是下三烂，只要能撬动金医生就好。便有了如下的场景：

金医生坐门诊，总会有一个同科室医生的家属陪伴着。她们安安静静地坐在一边，不打扰金医生的工作。只待金医生清洗金手指的空隙，或是偶尔的乳患衔接断档时，她们便朝着金医生发动猛烈的进攻："主任哪，您可怜可怜我们吧，要知道连粥都喝不上，干吗送儿子去留学啊。""金主任，您不是不知道，我娘家妈妈得了要命的病，天天得钱堆着。要说我还有一个妹妹，可以帮着分担，可是妹妹日子也挺难的。您说说，总不能不给老太太治吧，眼瞅着被病拿得嗷嗷叫？那是我亲妈，我爸死得早，老太太把我们拉巴大了不容易，您就给我们一个报恩的机会吧……"家属们声泪俱下，楚楚可怜。她们的男人，背后指使她们的乳腺科的医生们，则装作一无所知。他们从值守的住院部跑过来，愤怒地指责自己的女人，你这是要干吗，以后我还咋在医院待，赶快滚回家去！又忙着向金医生道歉，祈求金医生的原谅。反正，不管如何愤怒，他们是惹不起自己的女人的。最终的结局就是，没有一个女人听了医生男人的话，乖乖地滚回家，她们抱定了一种信念，势必与金医生抗争到底。她们排了班儿，今天这个值守，明天那个值守。

紧接着，影像科的人脸色也不好看了。技师们拍片子，前提是上一个程序的各个科室的医生们，要给他们输送病号才有片子可拍。只有机器不停地转动，才可能完成医院下达的指标，保证自己的收入节节高升。从道理上讲，影像室面对的是整个医院的各个科室，业务空间相对广阔。在开拓业务的过程中，技师们唯恐医生们砍向患者的刀子不够锋利，在大大小小的饭局上，他们把医生的刀浸泡在酒精里。醉了的刀子，少了几分顾忌，多了几分兴奋。一把刀子兴奋了，会觉得自己所向披靡，自我感觉良好的它们，果然骁勇了很多，将一个又一个患者斩落。这不是很好嘛，怎么就缺了金手指那把刀不行呢？金手指的乳腺科，可是不比一般的科室，它直通着广大女同胞。如今的年代，女性生育少，加上环境的污染，焦虑情绪的影响，大批大批的乳出了问题。如此诱人的巨大市场，就摆在你的眼前。

就在这个关口儿，医院新引进来一台钼靶X光仪。这台机器是给乳腺科配备的，专门辨别乳腺肿块的良恶性，比高频彩超先进不知多少倍。乳房肿块上任何细小的毛刺，都逃不过钼靶的眼睛。功能比高频彩超好，价钱也是高频彩超的几倍。高端的机器有了，配备的技师也有了，万事俱备，只欠患者。令人恼火的是，乳腺科那边的单子，就像绣楼里的大家闺秀，千呼万唤也不见下楼来。影像科的其他技师，虽然着急，也没到穷途末路。钼靶技师就不同了，因了上大火，嘴角都烂了。钼靶技师一马当先，找到了院长，要求调换工作。

5

　　院长就等着有人来找他呢。

　　金医生的坚守，受损的不光是个人，当然还有医院的利益。对金医生表现很是失望的院长，并没有像金医生同科室医生那样急不可耐，跳出来批评金医生。毕竟金医生曾经是医院的招牌，为医院立下过汗马功劳。他在耐心地等待中，等着有人替他给金医生这个老顽固开窍。乳腺科医生家属的行动，院长早有耳闻，但他装作不知道。院长不过问，就是一种纵容。"你以为医院培养一个技师，非常容易是吗？调换工作没门儿，怎么开展业务自己开动脑筋，脑子太闲了不怕生锈？"院长的表情严肃，语气严厉，吓得钼靶技师赶紧退出了院长办公室。

　　金主任，晚上有个小饭局儿，您赏个脸？

　　钼靶技师代表影像室，向金医生发出了邀约。这个手段从表面上看一点也不高明，实际上却大有文章。拒绝一次正常，拒绝两次也正常，谁家还没有个事儿吗。拒绝三次，你就是故意的了。一个不通人情的人，以后还和大家怎么相处。让大家惊喜的是，金医生痛快地应允了。酒桌上，影像科的技师们摩拳擦掌，预备将腹内的计策一一排列出来，看看哪一款适合打磨金医生迟钝的手术刀。意外出现了，金医生反客为主，连着说了三大杯酒。三杯酒的酒词，金医生说得漂亮极了，层层递进，慷慨激昂，任谁听了都觉得这是一杯必须喝的酒。技师们的热情都被调动起来了，尤其是钳靶技师，内心满满的感动和歉意。早知道一顿酒就能解决的问题，何必到院长那里去诉苦呢。

三大杯酒说完了，下边该进入自由发挥的环节，大家以为金医生可以喘口气，轮到他们说话了。都想错了。金医生又发起了冲锋，挨着个儿地敬大家。一个人一套酒词，套套感性，如春风袭来，舒服又惬意。等人舒服透了，明白过来，金医生已经酩酊大醉，歪倒在了椅子上。剩下一桌子尴尬的人，一桌子尴尬的佳肴。这个金医生，用一种极端的方式，拒绝了技师们。

大家把人事不省的金医生送回了家。金医生的人醉着，心却醒着。拒绝了技师们的他，是非常不快乐的。他觉得自己越来越孤独，越来越无助。他不知道自己还能坚持多久。他的心哦，多么想像他的肉身一样沉沉醉去。然而，超强的孤独，仿佛一头野狼，将他的心牢牢地抓住，用长长的獠牙掏出一个又一个的血窟窿。是他选择了让心孤独，心就用疼痛来回报他。

醒着的心发现，家里也不是安全的。很快，女人在深夜发出了嘶吼声。嘶吼的原因，看似是因为她的男人醉酒了，其实不然。醉酒不过是一个理由，她压抑了很久，早就想爆发了。

污物从男人的喉管喷出来，溅落在床单上，墙壁上，地板上，变成一朵朵肮脏的花朵。女人并不去清理，肮脏的花朵，给她助力，让嘶吼更有力量。女人不愧是数学老师，嘶吼出来的语言一点不凌乱，非常有逻辑性。按照由近及远的时间顺序，女人给男人列数了几宗罪。

第一宗罪，由于男人的收入锐减，影响到儿子的未来。在北京读博的儿子，准备在北京落脚。在北京落脚，意味着在北京娶妻生子，在北京生活。然而，在北京生活的前提是，要有一套在北京的房子。女人是名校老师，男人是有着金手指美誉的名医，两个人的收入都还不错，过去也有些积蓄。但在北京买房子，却还差了那么一截。紧要的时期，男人掉了链子，因为他的固执，连着几个月收入微薄。女人上了邪火，满口牙齿疼得全部松动。第二宗罪，嫁给号称金手指的男人，女人的心理承受了巨大压力。很多人都知道男人的怪癖，有朋友私下里开女人的玩笑，男人用金手指摸你的时候，是不是也要戴着套子呢？女人想想就生气，别人哪里知道，男人从来不摸她。她多希望得到男人的爱抚，用他的金手指给予她温情的抚触，唤起她作为女人的幸福感。谈恋爱的阶段，他不摸她，她理解为羞涩。新婚的夜晚，他也不摸她，想直奔主题。饱满的她，渴望得到他的爱抚，便主动迎上去。他满足了她，用他的金手指抚触她两只洁白的乳。他的抚触，是职业性的，不带有任何情感的。右手的四根金手指，在左乳上沿着顺时针抚触，先是内上、内下，然后外下、外上，再然后乳晕区，最后一站是腋窝。

右手抚触左乳结束，换上左手抚触右乳。两只乳都抚触完了，男人认真地总结说，左乳有轻微的增生。

一个多么无趣的新婚夜。从此，女人再也不敢让男人抚触。"让你的金手指去见鬼吧！"女人说着，撕下墙壁上开关的套子、电视遥控器的套子、吃饭筷子的套子。家里所有能找到的金手指的套子，女人都没有放过。拥有金手指的男人，一颗醒着的心，彻底崩塌了。女人说得没错，他的金手指再也没有用武之地了，到了该见鬼的时候了。

6

第二天，坐门诊的金医生的表现，简直惊掉了人的下巴。这是一个划时代的、具有重大历史意义的上午。这个上午，在经历了昨晚诡异的酒局后，本应该是异常糟糕的。"听说你们昨晚给老金喝迷魂汤了？""还是你们影像室的人厉害，咋没早出手啊。""等你们乳腺科实在没招了，我们才能出手，这样才能显得技高一筹啊。"两个阵营的人，集合起来的哈哈大笑的力量，简直要把金医生的耳膜震碎了。他听到了耳膜碎裂前的警告与提醒，笨蛋，快逃离吧。

他在坐门诊，怎么能逃离呢。虽然坐门诊的他，越来越像一尊道具，只需开几张化验单，看看检查结果，再依据检查结果分拣病人。需要吃药的，给搭配几味药；需要手术的，安排办理住院手续，等待开刀问病。这是一个金手指魅力逐渐式微的残忍过程。有对金手指失去信任的乳患者，上来便会交待道："金医生，我想做个钼靶检查，您给我开个单子吧。"金医生镜片后的三角眼，很努力地绽放出亲和力，招呼乳患者坐下，撩起上衣。他要给她触诊，触完诊再开钼靶检查单。这样看来，触诊就是一个多余的环节。但是，金医生的触诊是认真的，也是一丝不苟的。先是右手给左乳触诊，接着是左手给右乳触诊，沿着顺时针的方向，八根金手指尽心尽力，一个部位都不拉下，从乳的内上开始，至腋窝止。多一步不走，少一步不可。"您快点儿，金医生。"乳患者大概觉得，这个乳腺科的半老男性医生，莫不是想趁着机会摸她漂亮的乳吧。

乳患者拿着检查单出诊室的门后，金医生依旧有一个停顿，站起身来去洗水盆清洗他的金手指。只是，再也不抬头审视洗水盆上方玻璃镜里的人。他的头和身子都勾着，唯恐被玻璃镜里投过来的鄙夷撞到。

金手指的时代终结了。所有的人都这样认为，包括金医生自己。这天，来了一个三十多岁的年轻乳患者，正赶上金医生值门诊。触诊的时候，金医生心里咯噔一声。为什么咯噔呢，因为乳患者太年轻了。他的金手指在患者左乳内上的部位，触摸到一个不足一公分的病灶。这个病灶十分隐秘，躲猫猫一样藏在厚厚的腺体里。金医生的金手指，刚开始有些不确定，张大了火眼金睛，仔细地辨别一番。病灶隐藏的腺体太奇特了，即便是身经百战的金手指，也没见过这般肥厚的。它把尚在幼年的病灶严密地包裹住，只留下一个影影绰绰的影子。感觉到了金医生手指的凝重，年轻的患者陡然紧张起来："有问题吗？"

做个钼靶看看吧。

金医生的语气不再是商量，而是非常肯定的句式。肯定的句式里有金医生的忧伤和期待，忧伤的是金手指也有不确定的时候，真是该淘汰了。寄希望于人类的科技成果，把疑问交给钼靶，这是他的期待。为了引起重视，金医生还给钼靶技师打了一个电话，让他仔细一些。对于患者来说，医生释放出的这些信号，是凶险的。年轻乳患者的腿都已迈不开步子了，在家人的搀扶下，泪光盈盈地去做钼靶检查。钼靶检查的结果下来，证明是虚惊一场。年轻女患者的家属，指着金医生的鼻子斥责道："现在医生的良心哪儿去了，就为了让我们做个钼靶，多花几百块钱的检查费，就吓唬病人？你们的奖金都是这样挣来的吧！"

这场不大不小的医患纠纷，在医院里传得沸沸扬扬。没想到的是，年轻女患者的家属，还把录制的金医生垂头丧气的视频发到了网上。一时间，社会上舆论四起。一部分人率先激动起来，他们列举着种种医生的劣行为：哪个医生因为误诊，把病人说成不治之症；哪个医生开大药方，一个小病花了好几千；要想做个踏实手术，必须得给主刀送红包，送红包都明码标价了，切个子宫花多少钱，开个颅多少钱。五花八门的问题，都列摆出来了。

霎时，所有的负情绪都气势汹汹地朝着金医生压过来。"呸！"来医院看病的患者，总要特意路过金医生坐诊的乳腺科，朝着乳白色的门啐上一口。对医院和医生有成见的曾经的患者，也特意赶到金医生坐诊的乳腺科，这部分受到过"伤害"的人，情绪更激烈，他们不满足于朝着乳白色的门吐口水，而是砰地将门推开，把愤怒的口水直接吐到金医生的身上。比吐口水更加糟糕的是，再没有乳患者到金医生的诊室求诊。据传说，这个金医生哦，不光是医德不好，还是个色鬼，借着给病人看病的机会，把病人的乳摸个够。年轻的乳，中老年的乳，都不放过。你看他的三角眼，往人的肉里钻呢。

7

事件的进一步升级，发生在患抑郁症的金医生在家休养的三个月后。被钼靶安全通过的年轻乳患者，隐藏在厚厚腺体里的恶性病灶，在没有得到相应干预措施的自由环境里，迅速地分裂成长，错失了最佳治疗时机。

一起典型的误诊病例。年轻乳患者的家属一怒之下，将罪魁祸首金医生和金医生所在的医院告上了法庭。由于是这座城市首例因误诊引发的官司，还由于首例误诊官司的第一被告是从名噪一时变成臭名昭著的金手指，开庭这天，旁听席上坐满了人。大家预备好了足量的口水和激愤。

轮到第一被告席上的金医生答辩了。众目睽睽之下，但见一直缩肩勾着头的金医生，微微挺了挺身子，将从镜片后两只三角眼散发出来的目光，投放到他对面的某个位置。神情从刚才的分散，转入到专注。随着神情的专注，金医生开始有了动作。右手抬起来，至神情专注的那个位置，拇指之外的四根手指，沿着顺时针的方向缓缓移动。随着移动，四根手指密切合作，在不同的着力点上，兢兢业业地审查着什么。忽然，从容的手指有了犹疑。

别急，再来一遍。金医生安慰四根手指。

于是，四根手指通力合作，展开新一轮的移动。新一轮的移动，更加小心谨慎，也更加辛苦。又到了犹疑的点位上，右手四根手指中的食指，在一个轻轻的颤抖后，围绕着犹疑点反复打探和问询。此时，豌豆大的汗珠儿，从金医生的额头以及鼻子上，惊慌失措地拱出来。它们茫然地四望，不知道发生了什么。

"腺体太厚了，不过请大家相信我，我会把坏家伙找出来的。"金医生弯下身，朝着旁听席深深一躬。接下来，第三次冲锋开始了。尽管经历了前两次进攻的失利，金医生右手的四根手指，锐气不减反增，它们以决绝的英勇向着敌军的阵地进攻，势必生擒活捉敌手。看哪，这是多么让人敬慕的手指，它们的外表，修长又俊美。俊美的表象下，是杀气腾腾的擒敌技能。

所有的看客屏住呼吸，看一场金手指与恶分子的大战。

活是慢动作

1

　　岳母在我的升降床前足足站了五分四十二秒。

　　在这令人窒息的五分四十二秒里，岳母一声不吭。我的超能力耳朵，将岳母呼出的沉甸甸的气息搬运回来，一重又一重地码放在胸口上。随着胸口的负荷渐增，我那两颗再也释放不出光芒的眼珠滚动的频率愈来愈快。出院以来，虽然岳母伺候我吃喝，给我洗洗涮涮，每两个小时帮我翻一次身，但这样对我长时间地进行审视，却是第一次。审视，是为某种重大的决定积聚勇气。

　　一种不祥的预感霸道地侵入丝毫没有反抗能力的我。我多么希望岳母的"重大决定"是杀死我残破的肉身，帮我完成自己所不能完成的事情。那样，岳母一家人解脱了，我也解脱了。这样的"重大决定"是令我愉悦的，而我敏锐的第六感告诉我，岳母即将付诸行动的"重大决定"，肯定与死亡没有关系。但是，它会比死亡痛苦十倍百倍，甚至千倍万倍。她究竟要干什么？其实，不祥的信号，在岳母走进我房间，对我的审视开始之前，我就已经接收到了。

"还在加班，是吧？"这通电话，最接近恐怖的审视。它是岳母打给我老婆的。声音不大，情绪控制得也很好，完全符合岳母的身份。恰到好处只是表象，内质是饱胀的焦躁。整个白天，岳母给我老婆打了至少三个电话，这是从来没有过的。从"今天不会加班，是吧？"到"是不是又要加班？"再到最后一通电话，它们是层层递进的关系。今天是个特殊的日子，岳父不在家，他带队出差了。过去的日子，岳父也会出差，家里的每个人都习以为常。可这次不一样，是我出院后的首次出差。

"让爸去吧。"我老婆坚定地支持岳父出差，她不希望家里的事情拖岳父工作的后腿。岳父不在家的日子里，我老婆会接替岳父，负责给我更换尿不湿，负责给我洗澡。

审视持续到五分四十三秒的时候，岳母发出一声"唉"的叹息后，开始行动了。覆盖在我身上的薄被子被掀起来。尽管我的身子不能动，但皮肤是有生命的。当它意识到自己全裸地暴露在岳母的眼前时，刷的一下，附着在皮肤上的汗毛全体起立，做好了逃跑的姿态。尤其是羞部，向我发出严厉的警告，你这个家伙，快把双眼捂住啊。不要因为你是个瞎子，就无所作为，快，捂住啊。可是我不光是个瞎子，双臂根本没有能力抬起来，完成一个对常人来说再简单不过的动作。热热的血往我的脸上涌动，哗啦啦，哗啦啦，合力涂抹一层又一层的红晕，试图遮掩住所有的难堪、窘迫。

难堪和窘迫同样是无力的，根本阻止不了岳母的行动。我的头部被岳母搬离了床，挪到紧挨着升降床的另一张床上。那是一张带轮子的、活动自由的床，每天晚上岳父把我搬到上边，推着去卫生间洗澡。当我的头触碰到铁质的活动床时，我明白了岳母的重大决定：她要像岳父那样，把我推到卫生间去洗澡！为了维护最后的一点尊严，我情愿付出本已残破的生命。可悲的是，我没有能力丢弃自己。我曾经认真地想过，结束生命的唯一办法就是绝食。拒绝别人的喂食，把牙齿咬得死死的，按照我的身体状况，估计一周时间便可如愿了。事实是我已经丧失了独立进食的能力，每一顿饭都是岳母将食物捣成糊状，用针管通过脖子上的切口，直接输送到胃管里。

上天真是眷顾我，让我成了瞎子瘫子的同时，还夺走了我的语言能力。除了会发出啊啊的语气词，其他的一概不可能。我只好通过表情来向大家传递信息，使他们了解我对生的绝望。"是不是哪里不舒服了？"岳母注意到了我额头上聚集起来的愁云。"是不是要大便啊？"岳父掀开了被子，窸窸窣窣地戴手套，凑到我的屁股跟前，准备迎接我肚腹里的内存。"乖啦，会一点一点地好起来的。"晚上，过来看我的老婆轻柔地安慰我。

我愤怒了，想想吧，如果不是这个女人的全力抢救，我就不会这么痛苦地活着。啊啊啊……我发出剧烈的抵抗。

自从我出院回到岳父家，白天都是已经退休的岳母照顾我，两个小时翻一次身，喂水喂饭，擦脸擦手擦胳膊擦腿擦脚，反正是除了屁股之外的各种擦。屁股是给岳父留着的，我那熬了大半辈子只熬到科级的岳父，每天中午都会急匆匆地赶回家，及时更换我屁股上罩着的尿不湿。在更换上新的尿不湿之前，岳母会将一盆温水放在我的卧室门口。岳父清洗干净我屁股上的污渍后，再笨手笨脚地将干爽的尿不湿套在我屁股上。那一刻的我，自尊心像是被一只大手紧紧地攥住，疼得浑身起鸡皮疙瘩。岳父大人深得岳母全方位的照顾，连双袜子都不曾洗过，竟然沦落到每天翻看我的脏屁股。

伤口迅速地糜烂，开出难堪与窘迫的花朵。花朵一路盛放，从我的卧室蜿蜒到卫生间里边的浴室。热水从喷头倾泻而出，岳母的一双手开始在我的身体上揉搓。揉搓不太顺畅，含着满满的犹疑，满满的情非得已，满满的羞怨。一双戴着塑胶手套的手，承载了太多的情绪，它们工作得好辛苦。揉搓到沤了一天的"那个地方"，岳母突然停止了。两秒钟后，传来撕心裂肺的呕吐声。溅起的水花沸沸扬扬，一部分洒落在我羞得通红的脸上。比深渊还深的羞惭已经不能表达我的心情，猝不及防的泪水冲出了眼眶。泪水混迹在脸上滚动的水花之中，也把自己变成一朵一朵的水花。清清澈澈的一朵，又是清清澈澈的一朵。

这样的哭泣怎么这样熟悉？它曾经在二十年前发生过。

二十年前，十岁的我被母亲生气地剥光了沾满烂泥巴的衣服，然后光溜溜地投掷在院子里的一只大盆里。院子里围拢着告我状的哥哥和姐姐，见母亲把我按在大盆子里洗澡，就将食指弯起来刮鼻子，齐声喊道，羞，羞，羞。我一只手捂住羞部，一只手从盆子里撩拨着变得黏糊糊的脏水，让脏水花挂在他们身上脸上头发上。我越是反抗，他们越是嘲笑我，然后呢，我反抗得就越厉害。恐怖的事情发生了，围观的人里边，出现了邻居小女孩。偏偏她不是普通的女孩。她是我喜欢的第一个，也是唯一的一个女孩子。那一刻，她星星般的大眼睛笑得弯弯的，也和我的哥哥姐姐们做着同样的动作，用手指在鼻梁上刮抹，每刮抹一下，就喊一句"羞羞"。我忽然安静下来，不再抗争，屈辱的泪水默默地流了下来。

2

少年时的裸体被"初恋"的女孩子嘲笑，严重影响了我的心理。对于我的怪癖，我老婆再清楚不过。每次做爱前，我都要将屋子里的灯关掉。她说我们这么亲密了，为啥不能看呢？我怎么跟她解释呢，如果我说是少年时落下的心理阴影，必定会引出不必要的麻烦。我只能回答她，从小我就是个怕羞的人。我老婆不甘心，她决定制造一场浪漫来拯救我。那时候我们还没有女儿，也没有和岳父母住在一起。拥有独立空间的一对新婚夫妻，完全可以为所欲为。其实，老婆的为所欲为一点创意都没有，完全是从影视剧里模仿而来。在浴池里注满水，洒满玫瑰花瓣儿，老婆开始诱惑我了。新款的露出大乳沟的睡衣，迷幻的眼神，一步一步勾着我走向花瓣儿浴缸。很好，一切都很好，谢谢你的用心。我说，可惜我不喜欢。

不嘛，我会让你喜欢的。女人最大的错误，就是太自以为是，太想改变自己的男人。她扭住了我，身子像一根手擀面条，软软地在我身上缠绕。一圈儿又一圈儿，缠绕住我的心，我的肝，我的脾。我决定接受老婆的安排，让她看到关于我的真相。对我而言，这样做是需要勇气的。

她需要的裸体呈现出来了。因为是第一次"用眼"看见，女人兴奋得像个小女孩，小脸蛋粉红粉红的，比浴缸里的玫瑰花瓣儿还要娇艳。她用手指动动这里，碰碰那里，简直新奇得不得了。小东西，你怎么那么丑呢？女人说完，嘻嘻地笑，眼泪都快流出来了，眼角湿润润的。女人诱我深入，踏进撒满玫瑰花的浴池里。她口中嚷嚷着，亲爱的，这叫鸳鸯浴。女人雪白的身子潜入到花瓣儿中间，被有生命的花瓣儿围裹起来。花瓣儿围绕中的女人，真的美极了，可是，所有的美好都不能走进我的身体，无法化解我的窘迫。我的笨女人，依旧不肯放弃，做着各种尝试。每一种尝试，只能加重我的窘迫，让我越发地狼狈不堪，根本无法和她完成一段浪漫史。

之后好几天，我都昏聩无力。老婆这才意识到问题的严重性，再也不敢在我身上制造浪漫。"你只是怕羞吗？"她向我发出质疑，想要一个能说服她的理由。比如，年幼时受过什么样的伤害之类的。我不能说，绝对不能说。"看来，你害羞得有些过度了。"她没有放弃质疑。

质疑归质疑，包括母亲在内的所有女人，只有老婆了解我这个绝密的隐私。因为了解，她该是懂我的。这个夜晚，我是多么强烈地盼望着老婆来看我，把我从磅礴的羞愧和委屈中解救出来。那样的羞愧和委屈，远比死亡恐怖。岳母给我洗完澡，把我安顿到升降床上后，我清清楚楚听见她给我老婆拨通了一天中的第四次电话。她在电话里告诉我老婆，她给我洗了澡，叫我老婆不必再过来，照顾好小星星。假如我老婆听从了岳母的话，真的不再过来看我，那么我该如何抵御凶猛的羞愧？老婆，快来吧，来救救我啊。也许，老婆听到了我的呼救声，差五分钟十二点时，锁孔发出一声清脆的"咯噔"。

老婆轻着脚步，唯恐惊扰了睡下的岳母，直奔我的卧室。

懂我的人终于来了。对于一个不能看、不能动、不能说话的人，眼泪就是所有的表达。我希望老婆站出来，制止岳母为我洗澡这件事，不要把盖在我尊严上的最后一层薄纱给扯去。我亲爱的老婆用纸巾擦去了我眼角的泪水，然后拉过升降床边上的椅子坐下来，用她纤长的手指，在我身上弹奏，按摩。她边按摩边安慰我道，二哥是不是男子汉，男子汉咋能动不动就哭鼻子呢？乖啦，我这不是来了吗。

哄我的老婆，努力把巨大的疲惫压制下去，让母性的柔软抖擞地在线。她要在最短的时间内安抚好我的情绪，然后回到我和她的小家里，一边守着不满周岁的女儿，一边安顿满身的倦怠。因此，她使出了杀手锏，二哥，告诉你一个好消息，咱闺女会喊爸爸了。

天啦，我的女儿小星星会喊爸爸了。我不得不承认，老婆的这一招是奏效的，小星星是上帝派来的天使，一声甜蜜的"爸爸"，减轻了我深重的羞愧与委屈。老婆离去后，我依旧用灵魂拥抱着我的小星星唤出的那声"爸爸"，一遍一遍地品味上边的甜。就这样甜下去，用甜做武器，打退羞愧和委屈这两个敌人，好好睡一个远离痛苦的觉。

突然，我的卧室门被踹开了，一股气势汹汹的力量扑到了升降床边。"二刚，你摆出这个架势来，是谁给你委屈受了吗？"是岳母。原来，她并没有睡去，而是穿着睡眠的外衣，悄悄观察我的动静。她知道我在老婆面前流泪了。而且，她把我流泪的原因，和她紧密地联系到了一起——

二刚，我是你丈母娘，该做的做了，不该做的也做了，还要我怎么着啊？可着天底下，也没有丈母娘给姑爷洗澡的，到头来你还不知足。自私自私，典型的农村人的劣根性……没错，就是劣根性……

"劣根性"一词，被岳母咬得湿漉漉的，从嘴里冲出来，就变成了一根蘸了水的鞭子，咻咻地抽打我的魂魄。这个老太太，从她女儿把我领进她家的门，她追在我身后用抹布擦我踩过的脚印开始，就想骂我了对不对？自私自利是农村人的劣根性，不讲卫生是农村人的劣根性，她的女儿是多么有眼无珠，看上一个浑身劣根性的乡下大学生。她是一个有涵养的退休干部，用云淡风轻的眼神骂人。那时候，岳母不直接使用"劣根性"这个词骂我，除了素养本身，还有一个原因——她相信凭着她的努力，可以把她女儿认定的乡下女婿身上的"劣根"一根一根地拔了去。

岳母最先拔除的，是我不讲究卫生的劣根。如果洁癖分等级，那么岳母的洁癖列属最高级别。在人口数量相等的前提下，岳母家里的拖鞋要比普通人家多三倍。进厨房一双，进卧室一双，进卫生间一双。每个不同的场合，都有专用的拖鞋。假如我违背了岳母的规矩，穿着卧室的拖鞋去了卫生间，可是不得了，岳母会拿出超过常人一百万倍的耐心，给我讲穿错拖鞋的危害，不讲究卫生的危害，直到把我讲得晕菜，直到我对穿错鞋子心存忌惮，逐渐适应活在从工会主席位子上退下来的岳母画好的框架里为止。

在岳母辛辛苦苦的改造下，我身上岳母家的气质越来越明显。就在这个时候，祸从天降，我成了个躺在升降床上的活死人。岳母之前所有的努力不但付诸流水，还被我拉进一个不见底的深渊里。深渊里的生活，暗无天日，看不见未来。这是一个集体的暗无天日，集体的坚忍，岳母不适合发泄她的绝望情绪。可是今天，岳母做出了超越她身份底线的事情，成了世界上最委屈的岳母。如果她不将委屈撬动一个缝隙，让里边的脓水流出来，说不定它会与积压的绝望汇合，干成一件更惊心动魄具有毁灭性的事情。当着我这个瞎子的面，岳母撬开委屈的壳子，喷射出畅快的咒骂。岳母的咒骂仿若一场疾风骤雨，急吼吼地来，又急吼吼地去。咒骂仅仅维持了三分零两秒钟，便戛然而止。岳母冲出我的卧室，投入到另一种发泄形式中。哭泣，既是咒骂的延续，又是咒骂的孪生姊妹。老太太，让哭泣来得更猛烈些吧。

卧室外，岳母的哭声是如此不真实。我忽然怀疑起自己的超能力耳朵，说不定是我想着小星星睡着了。岳母见我睡着了，就闯进了我的梦，演绎了一场虚幻的一个人的战争。小星星，你来说说，爸爸刚才是不是在做梦？我的小星星，你知不知道，我多么盼着你能当面喊我一声爸爸。忽然，我意识到一个很严重的问题，女儿喊的那个"爸爸"是我吗？

不，不是的。确切地说，不是现在的我，是三个月前的我。三个月前，女儿七个月大，但是我相信，那时的女儿已经有了记忆力。她现在喊的爸爸，是记忆里存储的那个爸爸。那个爸爸是健康的，是帅气的。我从女儿的视野里消失了将近两个月，一共五十四天零七个小时。当上帝关闭我所有的能力通道后，慷慨地赋予了我超强的听力，以及凭感觉计算时间的能力。五十四天零七个小时，不会错的。

3

在消失了五十四天零七个小时后，女儿见到了我和老婆。从我住进医院里，老婆就陪护在身边，和我一起度过了惊心动魄的几十天。为了和死神争夺我这条性命，老婆将未断奶的女儿，我们的小星星，交给岳母来照看，寸步不离地守着我。因此，我离开女儿小星星多久，老婆也离开女儿小星星多久。"妈妈回来了。"我听见岳母说。五十四天零七个小时，对一个小婴孩来说，是非常漫长的，漫长到足以忘却父母的容颜。但我们的小星星是那么聪明，在经过了短暂的愣怔之后，她准确地认出，朝她张开怀抱的正是她日夜思念的人。小嘴巴一撇，委委屈屈地扎进妈妈的怀里，抽抽噎噎地哭了。她当然是委屈的，不明所以地和母亲分别，每天被迫喝下姥姥冲的奶粉。我最爱的宝贝，可怜的小星星。

"小星星去看爸爸喽。"老婆抱着小星星，进了安放我的卧室。"叫爸爸，爸爸可想我们小星星了。"

我的小星星看到了什么？升降床上躺着一个干巴巴的人，他的眼神空洞，面目奇丑无比，鼻子上插着胃管，气管儿也是被切开的。几秒钟的沉寂。沉寂，对一个只有九个月大的孩子而言，是惊吓过度的反应。可怕的几秒钟时间里，小家伙一定在寻找一种恰切的释放恐惧的方式，然而，除了放开喉咙大声啼哭，她还能怎样呢？哇——啼哭来得异常迅猛，爆发力强悍，瞬间把等待惊喜的我推入无边的沮丧中。我是这般虚弱，禁不住猛烈沮丧的袭击，憋出一阵咳来。虚弱到极致的人，连咳的资格都没有，很快，窒息便翩翩而至了。慌乱中，老婆想将小星星交给岳母，好把我从窒息中解救出来。小星星以为妈妈又要消失了，死死地搂住妈妈的脖子，拼命哭泣，拒绝姥姥的怀抱。

"告诉我咋弄！"疼爱小星星的岳母撸起袖子扑向我。在老婆的指导下，岳母笨手笨脚地给我吸痰。由于是第一次，再加上急迫了些，呼吸道被疏通的同时，我的喉管也被损伤了，疼痛趁机没完没了地追着我捶打。按说，经过几十天血与火的历练，这点小疼痛早已不值一提了。然而，事实并非如此。彻骨的痛瞄准了我的灵魂，嗖嗖地发射，每一次都能精准地命中。一个十环，又一个十环。灵魂在颤抖，抱着头嚎叫。小星星，我不是怪物，是最爱你的爸爸啊，我的小星星。

我想，也许过一会儿就会好吧。可是，我错了。小星星被抱离我的卧室后，依旧拼命地嚎哭。"去外边，小星星想去外边？"从老婆的话语中，我判断出小星星的小手肯定是朝着门外的方向张开着。她用手势告诉妈妈，她要离开这里，离开有吓人怪物的房子。接着是门锁转动的声音，老婆果真抱着小星星出去了。仿佛奇迹发生，刚一踏出防盗门，小星星拿出拼命气势来完成的哭泣戛然而止。灵魂被射了千百个精准十环的我又想，也许在外边转一圈就好了。我的想法，也正是我老婆我岳父母的想法。一个那么小的小婴儿，能有多大的坚持力和耐力呢？接下来，我的宝贝女儿小星星的表现，着实震惊了家里所有的人。

只要接近有我这个吓人怪物的房子，小星星的拼命嚎哭便会随时冲出喉咙。老婆一次一次的试探，均以失败告终。后来天黑了，终于失去耐心的老婆开始大声地吼小星星，你是想累死我吗！在医院陪我战斗了五十四天零七个小时的老婆，的确是疲惫至极了。我知道老婆的疲惫是双重的，既有身体上的透支，又有对我未来堪忧的精神负担。老婆的吼，并没有对小星星产生效果，她用更加玩命的嚎哭来抗拒被强行带进家门。其时，距离小星星出门已经整整四小时又二十五分钟。这期间，下班回家的岳父帮我翻了两次身，岳母将营养餐捣成糊状，通过胃管让我"吃"了饭。为了熟悉"吃饭"的过程，老太太一边给我老婆打电话，一边操作。我听见老婆在电话里说"别抢电话，姥姥给爸爸喂饭呢"，远离了有丑八怪的房子，小星星恢复了淘气的本性。

开始有街坊来敲门。"我家的孩子在写作业呢，你们能不能管好孩子，别再让她哭了啊？"老婆和岳父母诺诺向人家致歉，关上门来用尽了办法安抚小星星。小星星一心把嚎哭进行到底，抵制各种美食，各种哄骗，甚至抵制睡眠。夜深了，嘶哑却铿锵的嚎哭声从门缝窗户缝中挤出去，蹬蹬地跑下楼，将整个小区叫醒。一盏灯亮了，两盏灯亮了，小区里所有窗子后面的灯都亮了起来。之后呢，无数颗头颅从窗子里探出来，异口同声地向噪声发出谴责。和谴责声同时进行的，是更多巴掌和拳头来拍或是捶我们的门。

被逼无奈之下，我老婆收拾衣物，半夜里带着小星星离开了。在我岳父的护送下，她俩去了我们的小家。我的宝贝女儿这一走，再也没有回来。被小星星嫌弃，没有了星光的照耀，我微弱的存活信心被彻底摧毁了。

曾经的小星星啊，只要有爸爸在，拒绝任何人的怀抱。不管哭得多么猛烈，听到"小星星，爸爸回来了"便破涕而笑，展开肉乎乎的小臂膀，渴求爸爸宽厚的胸膛。小星星噢，你可知道，为了迎接你的出生，爸爸苦读育儿知识。你可知道，听到你在产房的第一声啼哭，爸爸激动地流出滚烫的泪水。你可知道，当爸爸从护士的手中接过你，本来你的小眼睛闭得紧紧的，突然间就睁开了，爸爸是你在这世上第一个看到的人。你的眼睛是那么明亮，像天上的星星。你可知道，爸爸第一时间更新了 QQ 签名，被同事们嘲笑是女儿奴。我的小星星，爸爸想给你最深厚的父爱，给你营造小公主一样的成长环境。

小星星，因为爸爸和妈妈要上班，我们一家三口才搬到了姥姥家里。你当然也不知道，自从搬到姥姥家里，爸爸每天夹着尾巴，连屁都不敢大声放一个。在他们面前，爸爸要维护女婿的形象，行动坐卧都要规规矩矩，丝毫不能马虎大意。上了一天班，到家里还要谨小慎微，真是不轻松。但是，一看到小星星明亮的眼睛，再庞大的不轻松爸爸都愿意承受。我心爱的小星星，爸爸的样子停滞在你七个月大时的记忆里，他是最完美的爸爸，现在躺在姥姥家里的丑八怪，怎么可能是你的爸爸呢？

4

第二天，岳母气定神闲地给我更换纸尿裤。她的动作没有丝毫的犹疑，流畅极了。昨天夜里的洗澡事件，是一把有形的刷子，刷去了岳母和我之间那条不可跨越的黄线。岳母的气定神闲，让我愈加狐疑深夜那场咒骂的真实性。

　　而且，面对我的脏屁股，岳母的肠胃也没有再不舒服。要知道，岳母可是个高级洁癖者。从我出院到家里，这一个多月的时间内，她能够允许我排出的粪便在纸尿裤里滞留到岳父回家，简直是不可思议。在纸尿裤包裹下的粪便是不安分的，它们排除万难，也要向外扩散气味。不好意思动我屁股的岳母，只有敞开屋子里全部的窗户，再一遍一遍地喷洒香水。她是多么担心岳父中午有应酬，忽略了家里升降床上一具活尸体纸尿裤上的一泡粪便啊。她不断地拨打岳父的电话："下班就回家来，哪儿也别去，听见了吗？"如果不是要回家给我换纸尿裤，即便没有应酬，岳父中午也是不回家的。中午时间有限，在食堂吃了饭，回宿舍休息会儿，几乎是单位里大多数人的选择。

　　洗澡是个仪式，经过了这个仪式后，我就是个彻底的病人，再没有性别，没有丈母娘与姑爷间的不方便。如此，岳父就获得了解放，出差回来的他，不用每天因为要为我更换尿不湿来回奔波了，只在晚上洗澡时，给岳母搭把手。"屁股都沤红了，以后要养成定时大便的习惯。"打算着手培养我定时大便习惯的岳母，费力地把我的身体侧过来，用两只枕头抵住后背。如此，我的整个臀部就彻底暴露出来。肠道里的大便是慵懒的，需要有人来唤醒。饰演唤醒角色的是一瓶开塞露，岳母将它挤压到我的肠道里，然后搬把椅子守在床边，时刻观察大便的动静。我无法使用便盆之类的东西，承接大便的是一块铺在我臀部下的塑料布。岳母戴着塑料手套的手，随时预备伸向我的肛门，配合着大肠的蠕动，把一泡粪便给掏出来。

"用力，二刚用力。"岳母鼓励我。我没有气力可用，我全部的气力都用来羞愧。我不怕死，怕没有尊严，怕藏匿二十年的少年时代的秘密暴露在阳光下。可悲的是，我曾深爱的女孩儿，并不知道她给我带来的磨难有多么深重。当她远远地站着，用手指刮鼻子，嘲笑被母亲按在洗澡盆里的我时，我恨不得冲出澡盆，拿菜刀将设计陷害我的姐姐给砍了。脾气暴躁的母亲经常抡起拳头，或是飞起大脚板，目标对准了我的哥哥姐姐们，你这个懒家伙，黄瓜秧子都着火了，也不知道浇！想吃黄瓜，看我不把牙给你掰掉了。还有你这个懒鬼，羊圈里一棵草都没有了，把你撕巴了喂羊。只有我这个老疙瘩，母亲从未动过一根手指头。我只负责读书，负责吃好吃的，负责和小伙伴玩耍。关于我的名字二刚，是从哥哥大刚那里排来的。两个姐姐是女孩子，不在男丁的排序之内。

母亲的宠溺，招惹来哥哥姐姐对我的一致仇恨。我早就看出哥哥姐姐们心怀的恶毒，便暗中向母亲打他们的小报告，说他们偷吃了瓜架上第一个未及长大的黄瓜；说他们偷懒，不好好放羊，羊刚吃了一口草，就用鞭子抽打它们。我的小报告是奏效的，往往换来母亲对他们的责骂。一群馋鬼，一群懒鬼。母亲一边往大铁锅上啪啪地贴饼子，一边口水横飞地骂。我这样做的结果是，换来哥哥姐姐们更浓稠的仇恨，他们想方设法寻找惩治我的机会。那个周末，十四岁的大姐和十二岁的二姐，暗中和其他小伙伴合谋把我引诱到了村南的沙土沟。说是沙土沟，其实是个烂泥塘。她们挽了裤脚，去烂泥塘里摸田螺。我想要加入她们，却遭到了集体轰赶，被赶到她们预谋的烂泥塘漩涡处。我学着她们挽起裤脚，可没有走几步，就掉进了泥沼的漩涡里。她们早就预备好了，只等泥沼快要没过我的头顶时，就朝我伸过来提前准备好的木棍。"妈，二刚不听话，非得跟着我们！"两个姐姐去告了状，惊恐的母亲顶着一头草屑跑向我。

陷害我的人为了表示自己的无辜，坦荡地站在院子里，等母亲扒光了我，集体发出嘲笑声。我没有想到，我心爱的女孩，也在羞辱我的队伍里。或许，所有的羞辱都不是恶意的，不过是一场少年时代的游戏。但它却严重影响到了我。我的初恋，那个长着星星般闪亮的大眼睛的女孩，她不光是我的邻居，还是我的同学。每当注视她的大眼睛，我就会暗暗发誓，长大了一定要把她娶回家。自从我糟糕的裸体形象被女孩刮鼻子笑话后，从小学到中学，再到大学，别说与她目光对接，连一句话我都不敢说。在她面前，我变成了一粒卑微的尘埃。

直到遇到我现在的老婆。是她吗，我的初恋女孩？一双熟悉的亮晶晶的大眼睛，闪烁着天上星子的光芒。让我爱你吧。老婆笑了，说给我一个理由。我就念了一首关于眼睛的情诗：

你的眼睛
像远方淡蓝的大海
那永恒的痛苦，像尘土

隐没在你的眼中

你的眼睛是清泉

它的希望的光照着我

通过流水的闪烁

宛如水底的珍珠

　　俘获我老婆的那首诗，是一个叫弗兰科的乌克兰诗人写的。诗很美，稍感不足的是，里边没有星星这样的字眼儿。我曾经篡改过，把清泉改成星星，但改来改去，总是不满意。那是我悄悄给初恋女孩准备的，尽管我知道，今生都不可能有机会当面念给她听。这是属于我一个人的秘密，除了我自己，再也不会有第二个人了解。这么多年来，我以为尘埃的感觉正渐渐和我拉开距离。椅子上的岳母对着我裸露的下体，目光炯炯地等着粪污涌出我肠道的那份坚定，再次将我打回到一粒尘埃的原型。

　　"二刚，咋使不上劲儿呢！"三十二分钟零三十秒后，岳母开始急躁了。开塞露已经起到了作用，屁一个跟着一个，弄得老太太一刻都不敢走开。结果呢，屁过后，却不见实质内容。有好几次，当岳母强劲的急躁气息喷射在我身上时，我都以为她要控制不住地咒骂我了。可是没有。岳母只是单纯地急躁，一点嫌弃瘫子女婿的迹象都没有。岳母急躁，实在是因为太忙碌了，里里外外还都没来得及收拾，她怎么能不着急呢？岳母的每一分每一秒都是有效的，她的忙碌分成两个部分。大部分时间花在我身上，两个小时一次翻身，时间掌握得特别精确，从不偷懒。哪怕是夜间，也不惊动岳父。

一天三顿的营养餐，一点不含糊。岳母亲自去采买，来回的路上，她是小跑着去，小跑着回。防盗门一开，人和喘息声同时进来。小区里有一家连锁小超市，但是小区面积大，小超市距离岳父母的楼有一段距离。我算计了一下，岳母来回维持在半个小时左右。往左不超过半分钟，往右也不超过半分钟。

在我身上耗费的另外一大块时间，便是没有穷尽的拆洗。被子、垫子、枕头，洗衣机一天到晚嗡嗡嗡转。还有许多零碎事，诸如用棉签蘸水润唇之类，在此省略一万字。

另外一个部分的忙碌，是用在家里的清洁上。厨房的清洁是一个大概念，里边包含厨具、灶具、碗筷等。岳母要擦，擦擦擦，每日让它们漂漂亮亮，像是才从商店买来的，还未来得及沾染烟尘气息。厨房满意了，再就是客厅和几个卧室，这当然也是一个大概念，在此省略一万字。

就像当初训练我去不同的房间要穿不同的拖鞋，现在，从岳母对我臀部坚定的蹲守来看，也把我的定时大便纳入到了她画好的框架中。她相信，在她的调教下，一到预定好的时间，大便们就会争先恐后地在肠道里站好队，以老太太满意的速度排出来。岳母麻利地清理掉粪便后，及时给我冲洗干净下体，屋子里没有异味，病人身上亦没有异味。这才是岳母要的结果。

岳母还不止这两大部分的忙碌。她每天都要从这两个部分中，争夺出一些细碎的时间来拨打电话。弟妹哇，天热了，上午过了十点钟，就不要带小星星出去了。下午四点钟以后再出去。出去的时候千万记得给小星星戴上太阳帽，小水壶也不要忘了，万一口渴了呢？水壶里的水要新鲜，不能隔夜，喝时倒在手背上几滴，试试温度，不要太烫，也不要太凉了……岳母这通电话是打给保姆"弟妹"的。哭闹不止的小星星被老婆带回到我们的小家后，岳父母就开始找保姆。老婆白天要上班，岳母又要照顾我，小星星只能请保姆来看管。从家政公司找保姆不放心，怕小星星受虐待，岳父便给老家的堂弟打电话，让堂弟媳妇过来帮帮忙。面对岳母细致入微的电话遥控，堂弟媳妇能够忍耐下来，恐怕也是看在报酬的份儿上吧。

小星星，想不想姥姥哇？亲亲姥姥，好不好？那姥姥亲亲小星星……传来叭叭的亲吻声。有时候，看天气不错，岳母便和堂弟媳妇约好了，让堂弟媳妇把小星星抱到楼下。她匆忙地跑下去，和外孙女亲热会儿。

我的心哪，犹如被千百支利箭穿透。

5

今天，出院已经四十天又七个小时了，依旧没有见到母亲以及哥哥姐姐们的踪影。我不知道这是为什么，没有一个人告诉我原因。每个晚上，老婆照例来看我，带来关于小星星的消息，或者其他一些什么，唯独没有我亲生母亲的只言片语。想必岳父母和我老婆提前商量好了，绝口不提我的家人。

按照大众化的程序，出院后我该回自己的小家，把母亲接过来，来照料他们残废掉的儿子；老婆上班，让岳父母帮着看管小星星。自杀欲念的产生，虽然主要原因是我不能接纳废掉的自己，不能承受小星星对我的抛弃，但是也有一部分因素来自我的家人。他们没有及时出现在我出院后的日子里，对此，我是不满的。作为生养我的母亲，还有我一奶同胞的哥哥姐姐们，难道不应该在我最脆弱的关口，怀抱着浓浓的亲情，以八百里加急的速度赶来看我吗？可是，亲人的影子空空如也。渐渐地，我开始理性地思考：老婆和岳父母三缄其口，背后肯定有重大隐情。而且这个隐情发生在我住院期间，它直接导致出院后的我回到岳父母家里。

母亲那么偏爱我，到底是什么让她狠下心，不来看望我呢？一些碎片在记忆里漂泊：母亲和老婆发生了激烈的争吵，她们吵得不可开交，谁也不肯退让。尤其是母亲，她就像一头发疯的母狮子，完全失去了理智，咆哮声震荡得空气如海浪般涌动。母亲在哭，老婆也在哭。哭泣不但没有妨碍争吵，还让争吵不断升级，声音在湿润中撕裂。处在胶着状态的争吵凝聚成一块坚硬的大石头，我的耳朵根本无力将它掰开。想知道她俩争吵的内容是不可能了。而且，她们在哪里争吵，我也无法辨识出来。四周一片混沌，好陌生，好奇怪。更奇怪的是，我明明感觉得到她们在争吵，两个人的五官、吵架的表情却被隐藏了。我想劝说她们，让她们停止吵闹，但不管我如何大声呼喊，她们就是置之不理。仿佛我的声音是与她们隔绝的，我再怎么努力，也无法触动她们的听觉。"二刚，你听见我说话吗？知不知道，你整整昏睡了十二天。十二天啊，你知不知道！"老婆的声音一响起，母亲就带着她的咆哮消失了。消失得干干净净，就像激烈的争吵从没有发生过一样。我想张开眼睛，打开嘴巴，问问老婆她说的十二天是什么意思，再问问她为什么和我母亲产生如此剧烈的冲突。结果当然是我没有问成。因为，除了呼吸，我突然丧失了一个人应当具备的所有能力。

一段时间里，我把这些碎片归入幻梦，它并没有真实地发生，不过是处在昏迷状态中的我，大脑的一次"想入非非"而已。"想入非非"不是空穴来风，是在现实的土壤上生长出来的。现实的土壤就是母亲和老婆在生活中的种种不睦。但现在我不这么认为了，也许那次的争吵并非梦幻。在我命悬一线之际，母亲去医院看望过我。在看望的过程中，悲痛的母亲和儿媳妇产生了剧烈的冲突。

有可能母亲接受不了儿子重伤的现实，受到了巨大打击，然后……我被自己的想法吓到了。不，不是这样的。母亲的身体一向很健康，没听说有什么三高四高的症状，突发心脑血管疾病的几率不是很大。这个自我安慰的理由跳出来的时候，我多想狠狠地抽自己几个响亮的耳光啊。你凭什么认为母亲没有三高四高呢，你带她去医院体检过吗？没有哇，一次都没有。用在自己身上一分钱都心疼的母亲，即便身体有所不适，说不定也会隐瞒家人的。

在岳父母家里，老婆联合两位老人，在我面前绝口不提我的母亲。为什么出院四十天又七个小时后，我才开始用所谓的理性来思考母亲不来看我的缘由呢？是潜意识里的排斥在发挥作用。我宁愿母亲是因为其他的事情，没有及时出现在我身边，宁愿对她生出不满来。种种的宁愿，目的只有一个，希望母亲是健康的，有生命力的。

"吃饭啦！"中午十二点整，岳母的吆喝声准时在我耳边响起。我轻轻合上眼皮，将快要溢出眼角的泪水拼命地憋回去。拔掉针头的针管，吱儿吱儿地吸满捣烂的食物，然后往胃管里灌输，每一个动作都已经被岳母操练得格外娴熟，完美无瑕。感谢岳母的精准与速度，在我努力憋住的泪水崩泄前，她端着餐具离开了我的卧室。决堤的泪水冲开闭拢的眼皮，喷薄而出。泪水在空中相遇，它们相互冲撞，粉身碎骨后变成泪花花，一朵一朵地盛开。泪花花是什么颜色的呢？我看见了，它是世上最绚丽的红色，没有任何一种颜色可以和它媲美。因为呵，它是用我的血液染成的。

我不但看到了，还听到了。"吃饭啦！"是母亲在吆喝。母亲的吆喝，不如岳母精准，也不如岳母温和，却比岳母嘹亮。每次吃饭前，母亲吆喝出的"吃饭啦"的余音荡漾得满村都是。一村人正在进行的动作全部停止下来，所有的鼻子朝着余音的方向打开，品评其中的味道。可惜的是，一百次中的九十九次都是寡淡的，带好闻香气的几率只有百分之一。有香气滋润的吆喝就是不一样，比其他的九十九次多了好几分的妩媚，光听着便是莫大的享受。在它的诱惑下，哥哥姐姐们早从各自的

"工作"岗位上转战到了饭桌。他们牢牢地握住手里的筷子，只等母亲端来的炖肉一上桌，就发起强势的猛攻，将碗里的炖肉纷纷拿下。哥哥姐姐们在炖肉面前各自为营，互不相让。年龄最小的我，不时地向哥哥姐姐们投去蔑视的目光。

那天是父亲的生日。作为主角的父亲，一边笑眯眯地看着我们吃肉，一边麻利地卷好一支纸烟。等母亲终于闲下来时，他将纸烟点燃递了过去。母亲一手接了纸烟，一手蜷成拳头，在后腰部位捶打几下，对父亲说，还等啥，吃吧。我的座位和母亲紧挨着，因此母亲很轻松地就能把吐出来的烟圈儿喷到我脸上。烟圈儿是我和母亲之间的语言密码，其他人都不懂。我朝母亲递过去一个得意的眼神儿，母亲立即做出回应，她的左眉快速地掀动了一下，很顽皮的样子。八九岁的我，差点被母亲给弄哭了。日常的母亲，没完没了地忙碌，没完没了地用粗门大嗓向父亲哥哥姐姐们发出指令。她根本没有时间喜悦，更没有时间顽皮。偶尔的喜悦和顽皮，几乎都是与我有关。

吃饭前发生了什么呢？母亲悄悄地向我招手，把我引到灶台前，然后掀开锅盖，用铲子在半锅咕嘟咕嘟的炖肉中翻找，直到找到那块肉最多、个头最大的骨头。母亲把肉骨头盛在大瓷碗里，塞到我手上，暗示我赶紧吃了，否则一会儿哥哥姐姐们就要回来了。这样的场景并不陌生，只要家里做好吃的，它便会重现。父亲生日那天，双手捧着肉骨头的我，并没有急于狼吞虎咽，而是对着母亲说，妈，等我长大了，挣好多钱，天天给您炖肉吃。

嘀，还是我老儿子好，妈真没白疼你。

母亲的烟圈儿密码有两重含义：第一重是"你知我知"，此处炫耀的是母亲对我的偏爱；第二重是幸福，虽然离我长大还很遥远，但母亲仿佛提前过上了老儿子安排的天天吃炖肉的生活。

6

假如不是十岁那年，母亲强行剥了我的衣服，把赤裸的我扔进澡盆，被我喜欢的女孩羞辱，造成我严重的心理障碍，我和母亲之间的"语言密码"还会乐此不疲地延续下去。母亲对我的偏爱没有改变，依旧汹涌澎湃。改变了的，是我。

让人崩溃的是，我喜欢的女孩子，与我小学同学之后，中学依旧是同学。就像母亲对我的爱没有改变一样，我对长着星星般大眼睛女孩的喜欢，丝毫没有减弱。但是，我不敢表现出来，连看她一眼的勇气都没有。我总感觉她的目光会穿透我的衣服，直接抵达我的私处。所以，我拼命地逃避，把自己埋葬在厚厚的书堆里。祭奠我的，是一张又一张奖状。"我老儿子真棒！"母亲大声地赞美我。那一刻的母亲，一定非常希望我用喜悦的目光迎接她的赞美。她的眼睛里准备了丰盈的蜜糖，只等我用目光去吸吮，好把我甜得晕倒。然后，永远顶着一头草屑的母亲兴高采烈地蹬上自行车，亲自去镇上的肉摊割上几斤带骨头的肉。没有多久，肉香便从大铁锅里溢出来。看哪，一直在家里默默无闻的父亲，已经给母亲卷好了纸烟，等母亲把炖肉端上桌，就点燃了递过去，让母亲愉悦地喷吐烟圈儿，制造一场"语言密码"。惯于默默无闻的父亲，才是最清醒的旁观者。

事实并没有按照母亲的意愿进行。我拒绝迎接母亲的赞美，而疼爱我的母亲，没有因为我的拒绝，在我面前表现出任何的不悦。她不舍得那样做。她蹬着老旧的二八式自行车，从村里去往镇上买肉的路上，用她的粗门大嗓向每一个遇到的熟人宣布："我老儿子又考了个第一，全年级第一！"声音随着车子的颠簸而起伏。正式开饭前的偷吃行为，也被取消了。我给母亲的理由是，自己这么大了，不想再搞特殊。真实的情况却是，我不想再配合母亲。在我的心里，埋下了对母亲的幽怨。父亲卷烟的动作有些迟钝，母亲都把炖肉端上桌子了，他还没有卷好。"废物死你！"母亲说完，就夺过未卷完的纸烟，坐到离饭桌有些距离的一只圆凳上，独自卷烟吸烟。烟圈儿从身后飘过来，在我的脖颈上谨慎地制造出一个小小的痒后，悄然改变路径，袅娜地弥漫在饭桌上空。

"快吃饭吧。"父亲在烟雾中举起了筷子。

"那个大个儿的肉骨头，谁也不许动啊，给我老儿子吃，我老儿子有功。"母亲的嗓音可不像烟圈儿那么温柔，震得空气直荡漾。其实母亲多虑了，即使她没有特意叮嘱，海碗里最大块的肉骨头也是安全的。这是我和母亲的"语言密码"中断后，饭桌上的一个奇怪现象。哥哥姐姐们吃炖肉的热情依旧高涨，但是他们谁也不去触碰最大的那块肉骨头。他们的筷子绕着它，孤立它，嫌弃它，以此来表明他们对肉骨头的集体态度：可恶的肉骨头，别以为过去我们不知道是咋回事，哼！他们用孤立肉骨头的方式，来看我和母亲的笑话。这几个坏家伙才是始作俑者，我真想把肉骨头抓起来，狠狠地扔到他们脸上。那一刻，我的筷子在颤抖，心在颤抖。我暗暗发誓，逃离，不计代价地逃离，永远不会原谅这些丑恶的嘴脸。

我一心一意地逃离，逃离我喜欢的女孩，逃离我的母亲，逃离我的哥哥姐姐们。在这个逃离的过程中，我的母亲从来没有问过我什么。作为母亲，她明明可以质问我，可她并没有。无论我怎样做，她都可以把爱心一片一片地撕扯下来，紧紧地包裹住我的所作所为。我成功地完成了逃离后，把母亲接到城里唯一的一次，动因不是实现对母亲许下的"天天吃炖肉"的诺言，而是父亲的去世。

是的，父亲去世了。活着时，父亲静悄悄的，死去时却惊心动魄。一大片快要成熟的玉米，被父亲的身体碾压得平平展展。一生热爱土地和庄稼的父亲，怎舍得糟蹋他和母亲用汗水浇灌的果实呢？突然发病的他一定是太难受了，难受到失去了控制。一个路过的村民眼见一棵一棵玉米秆晃动倒伏下去，提着胆子近前去看。但见在地上滚动的父亲，两颗眼珠全都暴突出来，嘴角流淌着血沫子。那人惊骇得转身就跑，边跑边喊快救人哪。我和老婆赶回来，父亲已经停放在老宅东屋搭起的门板上了。不知是谁掀开黄色的单子一角，对我说，把你爸的眼合上吧，就等着你呢。泪水长流的我伸出手去闭拢父亲的双眼，让他安息。不想，我的手一离开，父亲的眼便又重新张开来。

"就让他睁着眼走吧。他是心疼那些压坏的庄稼呢。"母亲平静地说，然后将一沓裁好的卷烟纸和盛有旱烟丝的小布袋儿塞到父亲手上，"到了那边，每天给我卷一支，等我过去了，闻着烟味就找到你了。"

正是父亲的去世，深深地触动了我。那么多年，我只顾着逃离，过于坚持某个执念，偏偏忽略了孝道。办完父亲的丧事，我把母亲接到了我工作生活的城市。"二刚，你妈可是不容易，让她好好享享你的福。"村里和母亲同时代的人，以及母亲上一辈的人，用异口同声的说辞送别母亲。母亲将头探出车窗，微微地笑，轻轻地颔首。

微微地笑，轻轻地颔首，母亲携带着这两个矜持的表情和动作，踏进了我城市里的小家。"妈，这是您进卫生间的鞋。"母亲微微地笑，好啊。"妈，这是您进卧室的鞋。"母亲轻轻地颔首，好啊。嘴巴上说好的母亲，不是穿着卧室的拖鞋进了卫生间，就是穿着卫生间的拖鞋进了卧室。完全承袭了岳母洁癖的老婆，拿出比岳母多出一百倍的耐心来，认真地培养一个农村老太太的卫生习惯。老婆是自信的，她相信即使没有岳母的协助，也会改变乡下的婆婆。青出于蓝而胜于蓝的老婆，采取的方式不是岳母式的说教，而是身体力行地纠正。"妈，把鞋换下来。"换下来的鞋子，老婆即刻拿去清洗。鞋子踩过的地板，她蹲在地上，用擦地的专用抹布一毫厘一毫厘地擦拭。眼见汗珠子从上了一天班的老婆脸颊上滚落，母亲奔扑过去，和儿媳妇抢夺抹布。"妈，不用您，您坐着看电视就可以了。您要是不想看电视，就和二刚聊聊天儿。二刚，别看书了，过来和妈说说话儿。"

见自己给儿媳妇平添了麻烦，母亲很不好意思："我真的不是故意穿错的，上岁数了，脑子不好使了。"倚在沙发上看书的我，感觉到母亲朝我丢过来一个眼神。那眼神里有无辜，还有求助。然而，就像拒绝参与母亲的"语言密码"一样，我没有对母亲的求助作出回应。第一，我已经不习惯与母亲进行眼神的交流。第二，我没有能力解决母亲的问题。

老婆反复嘱咐过母亲，晚上的饭，一定要等我们回来。母亲来的第五天晚上，我和老婆同时加班，回到家时，厨房里已经飘起了饭菜香。素炒土豆丝，醋熘白菜，两道母亲很拿手的菜。这两道菜，陪伴了我将近二十年，直到我成功地完成一场漫长的逃离。"我不会做那些菜，凑合着吃吧。"母亲说的那些菜，源自老婆和我的厨艺。在我的记忆里，炖肉是母亲做过的最复杂的一道菜。母亲厨艺的欠缺，皆因过于简陋的食材制约了她水平的发挥。所有的简陋，撑起了我的学费，以及哥哥崭新的婚房。

母亲已经很尽力了，她把过去给我们一家人做的素炒土豆片，换成了素炒土豆丝。丝儿比片儿看上去更精致、更漂亮一些。"咋能让妈光吃素菜呢！二刚，咱给妈做点好吃的。"我的老婆大人把我拉进她的孝顺队伍里，麻利地烹制了几样荤素搭配的小菜。进餐时，母亲炒的两个清爽小菜，老婆一筷子都没有动。而且，我还注意到一个细节——也许这个细节从母亲来的第一天就存在了，只是被我忽略了而已——母亲夹菜的地方，老婆的筷子谨慎地回避着；母亲呢，夹菜时如同一个羞涩的小女孩，单夹取离自己最近区域的菜，给儿媳妇留足了空间。

这个细节引起了我的不悦。"还是老味道。"我夹了一筷子素炒土豆丝，又夹了一筷子醋熘白菜，发出赞美。母亲高兴起来，用被旱烟熏得黄焦焦的几根手指，合力握住她吮吸过的筷子，去菜盘里取来我的所爱，往我的饭碗里填。

"妈，您用这副公筷给二刚夹菜。跟您老说，国外的家庭吃饭都是分餐制的，这样会减少交叉传染的机会……"老婆终于忍无可忍，开始给母亲讲述什么叫分餐制，什么叫交叉传染。母亲的脖颈朝前探了探，微微笑着倾听。灯光映射在母亲的鼻头上，上边沁出来的汗珠儿晶莹剔透。

周六的早上，母亲回了老家。她说庄稼人干惯了活儿，歇下来骨头就痒痒。她还说，回去离爸会近一些。走了，再也没来过。直到我的小星星出生，她才和哥哥姐姐们一起来过一次。他们集体地来，集体地回去，在一天时间里。

我的母亲，您的爱心到底有多么丰盈，一片一片地撕扯下来，用来包裹我的全部。您为什么不指责我，甚至抽我的嘴巴子？哪怕，您向我抱怨一两声也好。妈妈，儿子错了，真的错了。

老天，你为什么不给我向母亲忏悔的机会！

我的泪水流淌了一整夜。

夜里，我是自由的，无论哭泣多么酣畅淋漓，都不会被前来翻身的岳母发觉。我夜里的哭泣之所以安全，全赖于岳母的一个习惯——也许她不想惊扰到岳父的睡眠，每隔两个小时的精准翻身，岳母连灯都不开。黑暗，给岳母披上了一件神秘的外衣。

穿着神秘外衣的岳母，在固定的时间节点上，一次次推开我卧室的门，一次次把我仰卧的身子侧翻过来。我大幅缩减的体重，是岳母翻动我身体时不用特别费力的一个重要条件。当然，随着翻动的熟练，技巧性是另外一个不可或缺的条件。从翻动开始，到翻动结束，岳母都没有发现我在默默流泪这个秘密。在同一个空间，我们各自忙碌着。

新的一天从岳母给我换纸尿裤开始。她能够独自做的事情，尽量不让岳父染指。纸尿裤换完了，岳父那边有了起床的响动，岳母拘谨的动作这才放开来，不再担心对岳父睡眠的叨扰。一松弛，厨房里的刀子铲子触碰出的奏鸣曲明亮了许多。

吃饭啦！

我一点食欲都没有，依旧陷在悲伤的情绪里。但是，随着白天的来临，我必须强忍住，不让一滴眼泪流出眼眶。幸好，我吃饭不需要被征求意见，也不需要有食欲。胃管协助我巧妙地遮掩了剧烈的悲痛。说实话，那天如果不是发生了后来的事情，我多少有些不自信，是否能够做到一整天不让眼泪流出来。那件事发生在排便环节之后，其时距离岳父上班离家刚好一小时零十五分钟。上午八点四十五，是我固定的排便时间。岳母没有把排便和早起的第一道程序换尿不湿放在一起，应该是有她的考量。早上的节奏过于紧凑，不仅要伺候我的早餐，解决她自己和岳父的早餐，还要让岳父完美地离家。岳父完美离家的场景，自小星星出世，我们搬到岳父母家就见识到了。穿上岳母熨烫好的平整到没有一丝褶皱的外套，以及擦拭得可以当镜子照的皮鞋，岳父和岳母道一声"我上班去了"，得到岳母"走吧，路上慢点儿"的回应，岳父的身影才消失在防盗门外。一天不算什么，两天也不算什么，时间久了就成了风景。风景很靓丽，但一直不够打动我。具体因为什么，我也说不清楚。反倒是觉得，我母亲粗门大嗓地骂父亲"死废物"更亲切。为了不使岳父完美离家的程序受到影响，再加上排便所具有的艰巨特性，岳母只得把伺候我排便这件事安排在比较从容的时间段里。

　　刚清洗完屁股，客厅里的电话便响了。电话响很正常，我的老婆、我的岳父、照顾小星星的保姆、岳母过去的同事，都有可能打过来。岳母只"喂"了一声，情绪就不对了。她在努力地隐忍，但情绪太强烈了，先是哽咽，断断续续地，接着便啜泣起来。啜泣了许久，岳母说："家里有病人，我就不去了吧。"然后，挂了电话。

再没了任何声音。

喧闹的洗涮环节，水和洗衣机都静悄悄的。时间焦灼不安地爬进买菜的程序，下楼的脚步依然没有在楼道响起。接下来，做饭、喂饭等丝丝相扣的环节，也都像被一块神奇的橡皮擦擦去了般，了无痕迹。当然，这其中消失了的，也包括两个小时一次的翻身。岳母是怎么了？我不得不暂时中断悲伤，思考种种可能。想来想去，只有一种可能，那就是岳母出事了。电话传来的讯息，打倒了岳母，长时间没有好好休息过的身体，无法承受剧烈的情绪变化。这个很现实的推测，把我推进巨大的无助和恐慌里。我没有力量向外界发出求助的信息，什么都做不了。

老婆，快来啊！

岳父，快来啊！

我寄希望于心有灵犀，盼望他们能够听到我灵魂发出的呼喊，然后狂奔回家，对岳母进行施救。我超能力的耳朵，一次次听到防盗门被撞开，巨大的咣当声在耳道里蛮横地冲撞。下午四点半发生的一次冲撞，直接挑战了我虚弱的承受底线。我晕了过去。

等我的意识恢复时，防盗门又发出了一声咣当。又是我的耳朵在欺骗我吗？

"回来啦！"居然传出了岳母的声音。如同早上岳父完美地离家，"回来啦"是晚上岳父回家的固定仪式。"喂完了二刚，咱马上开饭。"没错，是真实的进入程序的岳母。

吃饭啦！

岳母的吮喝温润如旧，多一分显得粗俗，少一分则显得孱弱。针管汲取完食物，然后是作为嘴巴的胃管开始吃饭。吮喝是岳母的，动作也是岳母的。我确定了，岳母是安全的，是完好的。那么，白天岳母接听电话后，缺席所有的劳作程序，是因为我过于悲痛，导致意识出现了问题吗？不，不是的。我的身体否定了我的想法。它已经长达九小时五十二分钟没有被翻动，疲倦到了极点。接下来，岳父母在餐桌上的对话佐证了我身体传递的讯息。

某某死了。岳父说。

嗯。岳母回。

咀嚼声，碗筷触碰声，轻轻地弥漫，试图模糊餐桌上的尴尬。愈是想遮掩，尴尬的面目愈是清晰。"吃完了，赶紧给二刚洗澡，这大热天的。"岳母撑不下去了，把我当作生化武器，来冲淡尴尬的浓度。我果然发挥了作用，老两口齐心协力地搬运我，各有分工地清洗我，看不出任何瑕疵，真是一对配合默契的夫妻。那个晚上，他们还加了一个节目——等我老婆来看我时，岳母说要陪着岳父去看小星星，双双出了家门。

老婆对我进行了程式化的按摩后，给我准备了一份小惊喜。她把小星星奶声奶气呼唤的"爸爸"，用手机录了下来，播放给我听。爸爸，爸爸，爸爸……用不了多久，小星星就可以喊"奶奶"了。奶奶，奶奶，奶奶……我的母亲，您在天堂会听得到吗？

8

出院第八百天后，我依然没有死去。能够发出"时光荏苒"感叹的人，是多么幸福。我的时光一点也不荏苒，是煎熬。除了我，谁也体会不到八百天煎熬叠加在一起的感受。

我的小星星，在我承受的煎熬中渐渐成长。三岁的小家伙，已经非常厉害了，会背诵几十首唐诗。她每学会一首新诗，第一个要向姥姥炫耀，在电话里高声给姥姥背诵。我的超能力耳朵趴在话筒旁边，听得一清二楚。老婆也会录下来，用手机放给我听。还有好听的歌曲，以及绘声绘色的童话故事。小家伙拥有一个丰富多彩的世界，唯独没我这个爸爸。"爸爸"的呼唤，止于一周岁之前。

有了思维的小星星，一直没有提出过来姥姥家里吗？她还记不记得姥姥家里那个曾经吓到她的丑八怪？如果记得，有人告诉小星星丑八怪是谁了吗？老婆和岳父母的嘴巴都紧紧的，半个字都不吐出来，如同拒绝透露我母亲的消息一样。我能责怪他们吗？不能。他们为我做得够多的了。冥冥中，仿佛有一种深深的期待向我招手，让我忍着煎熬，向它靠近。至于期待什么，恐怕只有期待本身才能回答吧。

出院第八百零一天的早上，岳父没有去上班。"几点来？"收拾厨房的岳母问道。"昨晚不是跟你说了吗，差不多九点吧。"岳父回。"噢，对对，是九点，我想说啥来着，水果瓜子还没摆是吧？还有茶，绿茶还是红茶？"

听岳母的话外音，家里要来客人，而且是很重要的客人。在岳母摆放水果的时候，我老婆来了，她一进来就问："他们还没来吧？"连我老婆都请假过来了，看来，要来的客人真是重要得很。上午八点四十五分，正是我排便的时间，岳母并没有像往日那样推开我的卧室门。我肚腹里那挂被训练有素的肠子，进入到迎接开塞露的状态，一首肠鸣曲已准备就绪。

要来的人或者与我没有关系吧。我这样想。

差五分钟九点，响起了清脆的敲门声。守候的一家人，集体向门口奔过去。门开了，伴着礼貌的"叔叔好，阿姨好"，涌进来一大束杂乱的脚步。两三个人，也可能是三四个人。从说话的声音上，我确定他们是陌生的，而且还是年轻的。

陌生又年轻的一束人环顾四周后，发出连声的赞叹，家里真干净啊，一尘不染这个词儿就是给您家造的。哇，看看阿姨的厨房，惊到我了。先干活儿，有时间组团到阿姨家里来参观学习。阿姨，人在哪儿呢？

之后，我的卧室门被推开。一束人的赞叹又爆发了，一点儿异味儿都没有，哪像有病人的样儿啊。赞叹完了，一束人退回到客厅里，开始"叔叔阿姨，咱先坐下来聊聊"。聊聊？我猛然预感到，他们和他们的聊天，将与我有着密切的关系。在正式"聊聊"开始前，岳父母和老婆尽了一番主家的客套，来来来，吃橘子，吃葡萄，吃香蕉……喝茶，今年的新龙井。热烈的气氛里，我听见老婆的脚步朝着我的卧室逶迤过来，到了门口，伸手带上了敞开的门。老婆这是何意，怕我听到他们和他们的"聊聊"吗？她肯定不知道，我早练就了超强的辨听能力。

"聊聊"很正式。陌生的一束人中，主发声的是一个女生，她全部的"聊聊"都是提问。您姑爷哪年出的车祸？当时是什么原因促使您做出照顾姑爷的决定？刚开始照顾姑爷有没有觉得不方便？听说您为了照顾姑爷好几年没出过家门儿？每一个问题貌似都是针对岳母。在每一个问题的后边，岳母像一个认真的小学生，一丝不苟地填写答案。填到激动处，她便顾不得一贯温润的语言气质了。

"出了事儿，肇事方没有跑，打了120电话。到了医院，医生都吓了一跳，没见过撞得这么碎的人，说活下来的希望太渺茫了，让家属做好心理准备，别抱多大希望。我闺女一听，咕咚就给医生跪下了，说不管花多少钱，也要把姑爷的命给救回来。当时确实很凶险，我就对闺女说，赶紧给姑爷老家人打电话，让他们都过来，万一出点啥事咱们没法交代。"

岳母提到了我的老家，这是我出事以来，头一次听到关于我老家的字眼儿。我的心脏猛然搭上了一架升降机，转瞬间腾空而起。

"姑爷的妈和哥哥姐姐都来了，刚开始表现得还都挺好，特别难过的样子。尤其是姑爷的哥哥姐姐们，还闹着找肇事者，非要揍人家一顿不可。后来说起治疗费，姑爷家人说让肇事者全权负责。他们说的没有问题，肇事者被认定全责，肯定要百分百负担治疗费用的。关键是什么呢，肇事者没有能力承担，拿了三万块钱，就再也拿不出一分了。三万块钱，简直就是杯水车薪，哪儿也到不了哪儿啊。姑爷妈让几个儿女帮着筹钱，结果这个也哭穷，那个也哭穷，一共才凑了不到两万块钱。我闺女就说，不用了，男人是我的，和你们没有关系。结果呢，姑爷妈不爱听了，大喊大闹地和闺女吵了一架……"此处岳母哽咽。我老婆嗔怪岳母，示意岳母不要再提我的家人。

那架把我的心运载到高空的升降机，没有任何征兆地落下，记忆里飘荡的碎片再一次由远及近，呼啸而至：母亲和老婆在激烈地争吵，吵着吵着，母亲就变成了一头母狮子，愤怒地咆哮……和老婆吵完架的母亲，怎么样了呢？一个可怜的乡下母亲，无力挽救小儿子的性命，所以，她生生把自己给气死了，对不对？我赶紧向我的超能力耳朵发出指令，让它再度穿越卧室紧闭的门，从岳母的讲述中获取关于母亲的只言片语。

"姑爷成了植物人，闺女得上班，还得带孩子，没有时间照顾病人。给姑爷请保姆吧，第一没人愿意伺候；第二呢，我们也怕照顾得不精心。俗话说，姑爷也是儿，我说这个活儿就让我来吧……"

下边是岳母大段的陈述，以时间为序，呈现一天当中照顾我的种种细节。"哇，阿姨好辛苦！"这样的感叹句式偶尔插入进来时，岳母会暂停陈述，应答一句"这不是为了闺女和外孙女吗？姑爷在床上躺一天，她们两个的家就是完整的。我的小外孙女，还那么小，要是没了爸爸……"又是一阵哽咽。哽咽平静后，继续大段的陈述。

岳母的陈述里，再没有我母亲的任何讯息。

9

"聊聊"终于结束了。我的卧室门再度被推开，门口架好了摄影机。岳母用拧好的温润毛巾，擦拭我的手和脸。"阿姨，再擦一遍，动作慢点儿。"岳母又擦了一遍我的脸，我的手。"阿姨，您别看镜头。刚才特别好，再来一遍。"我的脸，我的手，在两分钟时间内，第三次被岳母擦拭。

"给姑爷剪剪指甲。"

"给姑爷更换纱布垫儿。"

"给姑爷吸吸痰。现在没痰是吧？假装吸一下。"

"给姑爷拆洗小棉垫子。"

"给姑爷做营养餐。"

"给姑爷喂饭。象征性地就行。"

"叔叔也别闲着，配合阿姨，给姑爷翻翻身，捶捶背啥的。"

镜头前以岳母为主的老两口越来越入戏，将一道道日常程序熟稔地情景再现。日常所有的程序里，只欠缺了更换尿不湿、接大便以及在浴室洗澡。这三道程序太隐秘，不适宜集体观瞻。在晚上的电视新闻里，我听到了播音员的深情描述："接下来，咱们有几段采访……"

对着镜头的采访，与开始的"聊聊"不同，它是要被收进镜头里的。岳父夸岳母，说他上班，照顾姑爷的事情主要都是岳母来做。岳母的表达呢，基本是"聊聊"里提取出来的精华部分，什么让女儿安心事业，什么完整的一家人之类的。我老婆的采访则是感谢，感谢我岳父母的无私付出，让她腾出精力来做好本职工作，成为本年度市级三八红旗手。很简短，但是字字珠玑，闪烁着华贵的光芒……

那束陌生人敬业得很，一直到中午一点才收工。岳父执意做东，请他们出去吃顿饭。那束人执意不肯，说回去还要写稿编片儿，不能误了晚上的新闻播出。出了防盗门，那束人又叮嘱一句："叔叔阿姨，晚上七点三十五分的新闻，一套节目，别忘了看噢。"

"你赶紧回去看看小星星，让你爸到楼下的小面馆儿吃碗面，吃完了好上班……你们别管我，我把二刚先收拾好了再说，肯定是拉了。"岳母边说，边走进我的卧室，掀开我身上的薄被。

下午，所有的秩序都恢复起来。晚上七点三十分，是看完新闻联播的岳父与岳母合力把我抬进卫生间洗澡的时刻，但为了守候七点三十五分的市台新闻，他们把洗澡的程序往后推迟了。我老婆也比以往早到了，陪着岳父母一起看电视。市台新闻播出的音乐响起来，一男一女两个播音员播报新闻提要，"请看详细内容"后，时政的、民生的各类新闻，走秀一般纷纷亮相。我从未有过如此紧张，如此害怕，紧张害怕到不敢放出我的超能力耳朵。从上午弄明白了那束人的来意后，紧张和害怕这对不受欢迎的家伙，便合谋将我的灵魂紧紧扭住。尽管岳母一家人面对镜头没有再提及我母亲，但是在"聊聊"中，岳母明确表示是我的母亲放弃了我。虽然不清楚真相是什么，但我不相信母亲的决绝。

　　三分二十秒的长新闻里，没有提到我母亲和哥哥姐姐半个字。是啊，新闻是喉舌，宣传的是正能量，聪明的编辑记者们怎么能只听一面之词，便妄下亲生母亲见死不救的论断呢？蓦然，我对那束新闻人生出几分感激。"妈，是我和二刚拖累您了。"客厅里的老婆，声音里满含着歉意。我能想象得出来，此刻的她正将纸巾递到我岳母的手上，或者直接帮岳母擦去脸上的泪水。岳母怎么流泪了呢？她被新闻里那对把姑爷当亲儿来照顾的伟大岳父母感动了。唉——岳父长长叹息一声，起身去了书房——等女儿走了，好与岳母齐心合力为我洗澡。不当着自己女儿的面给我洗澡，是他们的底线。

　　"岳父母照顾植物人姑爷"的新闻播出后，岳母家的电话都快被打爆了，各路媒体记者纷纷杀到岳母家里。岳母维持的日常秩序彻底崩塌，忙于和媒体人"聊聊"，在镜头前做各种情景再现。岳父和我老婆单位的领导，不但到家里进行慰问，还大力支持采访，只要有媒体需要，批假没商量。刚开始，媒体人抢时间，看谁先发出来，后来媒体人拼新意，看谁家新闻的角度吸引眼球。媒体人也真是不容易，为了让自家的新闻与众不同，动用一切手段挖掘背后的故事。一个晚上，岳母看了手机上岳父转发过来的新媒体报道，不由得动了气。岳母是有素养的人，她的生气也是有素养的人该有的样子，克制而隐忍，绝对没有一句脏话。"想当初小星星为啥走？还不是街坊四邻的都找到家里来，说孩子哭嚎影响到了他们。现在站出来说，小星星怎么怎么了，从来没有看过爸爸一次！他们到底想干什么？这个报道也太不负责任了，不向人家求证就乱发……"

又一个晚上，岳母再次被一条新媒体的报道惹怒，在饭桌上摔了筷子。我很想知道，是什么让岳母如此失态呢？可是，我的超能力耳朵什么也没有捕捉到。可能是太生气了，餐桌上吃饭的岳父母很长一段时间都静默地坐着，狠狠地生气。打破静默的是电话铃声，它们一通接着一通地响起来。第一通，岳母接听时，用支离破碎的语言回复，我断断续续地听到"他母亲的情况我咋知道呢""没有""不是那样"等句式和词汇。后来电话再响起，岳父就制止岳母，不再接听了。再再后来，他们关闭了所有的电话。

"咋会这样呢？"我老婆风风火火地进来。听她的口气，应该也是与新媒体的报道有关系。齐心合力沉浸在愤懑里的岳父母，依旧保持着静默状态，对他们女儿的到来没做出任何反应。他们的表现让我老婆更加焦急，没来得及换下的高跟鞋在客厅里嘚嘚嘚地来回走动。老婆接连重复了几遍"咋会这样呢"，高跟鞋的嘚嘚嘚声敲进我的卧室。

老婆在升降床边坐下来，将我的手掌捂在她脸上："二哥，我是爱你的，我们都是爱你的，有些事怎么就变成那样了呢？"我的手指虽然麻木，但它们是有灵魂的，感觉到有泪水在滑过。而且，泪水很大颗。

啊啊啊啊……

这个长着我初恋女孩那样星星般大眼睛的女人，你和你的父母到底遭遇了什么啊！我不能说，不能看，但我能听啊。说出来吧，我的倾听也是分担。啊啊啊啊，我用唯一能发出的声音提醒她。快点说出来，让我帮你分享所有的无助。啊啊啊，啊啊啊。我空茫的眼珠在翻动，像一池死水突遇狂风袭击。

二哥，别着急，我知道你的意思。之前有许多事情不跟你说，是怕你心里有负担，不利于身体恢复。这不有个能翻腾的记者，把你妈给找出来了。老太太没有回老家，就在这座城市里捡垃圾，说是捡够了四十万，就来家里把你赎走，带回老家，伺候你。昨天我们单位领导都过问这件事了，你说我该咋回答？

二哥啊，我何曾跟老太太要过钱哪！抢救你给你花钱，是我应该的。就像我妈说的那样，有你在，我和小星星就有一个完整的家。二哥，你都不知道，现在好多不明真相的人，他们在声援捡垃圾的老太太，给她捐款，甚至帮她捡垃圾。明天，说不定就有其他媒体也跟进，来采访这件事。

二哥，把我搭进来就罢了，可是爸妈咋办哪？再过两三年爸就要退休了。你都不知道现在的网络暴力有多么可怕，是我把他们牵连了，都是我不好……

钻出指缝的被拉变了形的泪水，滴落在我的脸上。它们迅速地重新组合，再次变成一颗一颗圆润的泪珠儿。我看不见它们，但我知道它们肯定是闪烁着晶亮的光芒。就这样，闪烁着晶亮光芒的泪珠儿，开始在我脸上慢慢滑行。

泪珠滑行时，我产生了错觉，那明明就是从我干涸的泪腺里流淌出来的啊。

快乐的日子将会来临

假如生活欺骗了你,
不要悲伤,不要心急!
忧郁的日子里须要镇静:
相信吧,快乐的日子将会来临!

——普希金

1

小子和陌生人套近乎的方式很特别。手掌在陌生人的肩膀上冷不丁拍打一下,笑呵呵地问,你猜我是男的还是女的?

那时的小子十四五岁,喜欢穿白色衬衣,但疏于清洗的缘故，衬衣领子上的一层油泥，和衬衣的白形成鲜明的对比。白衬衣胸前的口袋儿，被一盒香烟撑起来，香烟的牌子透过衬衣若隐若现。往头上看，只有寸把长的头发，根根竖立在头皮上。视线移驾，再转到面部：几十粒顽皮的小雀斑，联手日照充足的肤色，将五官特质不明显的一张脸，衬托出几分青春年少才有的生气来。除了声音比较中性，哪一条都能够证明，眼前的就是一个男孩子。

我猜，你是女的。

"你真厉害。"小子高兴了，从衬衣口袋里掏出烟盒，弹出来两支，一支递给猜中她性别的人，一支叼在自己唇上。然后，又掏出一次性打火机来，先给对方点了，再燃着了自己唇上的。

以后这个村子我就认你了。

小子一个漂亮的弹烟灰动作，就把陌生人划进她的圈子了。也不是每个人都值得小子主动去拍打，然后通过散烟等仗义行为，把对方划拉进自己的圈圈。成为小子目标的，大多是各村的"把头"。所谓的"把头"，就是各村的忙乎人了。一般情况下，谁家办丧事，都会请一男一女两个把头。女把头主内，负责迎来送往。男把头主外，宏观调控大的局面，办事情的各项开支，丧礼节奏的把握，指挥孝子们按资排辈给逝者行礼，任何一道程序都烂熟于心，不能出任何的纰漏。把头的角色大都是有了年纪和资历的人，少有年轻人胜任的。在流动饭店进驻各村的红白喜事之前，把头还负责宴席的席面儿，几十桌甚至上百桌酒席办下来，节省和浪费全在把头上。所以，办事的东家都会将把头打点好，否则的话结局你懂的。这些把头都是老江湖，怎么就认可一个毛孩子的拍打了呢。

其实，小子一张嘴说"你看我是男的还是的女的"时，把头就知道小子是谁了。小子是芝麻村人，但小子的名气早就飞出了芝麻村，周围村子的把头没有不知道小子的。刚开始，小子的名气仅限于芝麻村，只要谁家有事，小子一准儿到现场。她不是踏踏实实地看热闹，脚底下跟踩着滑板似的，这里停一下，那里靠一下，在人堆儿里窜来窜去。还自来熟，跟哪路的客人都能搭上讪，告诉客人在哪里写账，在哪里吃饭。把头一喊"亲友们棚儿坐啦"，身手利索的小子，早坐到了饭棚里，等着开席。一般情况下，来吃席的村里人，都是随了"庄亲礼"的。"庄亲"是一个庞大的圈子，指不是事主家的亲戚，也不是事主家的朋友，但是关系不错，有着礼尚往来的村里人。家里大人随了"庄亲礼"，小孩子们才可以理直气壮地去吃席。小子不是这样，聋子奶奶没钱随"庄亲礼"，她也吃得挺硬气。自己吃饱了，还要给聋子奶奶带一份。裤兜里提前就备好了塑料袋，上菜的盘子还未落在桌子上，小子便下了筷子，将菜夹了放进塑料袋里。"我奶奶爱吃"，她眉毛扬了扬，甩了一句话给在座的人。

主家不攥小子，随份子的人就更没资格。都说，小子挺孝顺，你奶奶没白疼你。小子吃饱了，拎了塑料袋儿，蹬上自行车，一溜烟回了家。聋得啥都听不见的奶奶，见了小子就叨叨，你个不省心的，又去哪儿混吃喝去了？小子并不作答，打开塑料袋儿，从杂货美食里挑出一只大虾米，用手剥了塞到奶奶嘴里。奶奶蠕动着牙齿零落的嘴巴，枯燥的老眼泛起泪花花，连吃带拿的，多让人笑话，下回可别了。奶奶当然管不住小子，下一回小子照吃照拿。头两回，奶奶弯着佝偻到七十五度的腰，颤巍巍拄着拐，一步一挪地将几张皱巴巴的钞票，送到事主家里，说是要随礼下账。事主不敢往外推搡老太太，怕给推倒了，只一个劲地躲闪，坚决拒收。

2

村里人拒收小子奶奶的份子钱，当然也是出于同情。

小子家里只有两个人，一个是聋子奶奶，一个是小子。小子出生的时候，奶奶还不聋。听着产房里小婴儿雄壮有力的哭声，奶奶一拍大腿，哈哈大笑道，准是个胖小子。等到见着了小婴儿，奶奶却发现胖小子变成了胖丫头。奶奶给小婴儿取了小子这个乳名，一个是因了小婴儿的哭声过于雄壮，另一个则是寄托了美好的希望，盼着小子的下边是个货真价实的胖小子。小子呢，一点都没有辜负她的名字，从小就是男孩的发型，男孩子的打扮。倒也不是家里人成心让小子往男孩子方向发展，他们实在是没有能力、没有精力来宝贝小子，使她像别的女孩子那般花团锦簇。

先说小子爸。芝麻村里的人，谁也没他忙碌，躺在床上，一颗头两只手和两只脚，一秒都不停歇地舞蹈。没有规则、没有节奏的那种乱舞。连五官都跟着舞动，嘴巴眼睛鼻子耳朵，片刻都不安静。仿佛一个电动的玩偶，关闭的按钮失灵了，在电量耗光之前，只有别无选择地动与摇。如果把小子爸的头搬动起来，会发现脑勺后边光秃秃一片，头发都被磨没了。小子爸的舞蹈是被动的，由不得他的主观意识，只要人没有在沉睡中，所有能动的部位都会处于舞蹈状态。时刻舞蹈的小子爸，在尿水憋急了的情况下，才用手臂敲打几下床沿，向身边的人做出他要撒尿的预警。这是他仅有的和家人的交流。

这样的小子爸当然无暇顾及自己的女儿。在小子刚刚一岁多的时候，小子爸忽然无端地摇起头来。吃饭摇，说话摇，走路摇，脖子上像是安装了滑轮。最初是微微摇动，随着时间的推移，摇动的幅度越来越大。小子爸的头一摇动，小子奶奶就哭了，老太太知道，儿子这是遗传了老子的病。小子爷爷就是摇头病，摇着摇着人就瘫了，傻了，死了。医生说，那是一种叫做小脑萎缩加肌体多动的病。果然，小子爸也和他老子一样，脑袋和身体摇着摇着，就摇到了床上，再也爬不起来了。漫长的十年，小子爸以床为舞台，把自己累得皮包骨头后，终于放弃了舞蹈事业，驾鹤西去了。

小子妈在小子爸床上舞蹈的第三年，就逃离了这个家。小子爸快三十岁才成家，娶了小子妈。一个男人，三十岁了还未娶亲，在农村来说，肯定有特殊的原因。村里人都传，小子爷爷的病会传染给下一代人，因为小子爷爷的爷爷就是那个病。所以知根知底家的女子，没人会嫁给小子爸。小子奶奶特别仇恨传谣者，用报纸卷成喇叭筒，放在嘴边当扩音器，一条街一条街地"广播"。广播中，小子奶奶摆出事实，小子爷爷的爷爷，没把病传染给自己的儿子，也没传染给其他的子孙，小子爷爷得了相同的病，只能说明是巧合。巧合啊，乡亲们，你们可不能祸害人。祸害孤儿寡母，风大了是要闪舌头的。小子奶奶怀里抱着一只大号罐头瓶子，里边盛满凉白开水，广播得口干舌燥了，就喝上一口润润。

小子奶奶喝干十大罐水换来的广播，并没有阻止小子爸爸成长为单身大龄青年。变成大龄青年的小子爸，择偶条件一降再降，最后娶了小子妈。小子妈从个头到模样都没有大的缺陷，就是缺铲子煤。啥叫缺铲子煤？就是她爸妈在制造她的过程中，没等到完全熟透，就迫不及待地揭锅了，结果造成了产品夹生。少了一铲子煤的功夫，遗憾了终身。好在只缺一铲子煤，产品的残次程度不是很严重，和正常人交流就是脑子转得慢一点。有个能传宗接代的，不用发愁将来没脸去天堂见老伴儿，小子奶奶想法很纯粹。头一胎生下了小子，未等紧锣密鼓地筹备第二胎，生下真正的男娃，生产的机器便失灵了。儿子一废，小子奶奶着了大急，一只耳朵便失聪了。

小子妈的去向有很多种说法，其中流传最广泛的是，跟着一个卖糖堆的人走了。小子妈消失之前，卖糖堆的人每天驮着糖堆的靶子，在村里吆喝"好吃的大糖葫芦"。有人亲眼看见卖糖堆的人，摘下红彤彤的一大串糖堆给小子吃。一个陌生人，凭啥要给小子糖堆吃呢？另有村民的证词给出了答案，卖糖堆的人特别喜欢到小子家门口转悠，天天愁容满面的小子妈，只有见了卖糖堆的人，才展露出灿烂的笑容。不管真相如何，小子妈逃跑了是不争的事实。和小子妈一起不见了的，还有那个不知来自何方的卖糖堆的人。当小子奶奶确认小子妈离开了时，又着了回大急，另一只耳朵也失聪了。

聋子奶奶更忙了。在床上舞蹈的小子爸，被尿水憋急了，用手敲打床头，奶奶也听不见了。小子爸只好一边舞蹈着，一边解决了内急的问题。小子奶奶每天不停地换洗，将大大小小的垫子晒了一绳又一绳。她的腰永远弯着在干活，没有时间直起来，看一眼小子又去哪里淘气了。少了家人"宝贝儿"着的小子，被纯粹地放养了。上树爬墙，折跟头打把式，所有男孩子擅长的，小子也都擅长。但是有一样小子做不来，男孩子可以站着撒尿，把哗哗的尿水发射到天上去。小子跑回家问奶奶，她也是小子，为啥她就做不到呢。正在弯着腰刷棉垫的奶奶听不见，反过来骂了小子一通，天天出去疯，哪天弄条绳子拴上你。

再大一些，小子明白了，她叫小子，却不是小子。是个女孩儿。

小子的娱乐方式很多，比如，她不能像真正的小子那样，想把尿水发射到哪里，就发射到哪里，但是她可以用尿水浇蚂蚁窝，看从窝里爬出来的蚂蚁，淹没在汪洋的尿水里，怎么也逃不出她设置的困境；比如，身体垂挂在一棵树上，只让两只脚勾住树枝，这时的小子发出快乐的笑声。看哪，大地上的万物好有趣，人倒了过来，小鸡倒了过来，小狗倒了过来。倒立的他们和它们，要是跌倒了，是不是要摔到天上去呢？小子就等着他们摔倒，摔到天上去。等啊等啊，没有一个人或是动物摔倒。但是小子一点也不感到乏味，很享受等待的过程。在她明白自己是个女孩儿后，娱乐的方式又多了一条。"你猜，我是男的还是女的？"村里一个新媳妇居然猜错了。不光是新媳妇，很多人都猜错了，简直太好笑了。当然，那时的小子还小，还不怎么出名。没有名气的她，也还不懂得把这句话当成外交手段，主动去拍打被锁定目标的肩膀。

3

小子爸终于耗尽了人世间全部的力气，再不能继续床上舞蹈的生涯。看着哭得死去活来的奶奶，小子很是纳闷，不用弯着腰洗刷大大小小的尿垫子了，奶奶该高兴才对啊。爸爸死了，奶奶的情况更糟糕了，腰愈发地弯，走路越来越费劲。小子之前还担心，奶奶以后会有精力来管自己，发现她每天假装上学的秘密，自己无忧无虑的好日子会受到影响。看来，她担心的事情并没有发生。偶尔有的邻居会向奶奶告状，说你家的小子天天出去淘气，根本没有去上学。奶奶大瞪着两只昏花的眼睛，根本听不见人家在说什么，所以小子一点都不用害怕。可是渐渐地，奶奶连完成一日三餐都费力了。实在没有力气做饭的时候，就往小子手里塞点钱，让小子去村里的商店买吃的。小子有时买饼干，有时买面包，自己吃一半，剩下的一半给奶奶。小子知道，自己饿，奶奶肯定也饿，奶奶要是饿死了，家里岂不是只有她自己了。可是，奶奶不吃饼干，也不吃面包，说留给小子吃。

小子有了忧虑。她要想一个好办法，解决自己和奶奶的吃喝问题。正在发愁，忽听村里传来嘹亮的唢呐声，小子的眼睛一亮，这是谁家死了人，请来的吹班儿的动静。小子当然不是为吹班儿眼睛发亮，吸引她的是吹班儿背后的饭棚。饭棚里，一拨一拨的流水席，可真是馋人。在没随份子的情况下，小子的"处女吃"也是谨慎的，特意选了一处不引人注目的边角座位。几次下来，小子心里有了底气，开始高调地介入村里的红白喜事，高调地吃喝，高调地往家里给奶奶带。忧虑的乌云，在小子的天空短暂停留后，被小子用聪明才智吹走了。小子的世界，又是晴空万里了。

一个村子，总不能天天有婚丧嫁娶吧。这个原因导致了小子将"业务"向外村拓展。要不说小子聪明呢，她知道在人家的地盘上，人际关系很重要。首先，要维护好与各村把头的关系，通过拍打肩膀"猜猜我是男是女"、向对方散烟等行为，打造良好友谊的基础。最起码，当小子出现在把头的村子里，该把头不会往外撵小子，允许小子坐在饭棚里吃流水席。为了顺畅地沟通，小子白衬衣口袋里，总得备着一盒烟。小子的烟钱，是小子编织些小谎言，然后把谎言转换成奶奶可以看得懂的手语骗来的。她家是低保户，奶奶手里的一点钱是政府给的。因烟钱有限，小子得省着抽，只在给把头散烟的时候，自己才随着抽一颗。这是小子的外交手段。除了用得着的，别人跟小子要烟抽，小子才不给呢。一盒烟，往往要抽上好几天。

和把头搞好关系，不过是其中的一个小环节。小子把大部分精力都用到了吹班儿上。吹班儿是事主家里花钱雇来的，不仅要负责吹奏，还要表演节目，吸引村里人来看热闹。最早表演评剧折子戏，几个大爷大妈咿咿呀呀地唱上一通，就把钱挣到手了。为了迎合时代，吹班儿与时俱进，大爷大妈换成年轻男女，蹦蹦跳跳加上流行歌曲。有钱有势力的人家，为了显示钱与势的力量，请来东北的二人转班子，用一场大尺度的二人转引爆现场，惹得半大小子们嗷嗷乱叫。这样的场面大多数人家撑不起，但会尽量挑拣有创意受欢迎的吹班儿。随机加入到吹班儿队伍的小子，就是吹班儿"创意"的那个部分，给吹班儿增色不少。

小子最强的本领是倒挂，过去倒挂在树上，现在是倒挂在空气里。空气里一定有一根类似树杈的东西，勾住小子的脚，否则小子怎么会倒立那么久呢。倒挂着的小子，作出各种高难度的动作，人在周围看着，便生出来一种错觉，小子的姿势才是正确的，反而他们是在地球上倒立着。小子开心地笑，她是多么得意，围观她的人倒立在大地上，倒立的状态使得他们几乎承受不住了，一条一条的身子不停地打晃。他们终于要摔倒了么？"来啊，一起来啊。"小子大叫，白衬衣口袋里的香烟，和她一起做运动，丝毫没有溜出去的意思。这愈加证明了小子感觉的正确性，她不是倒挂着的，要不烟盒怎么不跑出去呢？

鼓掌吧，尖叫吧。有小子参与的吹班儿是热闹的。吹班儿无比热烈地欢迎小子，因为她有看点，还因为她不要工钱。只免费吃一餐饭。小子付出了，坐在饭棚里的她，感到从未有过的心安理得。有想招安的吹班儿，让小子跟他们走，出一天的力气，给一天的打赏。小子不干，她需要的是来去自由。如此，吹班儿就把小子的随性付出当成免费的加盟。只是偶尔，扔给小子一盒烟。小子欢喜得很，便在表演时更加地出彩，大口吃肉时也更加地肆意。"小子，你真傻，你是主演，一盒破烟就打发了？"村里看热闹的人，都认识小子，他们愿意嘻嘻哈哈地逗小子。爱说话的小子，这时却微笑不语，从烟盒里弹出来一支烟，很享受地吸。脸上的小雀斑在重重烟雾的后边，掩饰不住内心的小得意，哼，你们知道什么，以为是在我们芝麻村？

4

有名气的小子，在十八岁那年的春天发生了变化。

第一个变化，小子不喜欢拍打把头的肩膀，问人家"你猜我是男的还是女的"了。因为，周围村镇的把头，小子都已经熟络得不能再熟络，有价值的肩膀们都被她拍打过了。

第二个变化，小子裤兜里多了一样东西。奶奶又开始不进食了，在这个短促的春天，是第二次还是第三次了呢？小子不想奶奶死去，可是她又没有办法挽留奶奶，只好把挽留奶奶的任务交给医院。在去医院之前，小子骑着自行车开始忙碌起来，在她的忙碌中，裤兜里揣的白色小套子一只一只地减少。一只小套子，就会换来一些钱。白色的小套子不是秘密，小子随时会展示给村人看，但是教会她使用小套子的那个人，小子却不肯说出来。小子说，人家教会了我这个挣钱的道儿，我不能出卖了人家，不仗义的事儿不干。

又挣钱去啊，小子？

小子特别爱听这句话。这是对她的褒奖，不是么？村里像她这么大的，谁可以养活奶奶，一次一次地把奶奶从鬼门关拉回来呢？如果爸爸还活着，说不定她也能够凭借自己的能力，把爸爸的病给治好了。爸爸没病，妈妈也许就不会离开了。那时候她还小，不知道自己有这么大的本事。特别有成就感的小子，打了一辆出租车去接奶奶。弯腰抱炕上的奶奶时，奶奶却不对劲了。前几次送奶奶去医院，奶奶也是拒绝的，也对抱她的小子说："你是谁啊，把我抱哪儿去？我不走，要在家里等我孙女回来。我孙女上学去了，一会儿就回来了……看不见我，她会着急的……"然后用鸡爪似的手抠住炕席，来抵抗小子抱走她。但是轻得如一片树叶的奶奶，怎么会抗争得过小子呢，总是被小子轻而易举就捧在了怀里。这一回，小子无论如何也掰不开奶奶抠住炕席的手指头。干枯的它们，深深地嵌入到席篾的缝隙里。席篾大概被抠得疼痛了，用它的锋利做武器，割伤了奶奶的手指，妄图逃脱被控制的局面。酱红色的血液四处攀爬。

我要等我孙女回来……奶奶的声音也突然变得洪亮了。她大喊着，你是阎王爷派来的小鬼，我不跟你走，等我孙女来了，看她不把你打走……我孙女可厉害了……小子，快来啊，再不来，小鬼就把奶奶带走了……喊着喊着，奶奶猛地噤了声音。好像有什么东西堵住了她的喉管儿，上不来也下不去，两粒被松弛的眼皮埋住的眼仁，鼓凸出来，绝望地盯住虚空中的某个点位。小子吓坏了，她不知道奶奶怎么了，她也不知道自己该怎么做，才能让奶奶摆脱痛苦。只是一遍一遍地呼喊着奶奶，尽管她明白，奶奶根本听不到她的呼喊声。过了会儿，小子看见奶奶的嘴巴动了动，吐出来一口浊气后，慢慢地合拢了。眼睛依旧洞开着，一眨也不眨。不变的，还有奶奶的几根手指。它们顽强地保持着嵌入席篾的状态。

　　小子给奶奶办了一场特别的葬礼。奶奶耳朵聋，吹班儿再热闹也听不见，因此小子没给奶奶请吹班儿。奶奶的灵棚搭在院子里，灵棚的方桌上，安放着奶奶的骨灰盒，骨灰前边是一帧奶奶的遗照。奶奶没咋照过照片，这张是请城里照相馆的师傅，从奶奶的身份证上"扒"下来的。面对着奶奶的遗照，小子跳起了倒立舞。听说小子给奶奶跳倒立舞，村里的老人来看热闹，年轻人来看热闹，小孩子们也来看热闹。小子家的院子不够用了，有人爬上墙头，有人攀上了房顶。他们从来没见过如此精彩的倒立舞蹈，兴奋得血脉偾张。许多妇人是预备了手绢或是手纸来的，她们准备为一对孤苦祖孙的最后送别仪式，痛痛快快地哭上一顿。可是她们的悲情，被舞者高超的技艺给掩盖了，也跟着激动不已。半个小时过去了，一个小时过去了，舞者仍然没有停歇的意思。

歇歇吧，小子。

小子才不累呢。奶奶从来没有看过她跳倒立舞，她要让奶奶看个够。照片上的奶奶果然也爱看，眼睛里荡漾着眯眯的笑。在小子的记忆里，奶奶好像没怎么笑过，那就让奶奶痛痛快快地笑笑吧。小子继续舞蹈，拿出这几年来最精湛的舞艺，奉献给世上最后一个亲人。

倒立舞越发地精彩，兴奋的嚎叫声此起彼伏，汹涌地朝着小子拍打过来。开始有年长者不堪长时间的兴奋，身体摇摇欲坠，欲摔到天上去。"小子，停止吧！"小子假装听不见，专注于她的倒立舞。越来越多的身子摇晃起来，看样子，准备集体摔到天上去。小子想，还是奶奶有眼福，能够看到这么多的人，同时往天上摔。想当初，她整天挂在树杈上，也没等来这一奇观。于是，小子边舞蹈，边让目光在稠密的人群中杀出一条血路，查看照片上奶奶的表情。果然，奶奶被逗坏了，从眯眯的笑，变成了开怀大笑。

5

村里是不缺好心人的，他们看着小子孤孤单单的，就想着给小子找个婆家。但是，小子太有名气了，附近村子的人没有不知道她的。

就是那个长得像小伙子的？

就是那个会跳倒立舞的？

就是那个口兜里总有那个东西的？

然后人就说，自家的庙太小，恐怕容不下小子这尊佛。小子并不介意，在她看来，那些人根本就是不配她的。他们不帅，不鲜嫩也就算了，有的肢体还有残疾。如果不是小子心胸大，早就和介绍人翻了脸了。她是小子，大名鼎鼎的小子，岂能随便找个人就嫁了？

她要追求属于她自己的那份幸福。小子相信，它一定在前方不远的某个地方，安安静静地等着她。有一天，小子去外村参加丧礼，在回来的路上，碰见一个青年男子。青年男子长得文文气气，却好像在和谁生气，一路走一路慷慨陈词："我是蠢猪么？不是，我不是蠢猪，你才是蠢猪，世界上最最愚蠢的蠢猪。你以为你穿得人模狗样儿的，就能掩盖你是蠢猪的事实了么？"

"不能！我要当着全世界人的面儿揭露你，让全世界的人都看清你是蠢猪的真面目！"

为了配合他激昂的语调，男子的右臂高高地举起来，有力地挥舞了一下，然后再继续他的演说。在那一瞬，小子知道他是谁了。尽管是第一次遇见，但是小子早就对他有所耳闻。他和她一样，也是名声在外的人。七八年前，男子师范大学毕业，分配到了某中学当老师。男子教学很卖力气，不像有的老师那样，课堂上避重就轻，把重点留到辅导班上再讲。男子的学生在课堂上就吃透了，因此不用再到辅导班学习。男子的厄运却来了，开始遭到同事们的排挤。男子找到校长，义正词严地揭露同事，却遭到校长好一通批评，说他不团结同事。男子不服气，就和校长理论，义愤填膺地指责校长，说你指不定拿了好处，才把良心昧起来的。西服革履的校长勃然大怒，骂男子就是一头蠢猪。男子去找总校长理论，西装革履的总校长也骂他是一头蠢猪。男子再去找学生的家长，让他们来证明他不是蠢猪。正忙着给孩子报辅导班的家长们，哪有时间理会他，问得急了，便使用了和校长、总校长一样的腔调来回复，你不是蠢猪，谁是蠢猪呢？最后，男子去问自己的母亲，正在给地里玉米间苗儿的母亲，泪水纵横，用一根皲裂的手指点戳着他的脑门，儿啊，人家说得对，你就是最蠢的一头蠢猪。

连母亲都说自己是蠢猪，男子不甘心，从此无心教学，问询大街上的每个人：我是蠢猪么？没有人给他一个答案。不但不给他答案，所有的人见了他都纷纷躲避着。后来，他就自己问自己。自己给自己一个肯定的答案，他不是蠢猪，是蠢猪的另有其人。他就像一条只有七秒记忆的鱼，刚刚从自己那里获得了肯定的答案没有几秒钟，便忘了。于是，开始新一番的自我问答。小子听过男子的故事，只是没有走心。她不知道他是这般地文雅，这般地吸引她。她便停下，大声地回他——

你不是蠢猪，他们才是蠢猪！

他刚要举起的右臂，僵持在半空中。

6

小子恋爱了。

小子的风头真是旺盛，恋爱中的她，又一次成了大家关注的焦点。

焦点一：小子又恢复了拍打人肩膀的习惯，只是拍打的肩膀不再是把头们。拍打的对象生活化了，大多是泡在日子里的寻常百姓。"我谈恋爱了！"拍打是一种提醒，等人注意她了，她接下来会欣喜地告诉人家，"我谈的对象是大学生！"原来大家熟知的那句"你猜我是男的还是女的？"已经好遥远了。

焦点二：小子依旧喜欢穿白衬衣，但是领子上没有了泥垢，干干净净的了。寸把长的头发，在火速地成长，眼看着再有个把月，就跨入到短发的行列了。当然，短发不是头发的终极目标，但是短发已经接近了女孩子的气质。接下来，它们会更加努力，让短发变成长发。长发在小子的后背上飘起来，会是怎样的一幅画面呢？

焦点三：小子裤兜里的白色小套子不见了。有人不甘心啊，就问小子，它们都去哪儿了呢？小子就说，她未来的婆婆找她谈了话，告诉她坏女孩才那样做，要想成为一个好媳妇，必须得变成一个好女孩。人又说，你原先也是个好女孩啊。小子回，我知道你们骗我呢，你们是不是认为我傻啊。说完小子就笑，连脸上的小雀斑都跟着笑。

再后来，小子就结婚了。

一年后，小子生了一个大胖小子。婆婆给小子看孩子，小子和男人在家里的倒房里开了一间小超市。大早起两个人进城去趸货，小子驾驶电三轮，男人坐在副驾驶上。风吹过来，小子垂在肩膀上的头发便借势飞扬，男人怕遮挡住小子的视线，不时用手去拨弄小子的头发。

在小超市里，小子主外，负责收钱。男子主内，负责算账和搬运货物。村里谁家有丧事，吹班儿的响器声传到小子家的小超市，恰逢超市里没有顾客，小子就给男人跳一段倒立舞。跳舞之前，小子要戴上儿子的帽子，把长头发全收进帽子里。没跳几个动作，帽子就掉了。一边的男人就笑，笑得眼泪都出来了。

六十八平米

1

孟宪子愣了，给她测量体温的人竟然是自己的父亲。

在认出父亲之前，她几乎就要脱口而出那句"别挨着胳膊"了。"别挨着胳膊"就担在舌尖儿上，只等着主人打开两片唇，然后像一颗子弹那样，射穿罩在脸上的口罩，击中扑过来的两个人。从城区启动重大突发公共卫生事件一级响应那天起，小区大门口就多了两个值守的人。小区已有三十多年的寿命，陈旧而又沧桑，物业配套严重缺损。大门口里边有一间两三平米的警卫室，平时的日子总是空空荡荡，只有每个月初的几天，才有一个中年女人坐在里边收取各家的电费。那个时候，各个单元门上都会贴一张"收取××月电费"的通知。贴通知的人也是懒，将新通知粘在颜色褪变的旧通知上，一层一层地往上叠加。旧通知残余的边角，不满意新通知的遮盖，固执地钻出来。收电费的女人和单元门上新鲜的通知，随着小区实行插卡取电的用电改造，从去年六月份开始不复存在了。小区门口的警卫室成了彻彻底底的摆设。

这个特殊的正月，警卫室的寂静打破了，它被用来盛放消毒液，以及登记的小桌子；还用来安置吃值班餐饭的人。别的小区门口，都有拦截车辆的车杆儿，这个小区的大门口，起拦截作用的是一条拼接起来的红布条儿，疙疙瘩瘩的。红布条儿在距离地面半米多高的位置悬着，让出入的车辆和行人停下来，接受门口两个值守人的检查。"把胳膊露出来，测测体温。"负责测体温的声音稚嫩，口罩上方露出来的两颗眼睛也稚嫩。"别挨我胳膊啊。"上下班经过大门口的孟宪子，伸出来的胳膊下意识地往后撤退。"离挺远的呢。"体温枪追过来，利索地测了体温。然后，孟宪子从口袋里掏出来出入证，让另一个人检查、登记。检查者和被检查者，彼此警惕，彼此抗拒。因此，双方的目光不需要带有温度，语言也不需要带有温度。

今天早上上班，孟宪子还看到了值守的"小鲜肉"。"别挨我胳膊啊。"这句话成了另一种见面语。接下来却不是"小鲜肉"志愿者的"挨不着，远着呢"，而是"西边的小区有确诊病例了，真恐怖"。天很冷，"小鲜肉"声音有些抖。但孟宪子听出来，"小鲜肉"声音的颤抖，和天气无关，而是源自内心的恐惧。恐惧是有传染性的，孟宪子的心忽悠一下，仿佛胸腔里的一道墙崩塌了，砖头瓦块砸在周围的脏器上，硬生生的空旷和疼痛，交杂在一起袭击了她。她的每一次出来，都是极具风险的，可是为了生存，她无法像别人那样安安静静地宅在家里。她出入证上盖着街道的大红章，即便随着确诊病例的增多，管控迅速升级，每家每两天才允许一个人出去一次，她也能凭借着这张出入证，一天不拉地上班和下班。稍有不同的是，晚上下班时间比过去提前了。

这种时候，家里怎么可以再出来一个置身高风险环境里的人呢？看清接替"小鲜肉"测量体温的是自己父亲时，孟宪子愤怒了。他要干什么？为什么自己之前一点都不知道？"把胳膊露出来。"是孟宪子父亲的孟老头，装作与女儿是陌生的，举着体温枪等候孟宪子伸出来一只胳膊。他不看孟宪子，目光在即将伸出来的胳膊上。这样，孟宪子眼神里的愤怒就无的放矢了。孟宪子真想朝着父亲怒吼一声，让父亲放下体温枪，脱下身上有"志愿者"字样的红马甲，乖乖地跟着她回家。在舌尖儿上轻轻颤抖的"别挨着胳膊了"就要打算撤退，回到声音的发源地了，刚要转身，被主人制止住了。是的，孟宪子准备让它喷射出来。

"别挨着胳膊了！"这六个字被孟宪子加了力量，气冲冲地弹射出来。有力道的六颗子弹，却对孟老头无可奈何，他吆喝一声"挨不着"后，体温枪在孟宪子露出一段手臂的上方优雅地晃了一下。"三十六度五，记一下。"孟老头收了体温枪，向另一个记录的人报了数字。然后，孟老头撤回了身子，给孟宪子让出路来。推着电动车往大门里走的孟宪子，胸口隐隐发疼，临出家门她还叮嘱老两口，千万别再出来掏垃圾桶，在家里待好了。为了多上一道保险，暗中给丈夫孔大厨和女儿小孔传递眼神，让他们把两个老的看住了。这下可好，垃圾桶是没掏，要出来一个更危险的招数。

真是不听话，怪不得母亲骂了一辈子父亲。她成为独生女，就是父亲不听话、自作主张的伟大壮举。孟宪子这个年龄的人，鲜有独生子女的，尤其是在农村。孟宪子六七岁的时候，村里开始实行计划生育，但孟宪子家不属于被计划的对象。她父母只有她这一个孩子，而且还是个女孩。孟宪子的母亲经常望着孟宪子叹息，要是个小子多好，再过几年就可以替大人浇地了。在村里，好多活是有性别属性的，比如吆喝大牲畜，比如半夜去浇麦子。为啥要半夜浇麦子呢？一块地只有一眼机井，浇地的人家要排队，一家一家地轮着来，机井昼夜不停歇。挨到半夜浇地的人家，派出去的多是男劳力。一个原因是男人有力量，另一个是男人安全。但是，让母亲着急的是，生完了孟宪子，她的肚子一直没见鼓起来，心心念念的浇地继承人始终了无踪迹。

好在，母亲对未来还是充满希望的，只要勤勤恳恳地劳作，说不定哪天就结出一颗硕果来。母亲做梦也不会料到，父亲会瞒着母亲，主动跳进了第一波涌来的计划生育浪潮里。"孟大福被骗了！"村里的老人在传说，年轻人在传说，小孩子们也在传说。大家的传说充满了喜庆，比好不容易盼到过年吃到了炖肉还欢悦。母亲丢下孟宪子，拎着棍子狂奔到了卫生院，果然发现父亲在病床上躺着。气急败坏的母亲，已然顾不得许多，直接掀了父亲身上的遮盖物，去检查父亲的私处。检查的结果是，它们都安好，一个零件都不缺。只念过几年书的母亲，闹了一个大笑话。后来母亲才明白，虽然父亲的男性零件一个都不少，但是却永远失去了生育能力。

父亲成了村里的名人。乡里的干部敲锣打鼓地进了村，把一百块钱的奖金亲自交到父亲手上，还向蜂拥的人群抛撒了几大把糖块儿。全村的大人和孩子，都参与到了抢糖块中，尖叫声，推搡声，鸡飞声，狗吠声。在拥挤中，孟宪子家的寨子被踩到了，院子里种的青菜也被踏成了绿泥。这样重大的事件，孟宪子还是头一次遇到，不知所措的她，远远地站着。父亲那张兴奋得通红的脸，被晃动的人影，割裂成条块状。她渴望得到一颗糖块，可是不敢参与到争抢的行列中，怕母亲突然出现，用手里的笤帚疙瘩敲打她。后来，等人散去，母亲果然手执"武器"出现了，不过"武器"不是常用的笤帚疙瘩，而是一把明晃晃的切菜刀。嘿嘿嘿……逃窜的父亲，把一场严肃的"追杀"搞成了喜剧。

成为名人的父亲，走在街上迈的步子都不一样了。轻飘飘的，一阵风儿吹来就有了舞蹈的姿态。"够棒的！"夸张的赞美像春天的柳絮，飞扬得到处都是，等春天一过，就了无踪迹了。一直在的，是母亲的谩骂。它们追随了父亲一生。"一点话儿都不听，主意大着呢！"孟宪子想都不用想，过一会儿上楼，母亲准会这样和她说。而且，还一定会举出父亲当年擅自做节育手术的例子。那样大的事情她都管不了，何况去小区门口站岗呢？

孟宪子把电动车停放在楼下，抬头看了看天。天上的星星都躲了起来，空气沉甸甸的，仿佛伸个手指头一捅，就会有大批大批的雪花漏下来。自从去年夏天父亲和母亲搬过来，储藏室就被他们捡来的垃圾占满了，她的电动车失去了容身之地。锁了电动车，孟宪子开始往楼上走。声控灯，随着孟宪子重重的脚步声，一层一层地亮起来。走到二楼和三楼的拐角处，孟宪子发现，三〇一的男主人正在抽烟。她就在拐角处停了下来，等他抽完。疫情发生之前，男人也站在门口抽烟，偶尔赶上的孟宪子，一侧身就过去了。但现在不行，楼道太过逼仄，男人没有戴口罩，万一他携带了病毒呢？"下班了？"男人不好意思地笑笑，猛烈地嘬指间的烟。

这个与她年龄相仿的中年男子，站在楼道里抽烟的时间，从五六个月前娶了儿媳妇开始。老两口小两口住在六十八平米的空间里，一口烟喷出来，四个人同时呼吸。为了创造优质的下一代，老烟民只好在楼道里缓解一下烟瘾。孟宪子想了想，三〇一家娶儿媳妇，比她嫁女儿晚了差不多一个月。

2

正是因为女儿出嫁，孟宪子才有可能把父母亲接过来。

六十八平米，两居室一个厅。孟宪子和孔大厨住大卧室，女儿小孔住小卧室，没有多余的房间让父母住。超市的工作没有周末，孟宪子只能抽时间去村里看望父母。很早以前，城区到村里有一辆班车，单程才两块钱。后来不知道何故，班车取消了，孟宪子回父母家就不方便起来。孟宪子不会开车，再说即便会开，她家里也没有车可开。骑自行车去，也不是不可以，但是打一个来回，起码要耗费两个小时的时间。后来，孟宪子咬咬牙，花掉大半个月的工资，买了一辆崭新的电瓶车。打发上一段时间，孟宪子就要回去一趟，带上吃的喝的，以及母亲的常用药。瘦得相片似的母亲，却有一身的富贵病，高血压高血脂高胆固醇，样样都在场。

每回，母亲都会说："别跑了，怪累的，药让你爸去卫生院买。"孟宪子就说："千万别去卫生院买药，我一个同学告诉我，说那里有假药。"卫生院有没有假药，孟宪子并不知道，也没有什么同学告诉她。她在撒谎，骗自己的母亲。卫生院离家有五六里地，那时的父亲六十出头，自己骑了车去买，也不是有多难。这样看来，孟宪子没必要撒这个谎。但孟宪子是倔强的，她不会忘了在她成长的历程中，一直滋养她的是母亲对父亲的咒骂。不管母亲发脾气的缘由是什么，总是能千回百转地绕到结扎这件事情上。是父亲欠了她一个男孩子："我瞅你挪不动爬不动了，谁替你浇地去！"浇地，是母亲人生的大事。后来，土地流转出去，没有地可浇了，母亲咒骂的内容又更新了："等你死了，连个打幡儿的都没有，让你闺女把骨灰扬河里去。"

孟宪子就是想让母亲知道，她就是那个可以浇地、可以为他们打幡儿的人。她事无巨细地存在于两个越来越老的人的生活里，等待母亲有一天豁然开朗。面对越来越老的父母，孟宪子充满了担忧，希望他们好好地爱惜自己，身体少出毛病。但越是害怕什么，什么越是容易找上门来。前年夏天的一个夜晚，大概九点多钟的样子，孟宪子刚从超市下班不久，手机突然响了起来。电话是母亲打过来的，母亲说："丫子啊，你爸好像有点不对呢。"过去的日子里，母亲主动打给孟宪子的每一通电话，很少有什么诉求，就是"吃了么""下班了么""我没事儿，你爸也没事儿"之类的。变化的是顺序，有时候是"吃了么"在前边，有时候是"下班了么"在前边。最后一句永远不变，"没事儿挂了吧，浪费电话费"，语句节省到不能再省。最近母亲的头有没有晕，身体有没有其他的不适，这些问题都要等到孟宪子回了老家，从父亲的嘴巴里敲打出来。

我爸咋了？孟宪子差点坐地上。母亲说父亲有点不对，肯定是出了大事。其时，孔大厨还没有回家。一分钟都不能耽误，孟宪子抓了背包，就往楼下跑。在街上打了一辆车，向着父母的家里疾驰。到了父母家里才弄明白，原来是父亲右边半个身子不能动了。幸亏是打了车来，孟宪子把父亲搀扶到车上，刚要关车门，母亲也爬上了车。跟着就跟着吧，剩下一个也是不放心。在车上，母亲的手紧紧地握着父亲的手，声音抖抖地说："别吓唬我啊，往后再也不骂你了。"孟宪子脸色铁青，心咚咚咚地跳。她不知道，假如父亲真的出了问题，自己有没有应对的能力。

　　幸好，医治得及时，父亲脑部的血栓被冲开了，没有落下后遗症。出院后，孟宪子给父亲下了死命令，不许他再到大棚里打零工。村民流转出去的土地，被一家农业合作社承包了，建起了几百个设施农业大棚。大棚里雇了很多村里人，负责栽植、护理、采摘。工资按天结算，去一天给一天钱，父亲便是其中一员。孟宪子怕母亲看不住父亲，便给父亲配备了一台老年机，随时地监督着父亲。可就是这台老年机，折腾得孟宪子不轻，简直让她怀疑人生。孟宪子是认真教了父亲的，哪个键是接听，哪个键是关机，怎么去电话簿里找她的手机号码。而且，是教了一遍又一遍。父亲也当着她的面，一遍又一遍地演习了的。演习完了，过了几分钟，孟宪子再让父亲试一遍，拨打她的电话。父亲榆木棍儿一样僵硬的手指头，在手机屏幕上犹疑着，思考着。"爸，我真服了您了。"孟宪子抢过父亲的老年机，只好耐着性子从头教。做了孟老头几十年女儿的孟宪子，第一次拿出如此大的耐心来，和父亲在一件事情上纠缠。六七岁那年事情的发生，以及伴随她成长的母亲对父亲喋喋不休的苛责，严重影响到了孟宪子。可笑的名人光环，与后来漫长的平庸，像两根鱼刺，扎在孟宪子的喉管里。她甚至想，如果不是父亲当初的行为，说不定她真的会有一个可以浇地的弟弟。这样她就不至于太孤单，压力不至于太大。缘于对父亲的成见，她和父亲的交流是非常有限的。

一通电话打过去，又一通电话打过去。父亲的老年机没有任何响应，处在关机状态。打家里的座机，也没人接听。超市里顾客少的时候，孟宪子一遍一遍地拨打父亲的老年机和家里的座机。想跟老板请假回去一趟，看看究竟怎么回事，偏巧另一个店员歇班了。实在没辙了，孟宪子把电话打到了村委会，拜年的话儿说了一篓子，值班的人才蹬了车子，去孟宪子父母家看个究竟。一刻钟后，母亲用座机给孟宪子打来了电话，说："啥事没有，我和你爸在院子里浇菜呢。"

这件事启发了孟宪子，她利用回村的机会，网罗了一大堆街坊四邻的电话号码。父亲的老年机和家里的座机再打不通，就挨个给近邻们打电话。"二叔，您在家么？麻烦您去我们那院儿瞅瞅。""老婶子，您看见我爸妈了么？噢，您去闺女家了啊，那行我再问问别人。"总是麻烦四邻，孟宪子也不落忍，赶上超市有特价的商品，她就多买上一些，给二叔老婶子们分一分。

把父母亲接到身边来，是最稳妥的办法，可家里的条件不允许。六十八平米的空间，让老两口子住在哪啊？如果女儿小孔不是落下那个毛病，读高中可以住宿，高中毕业了顺利地进大学，她的小卧室就能腾出来。高中三年，小孔跑了三年校，每天晚上孟宪子下了班，都要去学校接上完晚自习的女儿。读完了高中的小孔，拒绝考大学，就因为大学要住宿。夜里，她必须保证在二十秒之内，从床上下来赶到厕所。除了在家里，没有哪一所大学有如此便捷的条件。那么好，小孔愿意放弃她的前途，在小孔看来，自尊远远比前途重要。孟宪子没有逼小孔，只要小孔健康，只要小孔高兴，其他的什么都不重要了。私下里，却悄悄地把这笔账记在了婆家人和孔大厨身上，她更加仇恨他们。

小孔去了开发区打工，在那里遇到了喜欢她的男孩子。男孩子是另一座小城的人，与孟宪子他们这座城隔了差不多七八十里地。两年后，小孔出嫁了，去了男孩子的小城。女儿小孔出嫁，孟宪子才把父母亲接了过来。

3

"在门口看见你爸了吧？不是我让他去的，一点话都不听，你爸爸主意有多正，你横竖是知道的——"果然如孟宪子所料，刚一进家门儿，母亲的话就拍打过来。母亲一边向孟宪子告状，一边拿了眼的余光扫女婿孔大厨。很显然，母亲的话也是说给女婿听的。

孟宪子不自觉地往后仰了仰身子，两只手举到了胸口。她用肢体语言提示母亲，离她远一点，她还没有消毒，没有洗手。堵在门口的母亲，相片身子一边往后飘移，一边继续向孟宪子阐述，孟老头去大门口值守，纯粹是个人行为，她根本左右不了。母亲的阐述充满了无可奈何的委屈，更有左右不了孟老头的怨怒。想想吧，有了四十多年前的那次擅自行动做基础，现在干出任何事来都是有可能的。因为有女婿在，母亲洗白式的阐述是克制的，没有夹杂污秽的言辞。对父亲，母亲惯常使用"傻婊子养的"。

"看见了。"孟宪子尽量平静地回复母亲。母亲的强力洗白，反而增加了孟宪子的怀疑，但是她没有动声色，把注意力转向家里的另外两个人。孟宪子进来的时候，孔大厨正坐在厨房里抽烟看手机。自从前几天女儿小孔的检查结果下来，确定胎芽停止了生长，过几天等炎症消退了，便可做流产手术后，孔大厨就大摇大摆地在家里抽烟了。油烟机嗡嗡嗡地转动着，大部分的烟雾未来得及展现优雅的仪态，便花容失色，步履踉跄着被卷走了。厨房灶台旁边有一只马扎，几乎成了孔大厨的专座。春节连市的餐馆被迫停业后，孔大厨就替代了丈母娘，成了家里御用的厨师。做完了饭，若是孟宪子还没有回来，他就坐在马扎上，抽烟看手机打发等待的时光。事实上，孔大厨在马扎上的时间越来越长。身体不舒服的女儿小孔躺在大卧室休息的时候，他就尽量待在厨房的马扎上，把客厅让给丈母娘，让丈母娘看看无聊的电视剧，关注一下全市，尤其他们所在小城的增长病例。他要是在客厅里，丈母娘就退回到小卧室里。老丈人不在家，他还没学会和丈母狼单独相处。

"吃饭了！"孟宪子这边刚一收拾好，孔大厨那边就有了动作。他一手将厨房的一面圆桌拎了，一手抓了擂着的几只碗，几个箭步就到了客厅。逼仄的六十八平米，当然要配有同样逼仄的厨房，一面圆桌已经习惯了被拎来拎去。孔大厨吆喝声不变，动作的程序不变，一句都没有提及孟老头值门岗的事情。"我姥爷还不回来吃？"慵懒地从大卧室里走出来，就着圆桌坐下来的小孔，问了一句。从小孔的问话里，孟宪子听出来，父亲中午就没有回家吃饭。

"公司管盒饭，不回来吃。"母亲回。

晚饭是菜龙和玉米粥，菜龙一半是锅贴，一半是蒸的。有牙有口的吃锅贴，牙口不好的吃蒸的，各取所需。菜龙是素馅，白菜里掺了粉丝，口感非常好，符合大厨的厨艺。这个冬天，孟宪子吃了很多顿母亲做的菜龙，没有这个味道足。菜龙好吃，孟宪子的胃口却没有多大，她的心思不在食物上。本来女儿小孔的事情就够她愁的了，父亲又来添乱。而且，你看看桌子上的大孔和小孔，对父亲的行为没有任何评价。不评价就是最大的反对。孟宪子心里的火腾腾的，既然反对，为啥不认真地阻拦呢？抱胳膊抱腿的，不让老爷子出去，不行么？

"等你爸爸回来，要不你说说他，赶明儿不让他去了。"母亲明显感受到了饭桌上的压抑气氛，她的口气弱下来，用企求的眼神对着孟宪子。"我爸咋知道门口招人的？"孟宪子问了母亲这句话。"喇叭喊的。"顿了一会儿，母亲又补充了一句，"一天一百多块钱呢。"补充句子声音很轻，但孟宪子听得清清楚楚。瞬间，她明白了，症结就在一百多块钱上。母亲一定是父亲的合谋者，为了每天的一百多块钱，她纵容了父亲，然后还装腔作势地在她跟前演戏。孔大厨说不定看穿了母亲的把戏，所以他一声不吭，把棘手的问题交给孟宪子来处理。他是女婿，说轻了重了的不好把握。孟宪子的目光离开筷子上的菜龙，快速地剜了一眼孔大厨。孔大厨正在专心致志地吃菜龙，根本没在意孟宪子的瞬间窥视。

母亲总是最先撂下筷子，每一餐都吃得特别少，尤其是今晚。老太太站起来，从茶几上的抽纸盒子里抽出来一张纸，将纸撕开来，撕成匀称的四条，自己用了其中的一条擦嘴，其他三条一一摆放在女儿女婿和外孙女面前的桌子上。然后，相片样的身子飘到了前阳台上，目光透过玻璃窗子，向外深深地遥望。这是母亲的位置。它什么时候成为母亲位置的呢？父母亲刚开始过来那阵，孟宪子想方设法缓解他们的寂寞，为两个有着化不开的乡土情结的老人，搭建一座迈向另一种全新生活的桥梁。适应另一种与原来完全不同的生活，需要渐进式的引导。孟宪子用他们喜欢的评剧做诱饵，一碟一碟的戏盘，涉及新派、白派、筱派、爱派几大流派的代表作。还花了一千块钱，买了两张文化惠民卡送给老人，让他们去影剧院里看活生生的艺术家唱戏。国家一级演员，梅花奖得主们，在一出出传统经典剧目里飙戏，飙得眼窝浅的母亲泪水长流。攥在手里的卫生纸条儿，湿了一条儿又一条儿。《琵琶词》那段，白派传承人低回悲戚的唱腔，让母亲流了太多的眼泪，结果卫生纸的纸条儿带少了，散了戏母亲就骂父亲，怪父亲想得不周到，啥都指望不上父亲。这样的日子并没有维持多久，某天下午剧院又唱大戏，担纲的是天津白派剧团的演员们，孟宪子提前一天就把消息告诉父母亲了。以往看戏，孟宪子都要把父母亲送到影剧院，用文惠卡把票给买了再走。从家里到上班的超市再到影剧院是一条线，所以这个空儿她可以匀出来。但那天下午，她要在超市里跟着卸货，只能让父母自己拿着文惠卡去看戏。母亲这才知道，原来那个小卡片上是有钱的，看一回戏，就要从上边划掉一笔相应的戏票钱。和孟宪子说的不花钱看戏，完全是两码事。

母亲就不干了，再也不去影剧院看戏。花钱看戏太奢侈，她有了负罪感。劳动完每天的一日三餐后，父母亲就约着去街上转转，到附近的小公园里走走。越是游逛，母亲内心的失重感越强。"家里边有儿子，何至于呢……"母亲就开始和父亲吵架。懒得和母亲计较的父亲，就紧走几步，和母亲拉开了一段距离。母亲更生气了，晃悠着两条肉皮松松的手臂，紧着向父亲身边飘。离开了父亲的引导，她怕自己找不到回家的路。才入住女儿家里多长时间呢，两个老的就在城市生活里，发现了有价值的东西。而且，他们迅速达成了一致，寻求有价值的东西很可能就是以后他们生活的目标。有目标的生活才是有意义的。

然后，下班回家的孟宪子就发现母亲占据了前后阳台。站在阳台上的母亲，目光闪亮，比天上的星星还要灿烂。两只明亮的眼睛，被赋予了某种使命，在街上寻寻觅觅。"快下去，要不让别人拿走了！"母亲一声令下，沙发上的父亲立即放下未吃干净的饭碗，换上鞋子和母亲冲下了楼。父亲的脚步不能慢，否则又将招来母亲的谩骂。往楼下冲的他们，一点也不像七十岁的老人，身手不凡腿脚麻利。被他们惊到的孟宪子，赶紧也跑到阳台上，看看母亲发现了什么宝贝。母亲的确是发现了"宝贝"，那些"宝贝"在街上的垃圾桶里。小区的对面是一拉溜的商家，有餐馆，有菜店，有水果店，还有药店。商家多，垃圾也就多。父母亲一路奔驰，冲向药店门口的一只垃圾桶，从里边掏出来两只压瘪了的纸壳药箱。拖了纸壳箱，又继续检查了其他的垃圾桶，看看有无遗漏之物。这些垃圾桶，白天早被他们翻检了无数遍。

嘟嘟嘟——母亲吹响了一只捡来的铁哨子。嘟嘟声就是出征令，出征令一响，两个老的像英勇的战士那样，潜入小城内部，夺取胜利的果实。有时候手慢了，纸壳箱会被别人捡拾了去。看着自己的发现，白白地被劫持了，父亲一准儿逃不过母亲气急败坏的数落。他们捡拾来的垃圾，逐渐堆满储藏室。堆得实在太满了，父亲就开始做分拣工作，各种塑料瓶装进蛇皮袋子里，纸壳子们摊开铺平了捆扎在一起。分拣好了，就用从老家蹬来的三轮车装了，去垃圾站交易。很快，孟宪子发现，父母捡拾的"宝贝"们，不光侵占了楼下的储藏室，有一部分还上楼了。今天是一只保温桶，明天是一把切菜刀，后天是一双旧皮鞋。它们胆怯地藏在父母的卧室里，唯恐遭到孟宪子的嫌弃，给捉了扔出去。上楼最多的是各类电子挂钟，足足有二三十个，走廊里挂着，客厅推拉门上挂着，卧室的墙壁上挂着。父亲给它们装了电池，它们全部在滴滴答答地走动。滴滴答答，滴滴答答——将每一个寂静的夜晚轰炸得七零八落。孟宪子设置了一个底线，她和孔大厨的卧室绝对不能挂。孟宪子担心孔大厨腻烦了，对她的父母有了看法。那样，孟宪子就被动了，她得把工作做在前边，尽量不让孔大厨和自己的父母之间起摩擦。

疫情时期，孟宪子给父母下了死命令，就算垃圾桶里有金子，也不能再出去捡。"你捡来了金子，但同时很可能把病毒也染上了。知道么？明白么？"像给小学生讲课一样，一二三四五地把危险掰开了揉碎了说，"看看，新闻上咋说的，这回信了吧？"两个老的果然不去掏垃圾桶了。但是，母亲还是会站在阳台上，朝窗子外边望。关了餐馆的女婿占了后阳台，母亲就只能牢牢地霸住前阳台。街上空无一人，所有店铺的门都紧紧地闭着。垃圾桶里空空荡荡。

这套紧邻着大街的六十八平米两居室，与小区大门口也就是三四十米的距离。今天晚上，母亲深望的目光明显是朝向大门口的。孟宪子看着母亲的背影，薄薄的一片儿，尽管没有风吹着，却有些晃动。说明母亲的心是不宁的，因为牵挂骂了一辈子的父亲么？

4

夜里九点四十分，父亲的脚步声在楼道里响起。咚，咚，咚，带有明显的父亲的特质。不看父亲的人，从咚咚声来判断，少说也是个两百来斤的胖子。每发出一个"咚"，整栋楼都会颤悠一下。

当父亲打开防盗门时，着实吓了一跳。家里的几个人齐刷刷地站在门口，都在迎接着。太隆重了，孟老头何曾享受过如此待遇？感动之余，只有无条件地顺从。他乖乖地举起手来，让女儿孟宪子用喷雾酒精，将他从头到脚地喷了个遍。外孙女小孔靠在卧室的门框上，用嘴巴指挥孟宪子："这里再喷喷，那里再喷喷。"孔大厨不说话，也没有参与的动作，依旧保持着看客的角色。"手不能触碰口罩面儿，摘的时候要摘口罩的绳儿。""洗手要保持二十秒钟，姥爷，这样洗。"小孔仔仔细细地叮嘱孟老头，并要孟老头按照她说的去操作。

"肚子不舒服了吧？赶紧到屋子里躺着去吧，宝疙瘩乖啊。你姥爷真是不听话，赶明儿别去了，一家子都跟着担心。赶紧洗洗睡觉去……"孟宪子听得出来，母亲骂父亲的底气有些虚弱，不似以往那般充沛。母亲骂父亲，骂了一辈子，已经骂出了经验和技巧，即使瘦成了一把骨头，谩骂的音量却一直优良。今晚的母亲表现不好，女婿影响了发挥，这不过是其中的一个层面。另一个层面是什么？孟宪子在心里苦笑了。母亲多么担心女儿会找父亲谈话，勒令父亲终止危险行为，她用密不透风的话，把父女两个隔开来。"别喊累啊，喊累我把你扔出去，不是爱在外边站着么？"接着是一环扣着一环的睡前准备工作，母亲刷牙，父亲铺床。等母亲刷完牙，父亲再去卫生间刷。清理完了牙齿，两个老的就该睡觉了。脚几天洗一次，全凭他们的记忆。也许是三四天，也许是五六天。"喂，打点水洗洗脚吧。"父亲就诺诺地应一声，接来一盆热水，放在母亲脚下。母亲洗了，父亲再把两只大脚浸到母亲用过的水里。两只脚互相服务，左脚给右脚搓，右脚给左脚搓，大大小小的泥揪揪儿，欢乐地在水盆里游动。

"瞎渣儿话不听的人。"小卧室的门关上了，把母亲的这句话截留在外边。

母亲用丹田气发出的怨怪声，尖锐地洞穿孟宪子的耳膜。她用不信任的目光，抵住紧紧关闭的那扇门：被母亲骂了一辈子的父亲，真的有那么不听话么？他到大门口值守的行为，怎么看都不像是当年一鸣惊人气质的再现。

5

下边出红了么？进了大卧室的门儿，孟宪子悄悄问小孔。自从医生说"要是出红随时来医院"后，"下边出红了么"就成了她对小孔最私密的问候语。如此私密的问候，浸润着百分之二百的浓浓母爱，百分之二百的深切关怀。当然，还有百分之二百的焦虑。

今天的小孔和前两天比起来，好像更虚弱。所以，孟宪子的那几个百分之二百也都升了级。万一小孔真的出了血，她还没有想好去哪个医院。之前检查的医院当然条件最好，可是疫情越来越凶险，那家医院已经被政府征用为发热门诊的定点医院。不到万不得已，谁也不会选择去定点医院看病。可是，小孔的手术必须做，不去这家医院做，又去哪里做呢？

孩子，给我点时间想想啊，咱找一家既安全技术又有保障的医院——嘴上虽然在问小孔下边有没有出血，孟宪子的心底却在呐喊，千万不要出血，不要啊。她的两颗眼珠子，鼓凸凸地瞪视着小孔，期待小孔给她一个满意的答案。

小孔是被困在家里的。

距离春节还有二十天的时候，小孔跟孟宪子微信语音，说："妈妈，告诉你一个消息，你先猜猜会是啥消息。"她没说好消息，也没说坏消息。但听口气，肯定不是坏消息。是不是怀孕了？孟宪子不太愿意往这方面想，她的那个大计划刚刚启动，正在积极地实施中。将来的外孙子或是外孙女，都在她这个大计划里。她可不想大计划还没有落地，外孙子或是外孙女就提前来了，让宝贝儿没有睡觉的地方。为了让大计划顺利实施，孟宪子别有用心地鼓励女儿和女婿，年轻人要趁着年轻打拼一番，有自己的事业。言外之意是，别那么急慌慌地拖上个孩子。女婿目光闪亮地听着，频频地点头，认为岳母大人的话对极了。孟宪子心里那叫一个内疚，别人家女儿女婿来了，可以舒舒服服地住上一两宿。唯独她家的女儿女婿总是匆匆地来，去孔大厨的餐馆里吃一餐午饭，又匆匆地离去。

孟宪子正式启动她的大计划时，咬咬牙做了一个奢侈的决定。今年春节拜新年，孔大厨那头儿的几个烂亲戚，两个孩子无论如何也是要去转转的。去转亲戚，就得需要时间，当天肯定是赶不回去了。赶不回去，住在哪儿？总不能让孩子们在客厅里打地铺吧。孟宪子没有和孔大厨商量,她越来越不屑于和他商量。连大计划都是她主持的,像孩子们住在哪里这样的问题,更不要指望着他能牵头儿,主动地帮她想主意,把问题解决掉。于是,孟宪子自己做了一个决定,大年初二孩子们来的时候,让他们去住宾馆。反正,这是第一次,也是最后一次,花点儿就花点儿吧。连着好几天晚上,下了班的孟宪子就去转宾馆,给孩子们选的住处要干干净净,离家不能太远,而且价位在她可以接受的范围之内。所以,不能怕麻烦,要货比三家,一家一家地选择。挑来挑去,最终选了家对面的宾馆。宾馆是新盖的,硬突突地从一排商业门脸后边冒出来,负责将街道和它连接起来的,是一条将门脸房劈开的甬路。孟宪子从甬路进去,一刻钟后从甬路出来,身上的背包里就多了一张宾馆的押金条儿。押金条儿上的房间是朝阳的,而且房间里从双人床到卫生洗浴设施,几乎没有什么瑕疵,洁净度与新宾馆的气象很是匹配。就是它了,二百六十块钱挺划算的。处理好了住宿的事情,孟宪子又把精力集中到她的大计划上,偏偏这时,小孔的这个微信语音就来了。

"不会是……了吧?"

"我测了两回,都是阳性。"

"自己测的准确率有多高?"

"挺高的呢,差不多百分之九十几吧。"

"……是计划内,还是意外?"

孟宪子脑子里出现了一个画面:她的大计划依旧在路上,

女儿女婿带着出生不久的大外孙或是外孙女来了。在六十八平米的空间里，小婴儿哇哇地啼哭，对狭仄的空间充满了排斥。"妈妈，听见这个消息你不高兴么？"孟宪子赶紧回应："高兴，咋不高兴啊。赶明儿再去医院查查，确定一下。"在几秒钟之内，孟宪子调整了情绪，把自己切换到迎接未来新生命的喜悦中。并且，她还敲响了父母亲的小卧室，及时把好消息传递给脱了衣裳正准备钻被窝儿睡觉的父母亲。母亲夸张地拍了一下大腿："好事儿，大好事儿！"孟宪子语音小孔："你姥姥高兴得都拍了大腿了。"小孔过了一会儿才回复，哈哈笑了几声，好像她听见了姥姥手掌击打在大腿上的啪啪声。笑完了告诉孟宪子，刚才把消息告诉了婆婆，明天婆婆和她一起去医院检查。孟宪子又语音，婆婆是不是特别高兴？小孔答，肯定高兴呀。内疚，匕首般的内疚，插在孟宪子的心脏上。

验孕棒准确率再高，不是还有百分之几的误差么？可接下来铁一样的事实，击碎了孟宪子的侥幸。经过医院验血，小孔怀孕已经是板上钉钉。因了小腹隐隐作痛，隔两天经过阴超检查，又排除了宫外孕。一条又一条向好的消息，不断地涌到孟宪子的手机上，楔子似的扎进她灵魂的内部。被疼痛咻咻地抽打着，孟宪子拼命朝前狂奔，她要与那个准备到人间来的孩子赛跑，让大计划尽量早地变成现实。一套最好是一百一十平米左右的房子，可以开辟出三个卧室来。三个卧室，她和孔大厨占一个，父母亲占一个，小孔他们小两口以及将来的外孙子或是外孙女占一个——这就是孟宪子的大计划。"买房吧。"做好了狂奔架势的孟宪子，把小孔怀孕的消息转达给孔大厨后，坚定地说。

对大计划这条路难走是有预感的，但是，孟宪子没有想到，竟会难走到令人发指的地步。她还没有奔跑起来，就在第一道关口卡住了。六十八平米的房子，挂了好几个房地产中介，却迟迟无法成交。"告诉我妈，别出去，有看房的。"上班的孟宪子把电话打到父亲的老年机上。为了确保父亲的老年机畅通，临上班她都要检查一番儿。每一通指令，母亲都严格执行，她一边等看房的人，一边站在阳台上观察小区和马路上垃圾桶的情况。那时的父亲，正拎着蛇皮袋子一只一只地搜索。但父亲不能同时照顾两边，在小区搜寻时，听见阳台上母亲吹响了哨子，就赶紧出小区朝马路上跑。然后在阳台上母亲的指挥下，直奔有内容的垃圾桶。晚上下班回家，孟宪子先听到母亲骂父亲："我给你打半天手势，瞎死你，让别人捡走了吧。"她的眼前就浮现出来一幅立体的画面。见了孟宪子，相片母亲赶紧飘过来，向女儿汇报看房的人来了，或者没来的情况。母亲一飘移，脖子上忘摘掉的铁哨子，便摆荡起来。左晃一下，右晃一下，做出妩媚的样子。

其实，不用母亲汇报，孟宪子已经知道结果了。好不容易盼来看房人，却没有了下文。按照孟宪子的设想，房子的信息一旦挂出去，看房的还不得踢破了门。她想错了。两三年前，孟宪子所在的小城展开了一场声势浩大的城中村和平房改造工程，一个又一个的还迁小区从大地上拱出来。分了三四个楼房的人家比比皆是，人口少住不了的，就将多余的卖了。同时，大批的商品楼盘，也不甘示弱被开发出来，虎视眈眈地盯着市民口袋里的钱。新楼房，就这样饱和了。二手房，而且还是那么老旧的二手房，像烂在家里的颜色尽失的老姑娘，不好出手了。房子出不了手，拿什么付新房的首付呢？

除了卖掉这套六十八平米的房子，孟宪子别无选择。这么多年，如果不是孔大厨作妖，开了好几次餐馆，她能连房子的首付都付不起么？出师不利的孟宪子，正一筹莫展之际，女儿小孔那边传来了不好的讯息。一周后的复查显示，在适时的日子里该出现的胎心和胎芽，一点踪影都没有。鉴于小孔有一贯的月经后移现象，医生又点亮一盏微弱的灯光，再观察一周。不过，小孔和她婆家人都看得出来，这束光不单微弱，而且身处狂风四起的恶劣环境，熄灭简直是它唯一的命运。因此，小孔和婆家人做了两手准备，一周后那束微光真的熄灭了，便顺势将流产手术做了。最后的这次检查，由于多半会涉及手术，小孔害怕了，担心婆家那头的医院会出了纰漏。经过商量，婆家人决定把最后的检查放到孟宪子这里来做，孟宪子这座小城的那家三甲医院还是远近闻名的。

大年初一上午，女婿开车，拉着小孔和婆婆来了。其时，新冠肺炎病例还未在小城出现，但形势已经开始紧张起来，孔大厨的餐馆以及其他连市的餐馆纷纷接到了关门闭客的通知。突然闲下来的孔大厨，刚好留在家里给大家做午饭，孟宪子从超市请了假，跟着去了医院。他们谁也不会想到，第二天这座小城就启动了一级响应。B超有两种形式，一种是需要憋足了尿水的，另一种是不需要憋足了尿水的。不需要憋足了尿水的那种，叫阴超。真是感谢科技的进步，否则憋不住尿水的小孔，不仅做B超难度加大，还会冒着在婆家人面前失面子的风险。阴超的结果，虽然在大家的意料之中，但还是都黑了脸。只不过，谁都把黑脸藏起来，在外边涂抹上一层不真实的关切。"想着就要做手术了，心疼我儿媳妇。"小孔的婆婆还落了泪。孟宪子明白，婆婆的眼泪不是为小孔落下的，她们还没有那么深的情感。该落泪的是她这个亲妈，可是她竟然连眼圈都没有红一下。她承认，看到阴超结果的那一瞬间，她的心不自觉地松弛了一下。这个松，让她痛恨自己，更痛恨孔大厨。

人流手术前的各种检查，烦琐得让人想骂街。孟宪子偏执地认为，医院故意制造了烦琐，只有烦琐了，患者口袋里的钱才有一个被掏空的正当理由。检查结果一样一样缓慢地诞出来，一样一样都无比正常。所有的人都以为会正常到底时，正常却给大家来了个下马威，分泌物中的一项是阳性。医生说，得用几天药，否则把菌带进去，会有造成盆腔感染的可能。

小孔就留下了。

让小孔住下来，女婿拉着小孔婆婆回去。反正过几天还去医院，小孔不要来回折腾，手术那天女婿再开车过来。如果谁能预测到第二天，孟宪子住的这座城市，因为发生聚集性疫情成了"小武汉"，外边的人进不来，里边的人出不去，说什么小孔也不能留下。

6

孟宪子怎么也记不起来，究竟是谁提议让小孔留下来的。
那天中午，一张有着十几年历史的圆餐桌，围了整整七口人。
坐沙发上的，坐圆凳上的，坐马扎上的，围着圆桌的头高矮不
一。桌上的七八道菜全部出自孔大厨的手，品相该清雅的清雅，
该明艳的明艳，博得了小孔婆婆海量的赞誉。大家一边吃，一
边谦让客套，将气氛渲染得热热闹闹，好像小孔的事情没有发
生似的。"我们家人都实诚，不会说话，您想吃啥就夹啥，别等
着让。"孟宪子的母亲重复使用这句话。然后小孔的婆婆就说：
"亲娘，咱这是实诚人凑一块儿了，不用让。"她们两个还赞美
了自己的孩子，孟宪子的母亲先挑头夸的小孔，小孔的婆婆寸
步不让，也狠狠地夸自己的儿子。孟宪子的话并不多，彪悍的
羞愧把她控制住了。六十八平米的房子，桌面已经破损的圆桌，
高矮不一的餐凳，都让她无比自卑。它们是爬在她身上的虱子，
本来藏在衣服里的，不小心给人窥视到了。而且，这个窥视的
人，还是女儿的婆婆。儿媳妇的家如此寒酸，婆婆会不会轻视
了儿媳妇？尽管，小孔的婆家也是普通的，小孔结婚连单独的
婚房都没有，和三楼的人家一样，与公公婆婆住在一起。婆婆
轻视了儿媳妇的娘家，一定会连累到儿媳妇的。

"等买了新房子就好了。"孟宪子确定，自己用了很大的声
音。一筷子的白米饭，受到了突然的惊吓，纷纷逃脱。那一刻，

白米饭就成了孟宪子大计划里的大房子，怎么能逃掉呢？她便用筷子去捉它们，投进嘴巴里，吃进肚子里。大概就是那时候，其他人谈到了小孔留下的问题。

母亲说，父亲在门口值守一天能有一百多块钱的报酬。如果自己已经有了大房子，父亲还会去做这样高风险的事情么？孟宪子深深地吸了一口气，再长长地吐出来。她闻到自己吐出来的气息，浸着一股浓烈的腐朽味道。

"妈妈，你不舒服么？"依在床上的小孔很敏锐。

"没有，我在想后天去哪儿做手术。不行就去妇幼医院吧，安全些。我还可以找找我们老板娘，她在妇幼有熟人，让她提前给打个招呼。"孟宪子对小孔说话时，特意在脸上挂起了微笑，不给小孔制造紧张的感觉。"会不会很疼啊？"小孔很单纯，第一次经历手术的她，对肉体痛感程度的关注，超过了对危险的环境。"做无痛的，一点儿都不疼。"其实，这样的对话，母女之间已经发生 N 多次了。

"妈妈，你去客厅待会儿。"小孔撵孟宪子。孟宪子明白，女儿这是要和女婿视频，告诉女婿去妇幼医院做手术的决定。"你打字吧，我保证不偷看。"孟宪子和小孔开着玩笑，坐在床沿儿上，用脚去拨拉棉拖鞋。大卧室的门徐徐闭拢，在包厢木门与门框彻底吻合之前，孟宪子的目光不经意穿越它们之间最后一线缝隙，捕捉到女儿小孔的一个小动作。左手举着手机的小孔，右手正抬起来，拂了拂额头前的几丝乱发，还提起嘴角制造了一个微笑的表情。这是视频前对自我的检阅，小东西想将一个满意的自己，展示给与她视频的人。女为悦己者容，这话说得对极了。取悦对方，说明在意。在意一个人，是幸福的。那一瞬间，孟宪子的眼泪差点流出来。她多么希望，女儿小孔的这份在意，能永恒地持续下去，不被烟熏火燎的日子消磨掉。小孔在意的人，也永远值得小孔在意。

谁都不改变。听上去多么神话，一点都不现实。二十几年前，孟宪子也以为自己和孔大厨不会改变。"我等着你，不会变。"他说。"你等着我，不准变。"她说。然后，他就等着她，边等边在石家庄烹饪学校学烹饪。他和她是高中同学，高考那年双双落榜。他学生成绩不好，放弃了复读。她只差了十几分，又进了学校补习。她说："即使我考上大学，也不会变。"一年过去了，烹饪学校毕业的他，开始在城里的一家餐馆打工；她高考再次失利，依旧差了十几分。他说："你要还想再复读，我供你。"于是，她又进了学校，第三次向高考发起总攻。又一年过去了，高考的分数下来，她又败在那要命的十几分上。

这是命，不考了。死了心的她，出嫁了。嫁的对象当然是他。她出嫁的那天，母亲哭得昏天黑地。母亲的哭韵律感非常强，要是打上脸儿穿上行头，弦乐再响起来，整个一青衣的角色。那时的母亲还不太老，无论是五官还是身材，尚有着几分嚼头。母亲在婉转地哭诉："天爷呀，我的命咋这苦哇，姓孟的老东西，连个浇地的儿子都不给我……你可是别有病噢，你要是病了，我连碗水都不给你端，反正身边也没有人……"母亲明着怪罪父亲，其实是在埋怨孟宪子。作为女儿，她不该谈那么远的一个对象。两个村子，一个在城西，一个在城东。孟宪子宣布要嫁给孔大厨时，为了求证两个村子之间的真实距离，母亲特意让父亲骑着自行车转了一圈儿。尽管在未来的岳母家里，孔大厨大耍厨艺，还是没能弥补老太太心上被剜出来的洞洞。

从母亲带有韵律的哭泣上踏过去，孟宪子嫁给了孔大厨。"永远不变"占上风的时期里，她就是那个可以浇地、可以为父母打幡儿的理念弱势了，哀哀戚戚地躲在了男欢女爱的背面。嫁到了婆家，孟宪子一下就跌进了复杂的婆媳、妯娌关系中。她一直在读书，还没来得及接受红尘复杂性的洗礼。那种婆媳、妯娌之间耍心机、两面派的把戏，让她疲惫不堪。她决定逃离。却没有料到，从生出逃离的念头，到真正完成逃离，历经了漫长的六年。而且，逃离的转折点，还源自对女儿小孔的伤害。

那是怎样的六年呢。六年中的前几年，孟宪子在家里带女儿，小孔那么小，还离不开妈妈。她只能死死地按住逃离的萌芽，让它生长的速度最大限度地慢下来。六年中的后几年，她也进了城去打工，为逃离积蓄资本。小孔交给婆婆，也只能交给婆婆。孟宪子曾经对孔大厨说过一嘴，说让姥姥带小孔吧，咱们下了班也住过去。这是逃离前最舒服的过渡方式，她不用再面对婆家众妖孽的嘴脸，父母亲也有了小孔这个玩物，生活多了很多乐趣。可是，孔大厨没有同意。他一定觉得住到岳父母家里，自己有诸多的不便。孟宪子没有太坚持，她当时认为反正晚上是要回来的，即便婆婆重男轻女，又能拿亲孙女怎样呢？

孟宪子错了，婆婆还就拿亲孙女怎样了。

"让小弟打两下，别跑！"比小孔小两岁的堂弟，手里举着的棍子打不到小孔，扑倒在地上撒泼。愤怒的婆婆，嗔怪小孔的奔逃，大声呵斥小孔叫她赶快停下。小孔果然停止了，将脖子拼了力地缩着，再紧紧地闭拢了眼睛，等着堂弟的棍子落下来。"有你这样当奶奶的么！"蹬着自行车下班回家的孟宪子，撞了个满怀。孟宪子搂着小孔，狠狠地和婆婆吵了一架，在众人的围观中列举婆婆"饭桌上孙女一夹菜，孙子就用筷子挡，当奶奶的装着没看见"等一系列对小孔不公的罪行。孔大厨的职业特殊，平时下班回家，最早也得夜里十点多。那晚，孟宪子将电话打到孔大厨打工的餐馆，说家里出了事，让他早回家。孔大厨匆匆地赶回来，孟宪子向他哭诉，小孔如何受了委屈，让孔大厨去找婆婆说道说道，给老婆孩子撑腰拔闯。

孔大厨无语。

他越是无语，孟宪子越是激动。她觉得正是他的沉默，他的不作为，才纵容了婆婆那伙妖孽。储存六年的委屈，咕嘟嘟地发酵沸腾，一盆接着一盆地泼向靠在床头不语的孔大厨。孔大厨烫得满身燎泡，燎泡下埋藏的血管里的血液，突突突地奔流冲撞。但他仍然忍耐着，保持了无语状态。有时候，忍耐是为了猛烈的迸发。它是沉默的秘密武器，不到亮剑的时刻，决不暴露自己。只顾了激动的孟宪子，显然没有意识到，暗藏秘密武器的孔大厨就要出招了。

但见寒光一闪，孔大厨从床上飞跃起来。双脚落地不超过一秒钟，两只手臂已经将栗色的茶几高高举起来，凶猛地掼向组合柜上的电视机。二十一英寸的电视机，是孟宪子家里仅有的三件家电产品里最昂贵的那件。砰——茶几与电视机俱损发出的爆裂声，惊扰了一村子的安静。站在破碎的静里，孟宪子目瞪口呆。"目瞪口呆"已经不是一个词语，而是一条作恶的绳索，捆住了她的手脚、她的神经、她的思维、她的舌头。别说愤怒，一动都不能动。破碎的静，伤口滴着血液，朝着屋子围拢挤压。就在屋子里凝滞的气氛，被挤压得变形快要倒塌时，小孔惊恐的啼哭响了起来。

　　小小的孩子，充满了恐惧，一声不吭地闷在被子里，听妈妈在一个人的战争中，发出的嗒嗒嗒的扫射声。她一点办法也没有，不知道该如何阻止战争，就像她不知道该如何让奶奶喜欢她一样。她想撒尿了，可是她不敢喊妈妈，也不敢喊爸爸。甚至连动一下，都不敢。妈妈快停止吧，我憋不住了，这个孩子在心里祈求。就在这时，持有秘密武器的爸爸，以惊艳的方式上了战场。她没有看见爸爸的那个飞跃有多么漂亮，只听到了那声震耳欲聋的碎裂声。恐惧的孩子，条件反射般跳了起来，细小的身子，插进汹涌而至的碎裂之后的静止里。那样的惊惧不是一个六岁孩子能承受的，哭泣是她唯一的反抗方式。在静止了大约十秒钟后，一声极具穿透力的啼哭声，拯救了被压迫得已经变形的恐怖气氛。

　　伴随着哭声，一泡尿水喷涌而出。

7

那个晚上是一把刀，把孟宪子的生活从中间剖开。连孟宪子自己都没有想到，她对孔大厨的恨，竟会如此长久。像一件无法脱掉的外套。

当然，逃离的提前完成，也依仗了那个晚上。卖掉了婆家分给他们的婚房，倾尽了婚后所有的积蓄，又拆拆借借了一部分，才有了现在的这套六十八平米的房子。买时，房子就已经是徐娘半老了。那是没办法的事，买房如同谈恋爱，是力量与质量的抗衡。逃离后的生活，并没有如意起来，女儿小孔由于惊吓，落下了永久性的病根儿。

读小学的小孔，每天穿着纸尿裤去上学。后来，慢慢大了，自尊心和自卑心都逐渐强大起来，开始拒绝穿纸尿裤。在学校，实在渴急了，才喝口水润润嗓子。而且，坚持在上课前，去厕所排干净哪怕只有几滴的尿水。凭着坚强的意志力，小孔战战兢兢，却也是平平安安地度过了每一个在校的日子。夜晚不同，尿意会趁着人睡觉的工夫，慢慢地积累，逐渐地变得强盛。强盛到了一定程度，才会打搅到睡眠，叫醒人去排空。对小孔来说，家里之外的任何一个夜晚，都是充满凶险的。她坚决不能冒这个险。

疲惫的孟宪子，每一次去接小孔，都要在心里重复一遍对孔大厨的怨恨。尽管怨恨，她却从来没有动过和孔大厨离婚的念头。并非要兑现谁都不改变的承诺，离婚是需要本钱的。她根本离不起，没有走出这套六十八平米房子的力量。

8

　　孔大厨的屁股从厨房的专属马扎上抬起来，朝着已经变得空荡荡的客厅移动。

　　自女儿小孔被截留在家里，每一个夜晚，客厅的沙发便是他的安身之所。此刻，他不想睡觉，丝毫的睡意都没有，将屁股安放在茶几旁边的一只马扎上。自从岳父母进驻到六十八平米的房子里，不光破破烂烂的多了起来，连马扎都有三四个。它们从哪里来，他不知道，也不想知道。他有一个预感，过一会儿孟宪子肯定来找他，诘问他为什么不阻止岳父的行为。诘问不过是孟宪子打着的一个幌子，她其实是知道他的尴尬处境，说多了说重了，都不太适合女婿的角色。晚饭的桌上，孔大厨看出来了，即使作为女儿的孟宪子，也是拿自己的父母亲没辙的。说到底，孟宪子的无奈，又何尝不是他孔大厨的无奈呢？他的餐馆要是做得红红火火，大把大把的钱往家里拿，何至于还窝在这六十八平米里？何至于岳父为了区区一百多块钱，把自己置身于那么危险的环境里呢？

　　七八年了啊，他一分钱都没有往家里拿。是他不想拿么？他想要给老婆孩子更好的生活，用更好的生活向她们赎罪，弥补他犯下的错。于是，他从厨师变成了餐馆老板。开餐馆需要投资，刚刚还完六十八平米房债的他，只得寻求合伙人。第一个餐馆开在城里，合伙人的父亲在前台管账，开了两年的餐馆，算盘子儿一拨拉，一分钱没挣到。孔大厨结结实实地吃了个哑巴亏。第二个餐馆开在城乡接合部的餐饮一条街，这回的合伙人是一对曾经搞直销的夫妻。这对夫妻和孔大厨相识于第一个餐馆，他们的直销店铺与餐馆是邻居。因为经常去餐馆吃饭，便与孔大厨成了朋友。孔大厨攥着两只空空的拳头，从第一个餐馆退股后，正赶上搞直销的夫妻准备关掉店铺。事实上，直销夫妻做直销不过是个遮掩，他们真正的生意是放贷。放贷遇到了大麻烦，不得不从泥潭里往外拔腿了。

　　一方需要资金，一方需要懂行的人，于是上了一条同舟共济的船。孔大厨吸取了第一次被骗的经验，流水的营业额一天一拢。到了两年头儿上，装修投资的钱刚挣上来，便赶上了轰轰烈烈的拆迁。房子是租的，赔偿款给房主，孔大厨他们只得到了五万块钱的扳倒费。孔大厨是多么执着，就像当初执着地等孟宪子一样。他明明知道孟宪子考上大学后，未必就不变心。那是一种除了他自己，任何人都无法改变的执着。"我肯定能挣到大钱的，放心吧。"孔大厨瞒着孟宪子，第三次把餐馆开起来时，再一次向孟宪子承诺。孟宪子的做法是，继续假寐，尽量让呼吸平稳。她怕张开眼睛，瞳孔摄入孔大厨的影像那一刻，会发出"咱们离婚吧"的怒吼。

　　无疑，孟宪子的态度，极大地激励了孔大厨。他要让餐馆火起来。只有餐馆火起来，他才能一雪被孟宪子看轻了的耻辱。

这一回，孔大厨与直销夫妻，把餐馆开到了下边一个镇子上。镇子是直销夫妻的老家，那里熟人多，而且又是一个地理位置优越的大镇子。镇子上的生意平日温温吞吞，勉强把房租和工钱挣出来。只有逢年过节了，老百姓才打着狠儿地消费，一家一家地出来聚餐。二〇二〇年春节前一个月，孔大厨他们的餐馆，就陆陆续续地有人订餐，到了年根儿，整整订出去两百桌。"订出去两百桌了。"孔大厨抑制不住欢脱的语气。这句话隐藏的含义就是，过了这个年，他孔大厨就可以往家里拿钱了。

　　马上就要扬眉吐出一口男子汉的气了，马上就要领略到孟宪子笑肌做运动的模样了。他妈的病毒，你是跟老子来作对的么？屁股底下的马扎，突然就振动起来，而且振动的频率越来越快。终于，如脱缰的野马，一声哀戚的嘶鸣后，驮着孔大厨在客厅里狂奔起来。一间逼仄的，并且是被大大小小俗物充斥了的空间，怎能满足烈马尽兴奔跑的欲望呢？咚咚的撞击声，流淌了一地。马背上的孔大厨，五脏在胸腔内翻滚，奔跑和撞击再不停止，他的命将休矣。"我是神奇的小饼干，快吃掉我。"向他发出召唤的，是茶几上女儿小孔的零食。它们不是零食，是拯救他的神奇小饼干。趁着马儿与茶几交错的机会，他伸手抓了神奇的小饼干，拼命地往嘴里塞。然后，上下两排牙齿拼力地工作，试图在最短的时间内，将小饼干的魔性咀嚼出来，好遏制野马的兽性。神奇小饼干的渣滓从齿缝间往下泄漏，孔大厨额头的青筋嘣嘣跳跃，两颗凸出来的眼珠儿随着脖子的前倾上翻。

铺天盖地的窒息，成了野马的帮凶，共同扼住神奇小饼干的魔力。

"后天去妇幼做手术。"孟宪子的声音突然窜过来。野马的奔跑，望不到尽头的窒息戛然而止。一头大汗的孔大厨，含着满嘴巴的神奇小饼干，静静等待孟宪子燃起怒火。可孟宪子没有，她只说了那句"后天去妇幼做手术"就走了。

9

早上，到了卫生间马桶最忙碌的时刻。

六点钟，孟宪子的父母是马桶第一批光顾者。两个老人有着良好的排泄习惯，早起的第一件事就是去厕所，将肠道里的秽物清理掉。在疫情发生前，老人每天结伴儿去小区外的一所公厕。出了小区的大门儿，跨过一条马路，向东行一百多米，是一个十字路口。在十字路口右拐再南行两三百米，就是一座公厕了。去年城区新改造了一批厕所，这座公厕也是其中之一。从外形上看，它和厕所的概念有点远，像是一所精致的小公寓。如此高级的厕所，配备了专门看守厕所的人，昼夜二十四小时维护厕所的清洁。孟宪子父母每天跋山涉水而去，并不是图了厕所有多么高级，皆因为用不惯家里的马桶。坐在马桶上，肚内的排泄物非常羞涩，说什么也不肯出来。但疫情一升级，各个小区施行了管控，不允许随便出入了。

孟宪子一天的紧张，从父母如厕开始。他们要蹲到马桶上，才能唤出肚里那羞涩的家伙。她生怕父亲或母亲的哪只脚一滑，会摔下马桶来。已经那么衰老的他们，经得住一摔么？他们其中的谁摔坏了，她的生活都将会瘫痪。母亲顺利地冲了马桶，去厨房做早饭。之后，父亲也顺利地冲了马桶，回到小卧室里，等着吃母亲做的早饭。孟宪子提起的一颗心，这才放了下来。今天不去上班，她请好了假去给小孔做手术。昨天托了超市老板夫妇，联系到妇幼医院妇产科的张主任，张主任说八点半到就可以。因此，孟宪子并不着急起床。醒着，耳朵朝父母亲的方向打开着。她听见，做好了早饭的母亲，轻着手脚去小卧室唤父亲。父亲轻着手脚出来，去厨房吃饭。厨房的灶台，就是他们的餐桌。孟宪子想都不用想，此刻的灶台上一定摆放着两碗面条，大碗是父亲的，小碗是母亲的。面条是他们一家人永远不变的早餐，程序简单，造价低廉。小孔和孔大厨不在的日子，每个早上母亲都会在面条里卧两枚鸡蛋，一枚是父亲的，一枚是孟宪子的。母亲不吃，她说她胆固醇高，不适合吃鸡蛋。

父母吞食面条时发出的吸吸溜溜声，非常谨慎，怕打扰了小三口的睡眠。这是父亲值守门岗的第三天早上。母亲一声不吭，直到父亲吸溜完了一大碗面条，才说："下雪了，穿暖和点。"穿戴好的父亲，打开防盗门，就要往外走了，母亲用压低的嗓门喝止住父亲："口罩又忘了，猪脑袋！"全程，孟宪子也没听到母亲对父亲值守行为的制止，完全是昨天早晨模式的复制。昨天早晨，孟宪子起来洗漱，母亲怯怯地凑近了她，说了一句"你爸这个不听话的，又去了"。意思是她拦了，拦不住，再次表明了她的无奈。孟宪子想，一会儿起来，母亲还会不会对她说这句话呢？

七点二十之后，厕所里的马桶又集中忙碌了一阵子。孔大厨、孟宪子、小孔分批次地使用了它。孔大厨煮了他和孟宪子两个人的面条，小孔要空腹做手术，面条没有小孔的份额。洗漱好的孟宪子，和孔大厨一起在厨房里吃面条，她坐在孔大厨抽烟的马扎上吃，孔大厨端着面条碗，踱着小碎步吃。相片母亲，把自己化成一条尾巴，粘在小孔身上。"别害怕，没事儿的，大乖乖。"三百六十度无死角地表达隔辈人的疼惜。母亲的眼里泪花闪烁，搞得小孔反过来安慰："哎呀姥姥，没事儿没事儿，放心吧。"小孔一安慰，大颗的泪就从母亲深凹的眼窝里拱了出来。

"该带的都带了么？"母亲用唠叨将一家三口送出了门儿。在单元门的门口，一家三口和雪撞了个满怀。此时，雪已经停了，只留下一世界的白茫茫。白茫茫从未有过的妖娆，将冰清玉洁的热情点燃，来吸引人类欣赏的目光。它不知道人都怎么了，这般对它无动于衷，整个早上少有几个人光顾。孔大厨开着昨晚从直销夫妻那里借来的车子，从雪地上碾轧而过。雪兴奋地拨旺了火种，燃烧发出吱吱的呻吟。很遗憾，车子上的三个人，没有谁打算去探究雪的心事，或者欣赏雪燃烧的舞姿。雪的白璧无瑕，呈现在特殊的日子里，加重了紧张的气息。

站在大门口的父亲，身上带有"志愿者"标志的红马甲不堪臃肿棉衣的排挤，像成熟的豆荚那样要爆裂开来。看见孔大厨的车子过来，手执体温枪的父亲赶紧过来，守在驾驶室一边，等待孔大厨摇下车窗，伸出胳膊来。"昨晚上的那个，要带闺女去看病的，特殊情况得特殊对待，政策是死的人是活的对吧？"父亲在一截露出车窗的胳膊上扫了扫，报出一个安全的体温后，忙不迭地向一起值守的同伴说。父亲太想保持从容的临危不乱姿态，但急切出卖了内心的慌乱。其实，同伴并没有说什么，登记之后就将车子顺利放行了。垂落的红色布条儿，再次升起来，拦截住从小区另一个方向而来的一辆自行车。与小孔一起坐在后排的孟宪子，转过头去，看着用一条腿支撑住自行车的人。也是个女子，压得低低的帽子，和遮住大半个面部的口罩合谋，除了露出两颗眼睛，其他部位掩藏得严严实实，根本看不出年龄来。但是在这样一个氛围里的早晨，女子为什么要出去呢？也是像她一样，出去谋一家子的生活么？父亲亮出了体温枪，对准女子亮出的胳膊。孟宪子清晰地看到，女子的胳膊朝着背离体温枪的方向躲闪一下。女子会不会也说了那句"别挨我胳膊"？父亲弯下腰去，寻找一个恰切的视角，以便让自己昏花的老眼，看清楚手里的体温枪的确没有接触到女子的胳膊。他一弯腰，更像一枚快要爆裂的成熟豆荚了。

真安静啊，整条街只有他们一辆车。匀匀实实的一层雪，霸占了整个机动车道。它们肆意地燃烧，让车子在白色的火焰中惊恐地穿行。便道上，环卫工人的橘黄色马甲，成为白色火焰的点缀，惊艳而又迷茫。行进尽管艰涩，到底是在朝着目的地，一点一点地靠近。甩在身后的，是一家家紧闭的临街商铺，一个个居民小区。每个居民小区的门口，都有几个像孟老头那样的红马甲，他们像战士一样，手里握着的体温枪随时准备出击。小区门口的两侧，拉着类似"你的隐瞒，就是对别人的野蛮""众志成城，坚决打赢防控阻击战"之类的宣传条幅。

过了几个红绿灯，转了几个弯，车子经过了小孔做检查的那家三甲医院。医院门口，不见了以往车水马龙的喧腾。一辆救护车刚好驶进医院的大门，"开快点儿"，孟宪子脱口而出。不自觉地，一只手摸向身边的小孔，寻了她的一只手，捏在掌心里。"没事儿的。"嘴上说着没事儿的孔大厨，还是加了速度。车轮打了一下滑后，战战兢兢地按照人类的指令，向妇幼医院奔驰。孟宪子自己都觉得奇怪，每天在超市上班，接触到各种各样采购生活必需品的人，虽然内心也是忐忑不宁的，担心将病毒带回到家里，但从未像现在这样，恐惧非常具象地在她眼前晃来晃去。握住小孔的那只手，不由得加了力量。

"没事儿昂，乖！"

"我没事儿，你别有事儿就行。"

小孔回孟宪子。

10

妇幼医院就在眼前了。

和刚才路过的发热定点医院相比，它却显出了几分繁荣。十几辆车在大门口外逶迤着，排队等待体温检测和消毒。很显然，由于各种原因不得不走进医院的孕产妇们，把这家医院当成了首选。远远看见戴着护目镜、穿着隔离衣的医护人员在忙碌着，他们不仅仅要测体温，对车辆进行消杀，还要对每个人完成一套问题相同的盘问：有没有武汉旅行史？家里人有没有武汉旅行史？从几号到几号，有没有去某商场购物？是不是某商场购物者的密切接触者？最近有没有发烧咳嗽？他们语气刻板，语速极快，目光警惕，和天气一样缺少温度。被询问者，回答着一个接一个的"没有"，同样目光警惕，同样和天气一样缺少温度。

这只是第一个关卡。好不容易进了院子，发现门诊大厅和妇产科也都各自设置了关卡。小孔要去的是妇产科，它与门诊大厅是隔离开来的。妇产科的门口搭建了一个帐篷，帐篷里放着一张桌子。一名护士坐在桌子后边负责登记，另一名站在桌子旁边的护士，则负责询问。她们和大门口的医护人员一样，医用 N95 口罩、护目镜、隔离衣一样都不少。"请保持一米的距离！"站着的护士对帐篷外边排队的人喊。孟宪子陪在小孔身边，手里拎着一个袋子，袋子里装着检查的各种单据，以及拉拉裤卫生纸之类的应用之物。有没有武汉旅行史？家里人有没有武汉旅行史？从几号到几号，有没有去某商场购物？是不是某商场购物者的密切接触者？最近有没有发烧咳嗽？站着的女护士给小孔前边的大肚子孕妇测量了体温，又背了一遍大门口医护人员的问题。问题相同，顺序相同。语气、语速，以及警惕的目光都仿佛是点击鼠标复制过来的。

没有。没有。没有。没有……回答完"没有"的孕妇，准备牵着身边男人的手往里走。"家属外边等！"男人被护士拦了回来。大肚子孕妇，每在脚下的消毒毯上踏出一步，就回一下头看一眼男人。眼睛里的表情极为丰富，有恐惧，有委屈，还有其他一些别的。退回到帐篷外边的男人，直挺挺地站立着，一言不发，嘴巴里发出牙齿磨动的咯吱声。

小孔的脚踏上了帐篷的消毒毯，开始接受护士新一轮的盘问。毫无新意的盘问，也不允许有新意的盘问，像连发的子弹，噼噼啪啪地向小孔发射过来。小孔还击回去的"没有"显得特别羸弱。小孔的羸弱，突然间就激发了孟宪子的斗志，浑身的细胞都激动起来，做好了和小孔一起出征，守护在小孔左右的准备。"您是家属？家属不许进。""我是她妈妈，妈妈也不许进？""特殊时期，除了病人谁都不许进。""护士，您通融通融，让我进去吧。我没有武汉旅行史，也没去过某商场购物，更不是密切接触者……""您外边等着，有事儿会喊您！"护士的声调拔高了，嗓子有四五分的嘶哑。声调提高，是一种警示，孟宪子当然懂。

她只得把手上的袋子交给了小孔，又从羽绒服口袋里掏出来两千块钱现金塞到小孔掌心里。"乖，没事儿昂。我和你爸在这儿等你。"然后，孟宪子就看见女儿小孔，通过了帐篷的通道，进了妇产科的大厅。大厅门口，同样守着身穿隔离衣、面戴护目镜的医护人员。那人做了一个拦截的手势，大概和小孔说了几句什么，小孔就朝左边转去，在孟宪子的视线里消失了。

小孔消失的刹那，孟宪子的心塌陷了，轰隆隆地，砖头瓦块似的分崩离析，胸腔里扬起一股血红色的烟尘。小孔不是去手术治病，而是被看不见的恶魔一口给吞噬了。不行，她要去拯救女儿，把女儿牢牢地抱在怀里。孟宪子就要行动了，突然，被一只大手拉住了。那只大手可真有力量，将孟宪子越来越像她母亲的身子，轻轻地拎了，扔进一辆车子里。

"车里暖和点儿。"拎她的男人说。孟宪子没有回应，挣扎了一下，发现男人拎她的手并没有松开。让她停止继续挣脱的，是她很快发现，车头的方向正对着妇产科门口的帐篷，只要小孔从里边出来，第一时间便能看到。她目测了一下距离，如果护士喊家属，也会清晰地收到声音。靠在座椅上，孟宪子如炬的目光穿透前挡风玻璃，钉子般深深地钉在帐篷口，迎候女儿小孔，以及和女儿小孔相关的信息。两排眼睫毛很久才浅浅地拥抱一次，唯恐错过了最宝贵的东西。车上暖风开得很足，孟宪子的额头和掌心都沁出了汗。但汗水是冷的。"回去后做点小丸子，连稀带干的都有了。"男人开始说话了。像一篇文章，小丸子只是一个开头。小丸子很诱人，香气扑鼻，用它作为文章的开头，新颖又勾人食欲。

"昨天晚上你下班前，我就把肉馅剁好了，怕今儿中午回去早不了。小丸子省事儿，但是有营养。咱家里不是有一箱大枣么，这回我好好给闺女露一手，晚上先弄一道鸡蛋枣汤。准备两个鸡蛋，配上十几颗红枣，再加上适量红糖。然后在锅里放上水烧开了，开到翻腾水花儿，把鸡蛋打进去。等翻出蛋花儿来，放进红枣和红糖。然后，用文火煮二十分钟就可以了。这道汤绝对是益气养血，适合咱闺女。明天再做一道糖饧红枣粥，这道粥的原料除了红枣、红糖，还有花生米。给你讲讲怎么做啊，红枣洗净后用温水泡着，花生米稍稍煮一下，去皮备用。之后呢，红枣和花生米一起放进小铝锅里，加上适量水，小火煮上半个小时。这时候再加红糖，等红糖溶化一收汁就可以了。后天呢，再换一道荔枝大枣汤，对了，咱家没有干荔枝吧？明天你上班买点，你们超市应该有。"

孟宪子一声不发。目光继续牢牢地钉在帐篷门口。打开的耳朵和鼻子，品着小丸子引出来的红枣系列美食。滴答——水滴的声音，提示孟宪子手机有新的微信。听到提示音的男人，暂时停止了美食文章的创作，给孟宪子留出看手机的空白来。愣怔了几秒钟后，孟宪子突然反应过来，会不会是女儿小孔发来的信息？赶紧去掏羽绒服口袋儿，摸出来手机打开，将钉在帐篷门口的目光费力拔出来，快速在手机屏幕上扫了一下。果然是女儿小孔发的。"姓张的主任说，我还得再做一次分泌物检测，看看炎症是否消了。"后边缀着一个代表惊恐的表情。什么意思？如果炎症没有消，手术做还是不做？一股热血冲到孟宪子的头顶，发出隆隆巨响，上身在座椅上晃动了一下。男人的手臂及时伸过来，弯成可以倚靠的港湾，让孟宪子泊在里边，给女儿小孔回复信息。

"用了好几天药，炎症肯定没了，就是个例行检查。不会有事儿的，大乖。"一行字，孟宪子仿佛敲打了一辈子，漫长到无法再漫长的那种漫长。检查了一遍，确定没有溢出负面情绪的字词后，孟宪子才颤颤地按了发送键。里边的小人儿，一定无助极了，她想一条接着一条地发下去，给可怜的小人儿打气。可是，发太多了，反倒暴露了她的无措。紧紧地捏了手机，重新让目光穿透前挡风玻璃，钉在妇产科帐篷门口。孟宪子相信，钉在那里的目光，会散发出神奇的力量，传递给里边的女儿。

男人的手臂没有撤回来，依旧弯成一弯港湾。他继续创作美食文章。文章里的每一道美食，都和女儿小孔的恢复息息相关。它们一天一天地排列下去，排到第十天时，捏在孟宪子手里的手机又发出了清脆的水滴声。从帐篷门口拔出来的目光，一路跌跌撞撞地返回。"没事儿，检查合格。张主任说，我前边还有两个手术。因为手术室要消毒，可能会有点慢。不要着急。"传来的，是一个安稳的消息。孟宪子等快要出窍的魂魄回归了肉身后，给小孔回复道：

"我们不急，在离大乖最近的地方，等大乖。"

11

第三次，孟宪子将目光放出去，重新钉在帐篷门口。还没来得及在地上扎下根，差点被从里边走出来的一个孕妇踩到。目光一个躲闪，原来是排在小孔前边的大肚子孕妇。孕妇一出帐篷，立即被不知从哪个角落里冒出来的雄性臂膀拥住了。雄性臂膀惊喜参半，好像失而复得了一颗昂贵的珍珠。作为珍珠的大肚孕妇，重新回归，满含着娇嗔的委屈，一路走一路落泪。目光有些贪恋，追着他们跑了很远，直到回过神来的孟宪子将它们拉拽回来，才继续坚定地守在帐篷门口。

"回头我去饭店拿点鱼，反正也卖不了，给闺女，还有你和姥姥姥爷，做一套鱼系列的美食。这么多年，我一直在外边瞎忙，给你们展示厨艺的机会都没有。得谢谢病毒，让我补上这一课。"男人开始续接他的美食文章，文章的语气尽量欢脱，尽量轻松。然后，孟宪子的耳朵就灌进了一长串和鱼相关的菜名，什么红烧鱼块、糖醋鱼块、清蒸鱼、鲜椒鲫鱼、水煮鱼、葱油黄花鱼、啤酒鱼、茄汁鱼、松子鱼、家常红烧，这个鱼，那个鱼，好似相声段子里的贯口。男人又一道一道地讲解，什么菜用什么样品种的鱼，每一道鱼制作的秘密工艺。男人说，在所有的鱼中，他最拿手的就是茄汁鱼，很多人来吃饭，就是冲着这道菜来的。茄汁鱼有两个关键点，一个是炸鱼的火候，火候过了鱼就炸老了，火候不到鱼的脆劲儿就受影响；还有一个就是调汁儿，番茄沙司要用北京某某食品公司的，糖尽量用绵白糖，白砂糖溶化得慢。再有就是白醋，用的都是白塔牌的，别的牌子调不出那个味儿来。"这些经验都是我慢慢总结出来的，手艺人都毒，我从来没有告诉过别人。我想着，用它们吸引客人，把买卖做得红火了。买卖红火了，你就不用那么累了，也有实力买大房子了。"

男人说到了大房子。美食文章开始转向。"屁话，一堆没用的屁话。"显然，文章的转向刺痛了孟宪子。她差点儿有所行动，打开车门冲下去，或者将弯住她的那只手臂扒拉开。可是，她没有动。现在应该把力气都用在女儿小孔身上不是么？其他的耗损精力的行为，都是愚蠢的。孟宪子的沉默，让男人有了阐述整篇文章主题思想的机会——

"这个病毒也不知道啥时候过去，总会有好起来的那天是吧。这两天黑夜我几乎没睡啥觉，想明白一件事，我就不是一块做生意的料儿。趁着体格还行，往后我还接着耍手艺，一个月咋也能挣个六七千的，还新房子贷款肯定是绰绰有余。再过几年，岁数大了，耍不动手艺了，哪怕当个保安也行啊。虽然挣不多，但可以长流水，不断流儿。只要不断流儿，就能把日子撑起来，你说是不是？媳妇儿，我下载了一个叫'住小帮'的APP，里边都是各种风格的装修，你看看，将来咱的新房子，装修成啥风格的？"

男人说着，拿出手机来。因为需要两只手操作，他撤回了那条弯住孟宪子身体长达两个小时的手臂。它肯定是麻掉了，经过了一小阵的唤醒，才复苏过来。孟宪子用眼的余光看见，男人打开了"住小帮"。"住小帮"里一定有一个魔幻的世界，她要不要看？她看了，就说明她认同了他，原谅了他。可是，她辛辛苦苦积攒的仇怨，就这么轻易地烟消云散了么？孟宪子梗直了脖子，想给目光打气，让它们更加坚定地钉在帐篷口，然而，她却明显感到，目光的意志动摇了。眼看，她的控制力岌岌可危，它们就要背叛主人的初心了。紧要时刻，帐篷里吐出来一个全副武装的医护人员，戴着一次性手套的手上，托着类似文件的东西，尖厉着嗓子朝大院儿喊："谁是小孔家属？小孔家属在么？过来签字！"

得到解救的孟宪子，打开车门儿，踉跄着冲过去。

回家的路上，雪燃起的白色火焰熄灭了。被融雪剂弄得脏兮兮的雪，见车子过来，羞涩得捂住了脸。雪们熟悉这辆白色的车子，三个小时前，它是它们跳起的白色火焰舞的见证者。现在，妖娆已不再，成了最美最伤心的追忆。铺天盖地的寂和静，被依旧坚守岗位的橘红色环卫马甲撕了一道道不规则的口子。他们用手里的雪铲，将马路上脏污的雪朝着某一个方向推移。推移的过程中，雪铲和马路纠缠着，不知道谁弄疼了谁，发出刺耳的嘶喊声。

大约不到两百米，便有一个戴着口罩的橘黄色马甲在用雪铲推雪。这样，刺耳的嘶喊遥相呼应，串联成一片，一路伴着孤独的白色小轿车而行。顺着车窗的缝隙，嘶喊钻了进来，试图有所作为。让嘶喊失望的是，它好像并没有奈何车子里的几个人。毛绒帽子压到眉毛下边，厚围巾围裹住脖子和大半个脸庞的小孔，像一个刚出生不久的婴儿，被孟宪子用阔大的羽绒服裹了紧紧地拥在怀抱里。孟宪子的两束目光，片刻不离开小孔，时刻观察着小孔的表情。"疼？有点儿？快了，就快到家了。到家先冲点儿红糖水喝，回头让你爸给你做小丸子吃。"驾驶座上的孔大厨，全部的心思都在车技上，他要把车子开得稳稳的，哪怕一个微小的颠簸都不能有。不发生颠簸，小孔的疼就会减轻一些。

　　车子和六十八平米家之间的距离，在一米一米地缩短。突然，一声嘹亮的哨音响起来，它那么清脆，那么悦耳，一下就盖过了绵延的雪铲和马路纠缠出来的嘶喊声。刹那间，所有连缀起来的嘶喊全部停止。孟宪子将脸颊贴在车窗玻璃上，目光逆着哨音向上飞奔，在五楼的阳台上，她看到相片母亲，正将头探出敞开的窗子。

　　老太太一边吹响嘴里的铁哨子，一边向他们招手。

夜　遇

　　郭晓晓有了一场夜遇。

　　下午五点半的时候，天已经黑得严丝合缝了。由于寒冷，路灯变得特别吝啬，只释放出些许微薄的光芒来，将大部分截留了，自己依偎着取暖。郭晓晓把颈子缩进羽绒服里，只露出两只眼睛来看路。在下班人流的裹挟下，这个年轻女人驾驶着一辆红色嘉陵摩托车，朝小城的某个方向移动。小城某个方向的某个住宅小区，有一扇漆黑的窗子等着她去点亮。可是郭晓晓半点亮起它的欲望都没有，一面窗子即使再明亮，少了女儿的笑声，也是毫无意义的。

　　焦灼的星期五。积攒了快一周的思念，在这一天达到高峰，尽管明天就可以释放掉了，可是这一天真是难捱。郭晓晓从白天就开始走神儿，看什么东西都像女儿胖嘟嘟的笑脸，笑脸上的一只酒窝窝里汪着蜜水，专门甜妈妈的眼神和妈妈的心。刚一脱离上班状态，可是不得了了，磅礴的思念便汹涌过来。郭晓晓忽然就有了一个冲动，开着她的红色嘉陵摩托车，直奔远在三十里外的婆婆家，把宝贝女儿紧紧地抱在怀里，狠狠地亲个够。可是她要给比她下班更晚的男人做饭，在男人回来前，把家里的气氛调制得尽量温馨。再者，漆黑的三十里路途，也是一个不大不小的阻障。不能马上去看女儿的因素，紧密团结起来，搅得郭晓晓内心烦躁。右手加了力量，让提升了速度的摩托车，在稠密的人流中横冲直撞。

着急去火葬场了吧。郭晓晓听见被她刮碰到的人，在身后恶毒诅咒她。她并不理会，继续在人流中寻找冲撞的缝隙。一刻钟后，小区门口的公共电话亭以及亭子的主人呈现在郭晓晓视线内。此刻的亭子和它的主人，尽管被吝啬的路灯光抚弄得斑驳混沌，但一物一人的坚持是清晰的。尤其是坐在亭子门口的女主人，脖子朝街道努力勾着，冻得僵冷的表情上浮现了浓厚的期待。期待行色匆匆的过路人，忽然就停下来，走向她的电话亭，打一个或长或短的电话，再不就是买张报纸、卫生巾、香皂之类的东西。郭晓晓想，在进小区前，是不是到电话亭给女儿打个电话？说真的，郭晓晓有点讨厌眼前这个操着天津老城区口音的中年女人。在郭晓晓眼里，她不是一只特别好的鸟，属于乌鸦类型的。郭晓晓记得刚搬进小区时，到亭子里打电话，电话明明没有打通，女人却跟她要了五块钱。郭晓晓跟她理论，她翻检着电话屏幕上的通话记录，好一通的据理力争。两片能言善道的薄嘴唇儿，蝴蝶翅膀似的上下飞舞，看得郭晓晓眼花缭乱。

无奈，家里没有装电话，而这个电话亭就在楼下。每次呼机响起来，郭晓晓一看是公婆家的号码，连半秒钟都不敢耽误，放下手里正在做着的一切，就往楼下冲。号码紧密连接着女儿，每一次呼机响起都让郭晓晓提心吊胆。她需要在最短的时间内，知道女儿的具体情况，是想她了，还是生病了。和女儿比较起来，对一个人的嫌恶就变得不重要了。好在，电话亭主人知道了郭晓晓是小区的常驻居民，收取通话费用时也有所收敛了。但，郭晓晓依旧不喜欢她，对她保持着某种警惕。

小俊媳妇儿，下班了？见到郭晓晓，中年女人僵硬的表情，即刻活泛起来，眼神，嘴唇儿，都复苏了。女人说话的语调是经过装饰的，柔软是其一，最明显的特点是在老天津口音的基础上，刻意融入了小城的味道。她在尽可能地模仿当地口音，降低骨子里的高傲，讨好郭晓晓。小城里有很多像电话亭女人这样的，他们是遗留下来的天津知青，和小城底层百姓一样，每天为着日子糊口。为了和小城原住居民区分开，证明自己与生俱来的大城市贵族气质，他们坚定地排斥小城土气的口音。眼前的中年女人却愿意放低身段，自甘沾染小城的风土。郭晓晓的心一动，她想回应女人一句带着温度的话。

正在这时候，羽绒服口袋里的传呼机滴滴滴地响了。郭晓晓赶忙摘下棉手套，去口袋里翻腾出那枚火柴盒似的小机器。

小机器还在响，滴滴滴的声音特别急促，屏幕上是一串郭晓晓再熟悉不过的数字。郭晓晓把摩托车放在路边上，几步跨到电话亭，一只手抄起话筒，一只手的手指在键盘上快节奏地跳跃，拨通了呼叫她的那串数字。小可咋了？不严重？上药啦？老磨人，找我啊？小可呢，让小可听电话。小可，我是妈妈，手还疼不？别哭，乖，别哭，想妈妈是吧，妈妈去看你，你乖乖等着妈妈噢……挂了电话，郭晓晓问电话亭女主人，大姐，您有纸和笔么？中年女人嘴里应着"有"，将一小段铅笔一小片白纸递到郭晓晓手上，郭晓晓几乎是夺过了它们，用笔头在纸片上迅速写下一组阿拉伯数字。

姐，麻烦您呼这个号码，要是回了，就说是小可妈妈呼的。您转告他，小可妈妈回老家，去看孩子了。谢谢姐。

行，知道了，小俊媳妇儿，别着急啊。

郭晓晓跨上摩托就往小区里跑，她想给小可取些东西。可能是太着急了，右脚滑了一下，脚踝与坚硬的脚踏杆发生了碰撞。身后的电话亭女主人，咧了咧嘴，把要说的话咽了进去，垂头拨弄电话键盘。女人的眼睛花了，加上光线实在是昏暗，捏在指间的小纸片一会儿被推向视线的远处，一会儿又被拉近，反复几次才完成了呼叫。回复的电话还未响起，驾着摩托车的郭晓晓就出来了。"给你呼了，还没回呢。"怕戴着头盔的郭晓晓听不清，女人的声音提高到了八度。尖细，破裂。郭晓晓再一次说了谢谢，右脚拨弄循环挡，红色的嘉陵准备冲锋了。

哎，小俊媳妇儿！

郭晓晓加油的右手松弛下来，大姐，咋了？

慢慢开。下回一块儿再算账！

郭晓晓才明白，打完电话忘给钱了。右脚赶紧摘了挡，下了摩托车，给女人送电话钱。哎呦，不急呢，说了下回一块儿算。中年女人说着，伸手接过了钱。郭晓晓转身。中年女人一嘴融合了当地气息的老天津话儿追了过来，小俊媳妇儿，放心吧，我给你听着电话呢……后边又说了什么，被突突突的发动机声给吞掉了。

电话亭女主人的小气，并没有恶心到郭晓晓。从中年女人身上，郭晓晓看到了自己的影子。自己楼上楼下地跑着打电话，不就是为了节省每月十八块五的月租费么。装电话要钱，打电话要钱，还要收月租费，电话局掉钱眼儿里去了。公婆家的电话是郭晓晓给装的，不装不行啊，村里没有公共电话。有几回因为小可的问题，婆婆跑到大队书记家里，让书记家的孩子帮忙呼郭晓晓。最后一次，婆婆刚从书记家里出来，书记媳妇就跟书记大声嚷嚷，你赶紧给我拆喽，破电话搭钱不说，连顿消停饭都吃不上。你这刚一端饭碗，电话就响了，颠儿颠儿地就得给找人去。书记媳妇的话不完全针对婆婆，但婆婆也脱不了干系，是影响书记家生活的一个分子。婆婆就跟郭晓晓抱怨，打个电话还得看人家脸色，听人家闲话，以后再也不打了，你们要是不放心孩子，腿儿就勤快着点吧。婆婆说这番话的时候，眼皮儿一直垂着，郭晓晓看不见里边的表情。这是几个意思？郭晓晓一咬牙，就给公婆家里装了一部电话。

还没出城，郭晓晓的车就开到了四十迈。一刻钟之后发生的事情，也许是摩托车闹情绪的结果？郭晓晓无法揣摩摩托车的心思，但有一点是肯定的，如果不是摩托车出了问题，夜遇也就不会有机会现身。

　　小可的手伤到什么程度，伤的具体位置在哪，因为什么受的伤，一切都是含糊不清的。假如小可没有被婆婆带回老家，一直都在自己的视线之内，或许手就不会被碰伤。可是婆婆非说，她一个人在城里带孩子，没人给公公做饭吃。公公自己学着做不行么？婆婆又说了，公公一辈子都没做过饭，吃不好喝不好的，把身子糟蹋了，地里的活谁干。别人不指望没用的糟老头子，她还指望呢。婆婆的态度很强硬，一点商量的余地都没有。自己不可能在家里带孩子，小可爸爸一个人挣钱根本养活不了一家人，更别提还要还买房欠下的债。送幼儿园孩子又太小，郭晓晓只能眼睁睁地看着小可，哭得几近晕厥地被婆婆带走了。

　　婆婆给带孩子，单从物质上来说，郭晓晓岂止是付出了一部电话机，以及每月产生的话费那么简单。胯下的这辆红色摩托车，也是为了看小可方便才买的。公婆的村子没有直达公交车，坐车到镇上，再步行几里路才能到村里。快捷的办法倒是有，从城里打出租车。这两个途径对郭晓晓而言，都是有难度的，前者过于缓慢，孩子有事就是急的。后者呢，一趟两趟还可以，从长远考虑，显然是负担不起的经济账。郭晓晓和自家男人商量，最终决定买了这辆重庆出的嘉陵70摩托车。男人的工作一直是非正常状态，无限制地加班加点，指望他驾车带媳妇去看女儿的愿望比较渺茫，郭晓晓就自己学开摩托车。当初买车的时候，也是考虑了自己的因素，没有选择过于威猛的。四个挡位的循环挡，摘挂无需使用离合器，操作起来简便很多。没几天，郭晓晓就驾着摩托车去看小可了。

那时候还没办理驾驶证，摩托车甚至连牌子都没有。没有关系，小女子已经百炼成精了，她娴熟地驾驶着摩托车，在每个周六巧妙地躲闪着警察叔叔，成功地抵达目的地。但不是每次都那么幸运，有一回就差点被警察叔叔扣住了。警察叔叔里边也有身手不凡的，在郭晓晓发现他之前，借着等红灯的良机，一只大手伸向郭晓晓摩托车的钥匙。那是一个拔钥匙的动作，郭晓晓只用零点零一秒钟的时间就反应过来，双手以闪电的速度，死死地捂住车钥匙。警察叔叔严厉地呵斥，把手拿开！郭晓晓很清楚，手拿开了，就意味着车子被扣留，然后就是罚款。绝不能妥协，不能松手，然而又不能硬碰硬地和警察叔叔抵抗。郭晓晓发现，凭借着警察叔叔的力量，从她手中夺过一把摩托钥匙，简直就是一件太容易的事情。他为什么没有那么做，还让钥匙完好地捂在她手掌下呢，就因为面对的是一个女子，警察叔叔不敢和她有过多肢体上的纠缠。郭晓晓充分利用人性最柔软的那部分，在警察叔叔和她拉锯做思想工作的时候，哭了个梨花带雨，祈求警察叔叔放她一马，先去照顾发高烧的小娃娃。

不自觉地，软软的泪水爬出了眼窝儿，洇进棉布口罩里。尖利的冰冷，刀子般在郭晓晓的心头划了一下。找个借口哭一哭，大概就是说此刻的郭晓晓吧。在警察面前的哭，像一剂诱饵，引出了她全部的委屈。眼泪是排泄委屈的一种形式，开快车是另一种形式。当红色嘉陵摩托驶出城区时，迈速表上已经显示到了七十。车子大灯雪白的光束，深深地插进暗夜的内部。偶尔会有对头的或是同向而行的大货车，轰隆隆地经过郭晓晓和她的嘉陵。那是一场威猛和渺小的短暂对峙，当隆隆声远去后，黑得不见五指的柏油马路，继续任由一个女子肆意驰骋。没有了对比的驰骋，重新变得强悍起来。驾驶红摩托的女子，犹如出征的勇士，穿过烈烈寒风，朝着破碎的日子进军。

突然，车子发出一声沉闷的声响。随着响声的落地，红色嘉陵所有的威风戛然而止。雪白的光束更是猝不及防，来不及收住前进的步子，用力过猛的它，跌进夜的最深层，拔不出来了。郭晓晓第一感觉就是，坏了，车子出问题了。可是，车子坏在了哪里，如何让车子好起来，郭晓晓一点办法都没有。目前为止，她只学会了驾驭它，至于修理则是她能力之外的事情。也许它只是在和她开玩笑，重新发动一下就好了。抱着美好幻想的郭晓晓，反复踩踏启动杆，启动杆懒洋洋地哼哼几声后，就再无了气息，陷入到死亡的沉寂中。环顾左右，郭晓晓绝望地发现，她所在的位置，前不着村，后不着店，连个人的影子都没有。凭着第六感觉，路程还不到一半，退回去么？这个念头刚一冒出来，就被郭晓晓否定了。此时的小可，一定可怜巴巴地期待着她的出现，她不能让孩子失望。她许诺给小可的，让小可等着她。推着车子往前走，这是她唯一的选择。

趁着雪白灯光消失的空档，夜将黑暗的丝绸一重又一重地围裹住郭晓晓的人和车子。看似灵秀的摩托，一旦丧失了机动的助力，变得无比地笨拙。走了不远的一段路，郭晓晓身上就冒了热汗。轰隆隆的货车，依旧稀稀落落地经过郭晓晓。每一次的经过，缠绕她的黑暗就会不情愿地暂时撤离，等货车远去了，再度气势汹汹地卷土重来。不是每一辆货车都甘愿让郭晓晓分享它的光亮，也有心怀叵测的，丢下一颗石子，向着郭晓晓打过来。石子打在郭晓晓的头上，幸好被头盔遮挡住，铛的一下弹了出去。一小片夜色被石子割伤了，流出涓涓的黑色汁液。

郭晓晓头一次看见夜色也会受伤。原来，世间万物都是有灵性的。但是她不准备怜惜它，因为她察觉到，夜色即使受了伤，对她的围裹也丝毫没有手软。在接下来一长段没有货车经过的路程里，它试图制造一场无边的黑暗，让她丧失行走的力量，最终窒息而死。恐惧慢慢地滋生出来，穿透女儿小可的期待，穿透生活繁衍的所有屈辱，强韧地生长壮大。就在这个时候，两盏昏黄的路灯光，从远方袅袅地飘过来，微弱却清晰。

近了，更近了。郭晓晓看明白了两盏灯的来龙去脉，它们就像兄弟似的，守在通往一个小村的路口。它们是黑夜里小村庄的标志。随着距离的缩短，灯光笼罩的几条人影，影影绰绰地进入到郭晓晓的视线内。他们的身子靠在摩托车上，在交谈着什么，从丰富的手势来看，现场气氛应该很热烈。人，男人，骑摩托车的男人。郭晓晓从他们身上看到了希望，也许，他们会为她提供帮助。修理摩托车，对男人来说可是无师自通呢。

他们也注意到了穿越黑暗、正在朝着他们靠近的她。她的靠近，是试探的，是充满着警觉的。然而，除了靠近他们，她仿佛又别无选择。两束掺杂着审慎和求助的目光，从头盔和棉口罩之间的眼睛里发射出来，慢慢地在几个人的身上移动。特别像医院里 B 超医生手里持着的那枚手柄，经过一番扫描来检阅人是否有病灶。几个人稍有异常的举动，她的眼神便立马会做出好与坏的鉴定，然后开出自我保护的清单。

你的车坏了吧？

郭晓晓躲在口罩后边的嘴巴，已经开启了，决定要张嘴求人了。几个人中的其中一个，却在她开口之前说话了。她点了点头。然后，他就走了过来，到了车子跟前，蹲下来端详了会儿。尽管他没有不妥当的举止，可郭晓晓紧张的弦子不但没有放松，反而绷得更直了，发出咯吱吱的脆裂声。她不敢直视男人，男人一头到脖颈的长发，被风吹起来，顽皮地挑逗她的视觉。郭晓晓扶住车把的手，暗暗地攥紧了。

有可能是化油器堵了，我没有扳子，拧不动啊。要不你在这等会，我去村里找一个。男人说完站起身子来，走向他自己的大摩托。边发动车子，边对其他几个男人说，哥几个，事儿就照商量的那样办，先散了吧。

人跨上各自的摩托，蹍响了，突突突地向东或向西而去。有两个人是合骑着一辆车，后边坐车的人，将一根手指头弯曲了，含在嘴巴里，对着郭晓晓，肚子一鼓劲儿，嘹亮的哨音便冲了出来。暗夜是没有准备的，被突兀的哨音震惊到了，有微小的细胞在噗噗炸裂。

赶紧滚！

长发男子吆喝完，也发动着了摩托车，朝着前面村子驶去。他是去找修摩托的家什了。两盏路灯下，只剩下了郭晓晓一个人。此刻，她可以离开路灯奢侈的照耀，继续推车前行。可是她听到传呼机的滴滴滴声，正万分急促地穿透羽绒服的口袋。如果顺利，她出来的时间，完全可以抵达公婆家了。一定是公婆在呼叫她。"妈妈咋还没来？"她甚至看到了小可满是泪痕的小脸。他们不知道她的车坏了，接下来的漫长等待，会让他们浮想联翩，然后会是惊恐万状。说不定以为她被车撞死了。不喜欢她的婆婆也会陷入到慌乱中，打电话呼叫儿子，告诉儿子郭晓晓在本该出现的时间段里，却没有及时出现这一事实。婆婆其实也不想她出事的，对不对？郭晓晓出了事，她儿子就没了媳妇，小可就没了妈妈。庞大的惶恐会影响到小可，她会认为看不见妈妈了，说不准还会哭得背过气去。

为了小可早一点看见她，也为了不引起家里重大的恐慌，郭晓晓决定信任长发男人。她对他的信任，不仅仅他骂了吹口哨同伴的缘故。虽然不敢直视长发男人，郭晓晓的直觉和眼的余光合力捕捉到一个细节，长发男人说让她等他时，看了她一眼。看她的目光是和善的，没有欲望之类的掺杂。

他不会不回来了吧？身上的汗水落下去，寒冷便热情地围攻过来。两盏浑浊昏暗路灯下的郭晓晓，焦躁地跺着脚。

假如那天晚上，郭晓晓不站在路口两盏路灯下等长发男人给她修车，会不会就是另外的样子了呢。可惜，假如永远是假如，它没有能力改变曾经的发生。那天晚上，后来究竟发生了什么呢？

　　那晚，在郭晓晓的期待中，长发男人回来了。长发男人开的是一辆体积庞大的蔚蓝色摩托车，郭晓晓叫不出名字来。发动机的轰鸣声伴着雪亮的车灯，远远地传过来，郭晓晓急躁的情绪里有了几丝喜悦。看吧，长发男人的手多么麻利，在器械的辅助下，几下就把化油器卸下来。他将化油器举到面前，让两腮涨得鼓囊囊的，然后嘴巴凑近化油器，呼呼地对着它吹气。两腮瘪下去，再重鼓起来。鼓起来，再次瘪下去。往复几个回合后，长发男人大概觉得他强劲的气息，清除了堵塞化油器的障碍，便再次借助器械将化油器复位。装好了，拨动钥匙，挂上空挡，发动机子。清脆的突突声没有如愿地响起来。看起来，摩托车病得不轻，常用的医疗方案已经不起作用了。

　　郭晓晓身上传呼机的滴滴滴声又响了起来，响声歇斯底里，好像是在咒骂郭晓晓。郭晓晓没有掏出来看，看了就有办法回电话么？呼她的人真是猪脑子，她要是真出现了意外，把呼机呼爆了也不管用啊。长发男人肯定也受到了呼机滴滴的影响，又一次拆了化油器，耗费好一番气力呼呼地吹，无奈，重新装好的化油器依旧不哼不哈，死寂沉沉。"可能不是化油器的毛病。"郭晓晓听长发男人说。他的声音宽厚有韧性，可传递的却不是什么好消息。不是化油器的毛病，那是什么毛病？郭晓晓从男人的话语中判断出来，他已经无能为力了。果然，长发男人又鼓捣了一会儿摩托，最终没有找到病因，向郭晓晓表示了他真诚的遗憾。

真是浪费了刚才的等待。长发男人骑着他的大摩托灰溜溜地走了，像一个战败的士兵。哪怕一秒钟都是异常珍贵的，郭晓晓收拾起沮丧的心情，推着生了重病的红色嘉陵，横穿过马路，继续朝着公婆家的方向前进。村口两盏路灯很失落，看着郭晓晓远去的身影，想尽量多地送她一程。到底，仅有的光明太薄弱了，走着走着就被霸气的黑暗给轰回来了。好冷的天，好大的风，天上的星子都散了。夜又开始在黑暗上做文章，一重一重地缠绕郭晓晓，妄想把郭晓晓变成夜的一部分。

该死的摩托车，该死的男人。

往前走一步，郭晓晓骂一句。她骂的是自己的男人，女儿小可的爸爸。这个男人以工作的名义，逃避了他应该承担的责任，在漆黑的夜晚开摩托回家的人，难道不应该是他么？而以公婆为首包括她自己在内的一众人，纵容了他的逃避。他逃避得理直气壮，因为他要上班，要赚钱养家，还买房子欠下的外债。就好像郭晓晓没有上班，天天赋闲在家里一样。难得的有一次在周末歇班，开着摩托车夫妻双双去看孩子，郭晓晓内心满满的感恩戴德，仿佛男人在做慈善事业。早知道婚姻这么累，这么无趣，还不如一个人过舒服。

一束光从身后摇摇摆摆地逶迤过来，伴随着由远及近的摩托车发动机声。又是一个骑摩托车的夜行人，郭晓晓想。摩托车的光束侧漏，隐约照见马路下边的场景。马路连接着一道沟渠，过了沟渠便是原野。刚好这一段的原野不是沉睡的冬小麦，而换成了一片赤裸裸的丛林，丛林里高高矮矮的坟冢，绵延连亘，气势恢宏。阴森森的气息如大手掌，一下揪住了郭晓晓的心脏。不会是有鬼吧？听很多人说过鬼打墙的故事，人在夜晚遇到坟圈子，走了一宿也走不出去。郭晓晓的心咚咚咚地跳跃，头发根儿刷刷地竖起来，将头上的头盔顶得吱吱响。天啊，她多么希望后边的摩托，不要很快经过她，多照耀她一会儿。据说鬼是怕光亮的。

这是哪个村的坟圈子，怎么会这般的绵长呢？很多的小鬼儿已经从坟冢里冒出来，静静等着光亮远去，好和一个弱女子做一场游戏。它们寂寞了太久，需要验证一下自己的功力是否还在。摩托车发动机声响越来越清晰，一点一点地迫近郭晓晓，只几步之遥了。要不要向开摩托车的人求助呢，求他慢下来，让她借助车的光亮，走过恐怖的坟圈子。她运了运气，就要准备回头，大声求助了。忽然，在与她比肩的一刹那，传来一声尖锐的刹车声，摩托车停住了。郭晓晓诧异，难道过路的摩托车有感应，听到了她内心的召唤？不对，世上哪有这么聪明的摩托车。肯定车的主人有了什么预谋，那个预谋肯定比坟冢里的鬼还可怕。说时迟那时快，郭晓晓扔了手里的摩托车，甩开两条长腿就要逃命。

"别怕，是我。"

一个宽厚的声音飘过来，随即，身子从车上歪过来，探手扶住了郭晓晓的摩托。好熟悉的声音，郭晓晓一侧头，撞到一头长长的被风吹得张牙舞爪的乱发。是他，那个帮自己修车的人。他不是走了，回村了么，干嘛又追她来，他想干什么？他说别怕，她就真的不怕了么？他帮她修过车，但是也不能因此就贴上好人的标签啊。那时候是好人，说不定现在又不是好人了呢。毕竟，他和她是陌生的，彼此一点都不熟识。但是，他在没有采取下一步的动作前，不能贸然断定他有坏的预谋。先暂且观察一下他吧。郭晓晓这样想着，收住了做好逃跑准备的身子，绕到红色摩托车的右侧，隔着摩托车看长发男人接下来的行动。

　　长发男人的确有行动。他下了摩托车，将不知从哪里变出的一段绳索，一头拴在郭晓晓的车头上，另一头则拴在他自己摩托的后架上，叮嘱郭晓晓，"上车，扶好车把。"郭晓晓明白了，长发男人要用他的车拉着她的车前进。他回村里，是去找绳子了。

　　这是一个不错的办法。郭晓晓并没有被感动，她的心里还保有着疑惑。一个陌生人，一而再再而三地帮她，已经远远地超越了陌生这个词汇的极限。"我是宰猪的，我叫……"长发男人看出了郭晓晓的犹疑，主动报出了身份。被人家看出来不信任，郭晓晓有些不好意思了。她跨上自己的摩托车，按照长发男人的吩咐，牢牢地抓住了车把。前边的车开始挂挡，启动。两个车子之间的绳索随着距离的拉开，绷得紧紧的。在绳索的牵引下，郭晓晓的车子开始奔跑。

后来，郭晓晓想，分手时长发男人要是不说那句话，也许后果不至于那么严重了吧。那是一句很温暖、很体贴的话，像家里的一个亲人对另外一个亲人的表达。但是，不巧的是，它被第三者听了去。而且，这个第三者还是她的公公。生活的转折便从此开始了。

他拉拽着她时，一路无话。后边的郭晓晓也一路无话。他们之间隔着一条绳索的距离，呼呼的北风在绳索上独舞，做着各种高难度的动作，来吸引郭晓晓的目光。北风是个自负的家伙，见自己的努力结果并不在郭晓晓的注意力之内，就沿着郭晓晓的视线，寻到视线的终极目标，恶狠狠地抽打男人的一蓬长发。长发愤怒了，发丝与发丝联合起来，投入到和北风的战斗中。从战争形势上看，北风是占了上风的，发丝被抽打得凌乱不堪，俨然是溃不成军的状态。然而，发丝们并不甘心失败，上千次地重整旗鼓，与恶风一决高下。他真的应该戴上头盔的。郭晓晓打了一个长长的寒噤。

郭晓晓死死地盯着发丝乱舞的一颗头，适时地掌握着自己和长发男人之间的距离。可以感觉得出来，长发男人尽量保持着均匀的速度，免得后边的郭晓晓在惯性的作用下，来不及刹车，冲撞到前边的车子。为此，郭晓晓的精神高度紧张。当然，高度紧张不全是因了全神贯注的行驶，也包含有不信任的因素。行驶在路上，郭晓晓才清楚地意识到，她对长发男人的信任度，不但没有增加，反而降低了。为什么会有这种感觉呢？他牵引着她，等于牢牢地控制了她。他把她引向哪里，她就得去哪里。

她曾经以为生活已经把她锻造成了汉子，简直是无所不能，但从摩托坏掉的那一刻，她才察觉到了自己的女性角色。原来，她是这般地弱小。尤其是在长发男人牵引下的行驶中，一旦有个风吹草动，她根本没有能力逃脱。

传呼机不知道是绝望，还是疲惫了。催命的滴滴滴声匿迹了。只有风声，长发男人摩托车发动机声。隔了很久才经过的一辆货车，逃命似的呼啸而去，一点矜持的样子都没有。气氛越来越诡异，越来越紧张。前边摩托车的光，打出去很远，那座熟悉的小桥在光线中若隐若现了。小桥通往公婆的小村庄。一阵小小的喜悦过后，庞大的忧虑窜出来，狠狠地扭住郭晓晓，让郭晓晓不得不正视它。万一，是的，万一到了村口，长发男人不停下来咋办？这个忧虑好糟糕，郭晓晓惊吓得不轻，紧绷的神经嘎巴一声，差点就断裂了。

减速了，慢点儿。

长发男人的话挽救了郭晓晓。这是要停下来的节奏哇，事实证明，所有的担忧、所有的不信任都是郭晓晓的一厢情愿。瞬时，郭晓晓的眼窝便湿了。既有感动，又有惭愧。

摩托停在桥头。长发男人开始解郭晓晓车头的绳索，郭晓晓呆呆地看着几根粗壮的手指在绳索间游弋和穿梭，几个回合便将红色嘉陵摩托解放出来。郭晓晓知道，她该说点类似感谢的话。可是，喉头仿佛被什么东西塞住了，想说的话被硬生生地堵在肚子里边。长发男人收了绳索，摩托车转过弯来，然后跨上去。他做了一个动作，手再次从棉手套里退出来，掌心对着掌心快速地揉搓了几下，盖在左右两只耳朵上。也许，那两只耳朵已经冻僵了吧。长发男人解绳索时，郭晓晓已经注意到，他的耳朵像两只透明的红萝卜。红艳艳的，非常诱人的那种通透。

接下来，把手重新装进手套的长发男人，该挂挡加油走了吧。"咯噔"一下，男人的腿一抬，果然在挂挡了。但是，在车子启动前，男人回头说了一句话：

下回这么晚，别再一个人出来了。路上不安全。

留下这句话，大摩托突突突地跑走了。郭晓晓回转头，目送着那一蓬在风中舞蹈的长发，一点一点变得模糊。眼窝里蓄积的两颗泪终于滑落下来，它们委屈地问主人，为什么说这句话的是一个陌生人，而不是她的哪一个家人。

小可，可怜的小可。经过这座小桥，再走五百多米，就能见到小可了。站在桥头，郭晓晓望向不远处的小村庄，星星点点的灯火在闪烁。每一扇窗子后边，都有一团温暖的炉火。被温暖浸润的人，是不是都很幸福呢？郭晓晓一边感慨，一边推着车往桥下走。她万万没有想到，一条黑影在桥的尽头拦住了她的去路。

小可妈，咋了，车坏了？

郭晓晓差点失声叫出来。她稍微冷静下来，仔细地辨识声音和人影，原来是小可的爷爷，自己的老公公。怪不得传呼机不再响，原来传呼无望的婆婆派了公公来守望。看上去，公婆是真着急了。郭晓晓推着沉重的摩托走在前边，公公噗噗踏踏地跟在后边，并没有打算替郭晓晓推车的意思，而是走得心事重重的。郭晓晓并未太往心里去，只顾奋力地推车，想尽快走完最后的几百米。

到了公婆家里，小可已经睡着了。小家伙睫毛轻轻地颤抖着，星星点点的泪花花隐没在睫毛间，随着睫毛颤抖的节奏一闪一闪的。"伤在哪里了？"来不及脱掉羽绒服的郭晓晓，跪在炕上检查女儿的伤势。她从热乎乎的被窝里小心翼翼地掏出女儿的小手，见中指上裹满了纱布。"妈妈，疼。"小可的眉头皱皱的，发出了声音。郭晓晓吓了一跳，以为自己弄疼了小可，孩子被疼痛惊醒了。还好，小可并没有睁开眼睛，只是在梦呓。梦里都在喊疼，小可到底经历了怎样的伤害？郭晓晓要跟公婆弄明白，到底是怎么回事。

这孩子，托生错了，比小子还淘气。隔壁大奶奶家用砂轮磨东西，她在一边看着不解渴，趁着人家进屋取东西的空儿，上手去摸砂轮。砂轮转得多块啊，连铁疙瘩都给磨平了，别说一个小肉手了。这下，可是吃了亏了。吃点亏也好，以后就长教训了。没见上药呢，跟杀猪似的，我和她爷爷两个人都按不住。用脚踢大夫，还骂人家。大夫都说这孩子咋这厉害啊。上完了药，就一直哭嚎，非得找她妈。这个妈，电话里说来，总也不见人影，急死个人。真是不省心，天天跟你们大人孩子的操心，还有没有个头儿哇……

婆婆一口气说了一河滩话。没有一句是因为没照顾好孙女而表示歉意的，也没有一句是因为孙女受伤而心疼的，像这个寒冷的冬日一样，欠缺了温暖和热度。而且，老太太说话的时候，并不看郭晓晓。松弛多皱的眼皮门帘儿似的，严严实实地遮盖住眼眶里的两粒眼仁儿，拒绝泄露任何的表情。自从几年前郭晓晓把强行送走的女儿追回来，让婆婆在村里闹了个大笑话，断了婆婆"抱孙子"的念想，婆婆就对郭晓晓启用了冷淡模式。包括婆婆以种种理由不在城里照看孩子，郭晓晓心里都知道，老太太这是故意折腾她。郭晓晓可以忍，毕竟她和婆婆没有血缘关系，但是小可不一样。小可是婆婆的亲孙女，再怎么重男轻女，也不能让这么小的孩子独自玩耍，毫无设防地置身于危险的环境。郭晓晓吞咽干净一口唾沫，准备和公婆谈谈了。

还未开口，风推进来一个人。

进来的是郭晓晓的男人。

一张瘦长的脸，在身子之前拱进门儿来。这是一张什么脸呢？焦躁，慌张，疲惫，各种情绪纠缠在一起，附着在蜡黄颜色的皮肤上。看见这张脸，才知道人的面部不仅仅只有眼睛可以表述心境，每一粒细胞都是表情家。此时，男人鼻梁上的一副大眼镜，眼镜片因为突然遇到屋子里的暖，被糊上了厚厚一层的水雾。

裹在棉服里的一根笔杆儿似的身子，几乎是跟跄进了屋子。男人将眼镜摘下来，胡乱地在身上蹭了蹭，重新架在鼻子上，两颗焦虑得要跳出眼眶的眼珠，透过镜片搜寻要找的人。"你们都咋了啊？"笔杆儿男人看看郭晓晓，又看看睡梦中的小可，

看看睡梦中的小可，再看看郭晓晓。反复检阅了几次，最后把眼珠定位在郭晓晓身上。看得出来，男人是在意郭晓晓和孩子的。郭晓晓心里某个角落的坚硬软了一下，对男人积存的埋怨清浅了一些，几分同情在潜滋暗长。仔细地想想，是她男人的这根笔杆儿，也真是不容易。作为家里唯一的男孩子，天资不是很聪明的他，为了活成父母的骄傲，愣是熬进了大学的校门儿。他出了大学的校门儿，被分到偏远的乡镇，又开始了另一种熬。高晓晓能感觉出来，每天回到家里的男人，几乎是灵魂被榨尽了的疲累。无论是工作，还是人际关系，男人都想弄好了，但是偏偏乡镇的工作和人际关系，又是最累最复杂的。一个欠缺了圆滑，又特别想上进的人，只好拼劲全力煎熬自己，使自己越来越像一根会行走的笔杆儿。

经别人介绍，郭晓晓第一次见到笔杆儿男人时，脑子里就浮现出笔杆儿的画面。郭晓晓记得自己笑了，不是太礼貌的那种笑。见郭晓晓笑，笔杆儿也跟着笑了，笑得很厚道。就是笔杆儿的笑，让郭晓晓决定和他交往。曾经迷恋席慕蓉的诗歌，对爱情充满美好想象的郭晓晓，笔杆儿肯定不是她理想的爱人。那时候的郭晓晓，需要从她原始的家庭中逃离出来，需要一个可靠的男人，和她一起组建属于自己的小家。她试图实践"婚姻和爱情是两码事"这个烟火气息很重的真理。笔杆儿除了有憨厚的品质，还有收入稳定的工作。郭晓晓承认，笔杆儿如果没有稳定的工作，他的笑容再憨厚，自己也不会嫁给他。

进入到婚姻的郭晓晓很快发现，婚姻生活给她带来的，是另外一种看不到边界的无趣。唯一的亮色，是女儿小可的出生。可是小可的出生，险些成了一场灾难。经过了九死一生后，郭晓晓产下了女儿。当听到女儿啼哭的郭晓晓，转动着虚弱又幸福的眼珠，循着哭声寻找小肉团时，她吓了一跳。眼睛撞见的是婆婆的失望和愤怒。这是一家规模不大的医院，之所以在这里生产，缘于婆婆有个熟识的医生亲戚，家属可以守在产房里，关照产妇的同时，也能在第一时间见到新生儿。第一时间见到自己的隔辈儿人，婆婆不但不高兴，反而怒气冲冲，郭晓晓瞬间明白了。婆婆要的是孙子，不是孙女儿。接下来的事情很奇葩，出了产房的郭晓晓，再也没见到女儿，婆婆和两个大姑子也消失了。郭晓晓后来脑补了一个画面：婆婆和大姑子们将小可送走后，回到村里去演戏。婆婆一进村就开始哭，我的肉儿哇，可坑死人了……她的双臂如果不是被两个大姑子架着，人就会软泥似的瘫在地上。走一步，哭一句肉儿，泪珠子扑腾腾往下掉。身边的两个大姑子也跟着掉泪儿。她们精彩的表演，获得了村里人的认可，看来孩子是真的死了。要想取得村里人的信任不是一件容易的事儿，因为早有村人上演过类似的戏码，第 N 个女孩子刚一出生便莫名其妙地"死"去。但是，没有第一胎女孩就"死"去的，也没有把戏演得这么逼真的。还有一点很重要，郭晓晓和笔杆儿都是端公家饭碗儿的。这三点叠加起来，换取了村里人足够多的同情。

郭晓晓不信，她从笔杆儿男人的眼睛里看出了破绽。他没有多少丧女的悲伤，有的是深重的歉疚，以及无可奈何。郭晓晓撕咬他，从医院里咬到家里。她拒绝吃喝，拒绝睡觉，一心一意地撕咬笔杆儿。每咬一口，笔杆儿身上都会留下血红的印痕。最后，笔杆儿坚持不住了，打了一辆车，带着郭晓晓找回了女儿。她怎么也想不明白，笔杆儿男人怎么就同意了婆婆的计策，忍心让刚出生的女儿"死"掉。她想了几年，都没有想明白。郭晓晓多希望，他是另外一副模样，关键时刻英勇地挡在她和女儿面前，为她们抵挡住所有的伤害。让她定终身的"憨厚"，原来是这般的无力。

今晚，郭晓晓头一次见笔杆儿男人如此地不顾一切。不顾一切里有些许的英勇。郭晓晓小小地感动了一下，她想趁热打铁，当着笔杆儿男人的面，和公婆开诚布公地谈谈小可的安全问题。他在现场，哪怕只保持沉默，也是对她的一种支持。上一回笔杆儿男人在她的威逼之下，找回了小可，已经被婆婆认为是和媳妇儿合谋的结果。这一次，郭晓晓又要小试牛刀了。又吞咽干净一口唾液，就要开口了，突然，郭晓晓发现，一直沉默不语的公公，朝着笔杆儿男人瞟过去一个眼神。瞟完了，公公便站起身子出去了。

那不是普通的眼神，里边暗藏着某种不可告人的隐秘。公公坐在屋子靠柜子的凳子上，从始至终一言没发。他是被忽略的，没有人注意到今晚的他，怀揣着铅球样沉重的心事。过去的日子，郭晓晓对公公的印象还不是太糟糕，她觉得笔杆儿男人的憨厚，就遗传自公公。公公在儿媳妇面前，很本分地做公公，轻易不发表见解，不评论对错。从公公的表情上，郭晓晓察觉不到对自己的喜欢，也挑剔不出对自己的冷淡。很规矩，很隔离，像郭晓晓父亲对他的儿媳妇一样，特别符合农村父亲们对待儿媳妇的模式。在郭晓晓熟悉的乡村，公公和儿媳妇是授受不亲的，不适合喜悦，也不适合怨怒。一切的一切，都由婆婆冲锋陷阵。但是今晚不一样了，当着儿媳妇的面儿，公公决定亲自出手了。从笔杆儿男人进屋，公公就努力寻找对接眼神儿的机会。他准备好了"那一瞟"，就紧紧地追随着儿子，等儿子不经意间和他发生碰撞。

多么处心积虑的一瞟哇。心神刚刚安定一点的笔杆儿男人，疑疑惑惑地看了看郭晓晓，想提前破解"那一瞟"的密码。见郭晓晓回复给他同样的疑惑，便随着瞟他的人出去了。猛地，郭晓晓的心颤动了一下。公公的瞟莫不是和她有关？

那个男人是谁？

笔杆儿男人突然爆发了。

郭晓晓公公的"那一瞟"，达成了一场秘密的谈话后，笔杆儿男人对郭晓晓开始了各种沉默。令人窒息的沉默，整整维持了长达一周的时间。他的沉默，让郭晓晓与婆婆的一场谈话流产。沉默中，笔杆儿男人和郭晓晓带小可换了一次药。有妈妈爸爸在身边，小可一边撕心裂肺地哭，一边肆意踢打换药的医生。在换药儿度进行不下去的时候，笔杆儿男人将小可的身子翻过来，让有着纤长手指的巴掌，重重地落在小可的屁股上。人生第一次遭到爸爸大巴掌的小可吓懵了，任凭医生用镊子撕下裹住小手指的带血纱布，疼得直打哆嗦，把眼泪噙在眼眶里，也不敢哭闹出来。把小可抱在怀里的笔杆儿男人，浑身在簌簌地颤动，也许因为打了女儿心疼，也许因为别的。旁边的郭晓晓，可以选择怒斥笔杆儿男人，可以选择把小可夺过来，搂在自己的怀抱里。但她什么都没有做，连眼泪都没有掉一颗，呆呆看着眼前发生的事情。她预感到一场灾难，正步履铿锵地向着自己走来。

沉默着，笔杆儿男人和郭晓晓从村子返回城里。沉默着，把一面后背在夜晚呈现给郭晓晓。沉默着，打开家里的门儿，踏上上班的路途。郭晓晓没有主动追问，主动拿着针去扎破沉默，这是一个非常笨拙的方法。她在等。沉默就是一个球体，膨胀到了极限，不用她去破坏，也会炸裂的。她是心安的，没有愧对过笔杆儿，干嘛要沉不住气呢。因此，她也操起了相等的沉默做武器，来抵御笔杆儿的沉默。在漫长的沉默期间，郭晓晓到楼下的电话亭，给小可打过几次电话，询问伤势好转与否。小可听到郭晓晓的声音，照例欢喜异常，高兴成一只喳喳叫的小麻雀。若是婆婆接电话，话筒里的声音明显阴阳怪气，有居高临下的不屑以及轻蔑等情绪。郭晓晓就明白了，婆婆也参与到公公"那一瞟"的秘密中来了。它究竟是什么呢？

小俊媳妇儿，孩子好些了么？

电话亭的女主人，慢悠悠地用津味儿方言问郭晓晓。郭晓晓回复了一个淡淡的笑，付了费用，往小区里走。今天是笔杆儿沉默的第七天，她有一种预感，今晚要发生点什么。发生什么，以什么样的形式发生，则是未知的。下意识地，郭晓晓回了一下头，目光投向笔杆儿归家的方向。那个方向，匆匆的人流，从她的目光中流淌过去，不带走一丝牵挂与眷恋。对他们而言，她不过是一个陌生的存在。好冷，回家吧。郭晓晓安慰自己，收回来远望的目光。眼角的余光扫射到电话亭女主人，她正在眼巴巴地审视她。中年女人看出来郭晓晓怀着满腹的心事，于是在眼睛里储备了探寻，只等郭晓晓和她的目光对接，好及时地传递过去，无声地表达她的关切。郭晓晓故意不去直视，尽快地让自己消失在小区里。

第七天的这个晚上，笔杆儿男人回来得格外晚。郭晓晓的人在被窝儿里，耳朵和心却醒着，注意力都在门锁上，期待锁孔转动起来。过去的每一个夜晚，郭晓晓都是这样度过的，随着锁孔的转动，笔杆儿男人的气息扑进屋子里，一天的程序才算是全部结束。个别的日子，笔杆儿加班比较晚，他会提前传呼郭晓晓，让她一个人先吃饭，先睡觉。但是沉默第七天的晚上，都已经夜里十一点了，笔杆儿依旧没有任何消息。他拒绝提前告知郭晓晓，也算是他沉默的一部分吧。好吧，我成全你。郭晓晓的牙齿咬得吱吱响。吱吱声撞击到墙壁上，碎片流星雨般坠落，闪烁着银色的光芒。

大略到午夜十二点左右，锁孔的转动声终于响起来。郭晓晓提着的耳朵和心，才感到了疲劳，纷纷复位了。笔杆儿的气息扑进来，夹杂着浓烈的酒气。看来，这个男人预备爆发了，他怕勇气不够，便借助酒精的力量。郭晓晓这样猜测的时候，轻轻地蔑视了一下男人。接下来，他会干什么，把她从被窝里拉起来，说郭晓晓，我要和你谈谈。事实上，郭晓晓的臆想是错误的，笔杆儿男人进了卧室，打开灯后，兀自撕扯自己。他想脱掉衣服，但是"脱"实在是太麻烦了。他就拼力地撕扯，恨不得一把将衣服都揪下来，但愈是急迫愈是事与愿违，还差点把一条酒醉的身子给拽倒了。郭晓晓假寐，静观笔杆儿男人的作为。衣服的一枚扣子，不堪忍受撕扯，砰的一声飞走了。

仿佛一个秋天的玉米，干燥的玉米皮儿一层一层地被扒开，露出里边的果实。也许在灌浆的时候，玉米受到了影响，因此果实欠缺了饱满，颗粒呈现枯瘪的状态。这是一个雄性的玉米，尽管不够丰腴，此刻的它，将积蓄了几个世纪的力量，想通过身体的某个部位，集中喷发出来。喷发，必须以一种激烈的形式来完成。绝对是激烈的，郭晓晓从未见过的一种激烈。先是郭晓晓的被子被粗鲁地掀开，然后身子被强硬地扳转过来，成为一个雄性玉米倾泻某种欲望的工具。郭晓晓没有反抗，大大地张开着两只眼睛，目睹自己被雄性玉米使用的过程。她确定使用她的是玉米，玉米是没有感情的，不需要珍惜她，尽可以采用最简单、最粗暴的方式。出血了，血光映红了玉米干瘪的籽粒。疼痛和被摧残的快感，从郭晓晓的私密之处出发，沿着经脉向着全身蔓延。她更加确定了给她这种感觉的，就是一个冷酷无情的玉米。

笔杆儿永远是拘谨的，再怎么怨怒于她，也做不出玉米这样的事情来。结婚那天晚上，郭晓晓把自己的第一次献给了笔杆儿。那时的郭晓晓不知道别人家的新婚夜是如何的，反正她并不如意。夜景灯打在窗子上，厚厚的窗帘将大部分的灯光屏蔽掉，只羞涩地放进来些微的光亮。郭晓晓有无数个版本的想象，笔杆儿男人该怎样抚弄她。

"你还要么？"当笔杆儿这样问她时，他已经结束了全部的旅程。他不清楚她是否满意了，所以才问了这句话。这句话背后的意思是，如果郭晓晓还要，他会再次努力，开启一段新行程，把郭晓晓送达到站点。用"索然无味"这个词来形容郭晓晓的新婚之夜，再恰当不过了。在接下来的柴米油盐日子里，笔杆儿并没有多大的改观，彬彬有礼地开始，彬彬有礼地结束，彬彬有礼地问询"你还要么？"即便是这样彬彬有礼的夜晚，一个月里也是星星点点的。工作的压力，买房子还债的压力，让笔杆儿越来越像一支笔杆儿，越来越支撑不起来彬彬有礼的夜晚。

那个男人是谁？

低低的怒吼声，骇得玉米粒纷纷逃脱。只剩下赤裸裸的笔杆儿，气喘吁吁地映在郭晓晓的瞳孔里。两束锋利的目光，从男人的眼睛里发射出来，穿越贴在额头上的湿润发丝，锁定有些发懵的郭晓晓。见郭晓晓一脸的茫然，笔杆儿又一声喑哑的怒吼——

是那个男人厉害，还是我厉害！

一场夜遇使郭晓晓生活的方向发生了改变。

没有夜遇之前，郭晓晓生活的方向是怎样的呢？郭晓晓早就有规划，她想等女儿小可到了可以上幼儿园的年龄，就把小可从婆婆那儿接过来。一天都不会迟延，让自己和小可远离婆婆的视线。她会买一辆新摩托车，在后座上绑一个儿童座椅，每天接送小可。在回家的路上，小可和她热烈地谈论着学校里发生的事情，学会了一首新的儿歌，或者哪一段舞蹈，又增加了几朵小红花。这时候呢，郭晓晓会发出开心的笑声。生活的种种琐屑，种种不如意，都暂时被抛却，尽情地享受小可给她带来的欢乐。那个开着摩托车、风风火火的女汉子，被母性的爱消融了，搁浅在可追溯的一段历史里。然后呢，小可读小学，读中学，读大学，她都会一路陪伴着。在这个过程中，笔杆儿男人也是不可或缺的。虽然他不尽如郭晓晓的意，不是理想的爱人，但是也没有致命的过错，而且在努力地工作和赚钱。更重要的，她和他有着很多不可分割的东西，比如小可，比如房子。

郭晓晓意识到了问题的严重性。小可还那么小，一旦被分割了，亲情的残缺会给她的成长带来阴影。房子呢？做城里人，在城里有一间属于自己的房子，是郭晓晓多年的梦想。在家里，她是最小的妹妹，上边有四个哥哥。爸和妈一辈子都在为儿子们劳累，给他们盖了一层又一层的房子，娶了一房又一房的媳妇。到了最后，爸和妈自己没有住的地方，在自己儿子家里轮着住。郭晓晓就像一个附属品，爸妈轮到谁的家里，她就跟着住到谁的家里。不论谁的家里，都有嫂子居高临下的眼神，那种眼神是一种提醒，三个累赘住在人家的屋檐下，要懂得感恩戴德。所以，哪个家里的小娃娃，把郭晓晓的席慕蓉诗歌集子给撕毁了，郭晓晓绝对不能愤怒。刚要一动容，母亲先就赶紧制止了她，小祖宗，别给我惹事，长大了赶紧找个婆家嫁了吧。

　　少年的破碎心，只有完整的家才能修复。读完了中专，郭晓晓像一粒蒲公英的种子，落在了城里。和笔杆儿结婚，郭晓晓提出的唯一一个条件就是，要在城里有他们自己的房子。这个只有七十平米的两居室房子，是她安放灵魂的地方，也是将来小可安放灵魂的地方。她要把小可的卧室布置得漂漂亮亮的，装潢上自己所有的想象，梦幻的唯美的独一无二的。临睡前，小可躺在松软的小床上，忽闪着纯真的大眼睛，听妈妈给她读安徒生童话。这是郭晓晓未来规划的重要部分。如果房子没有了，小公主的梦还怎么做得成呢。保住房子的前提是，保住和笔杆儿的婚姻。保住和笔杆儿婚姻的前提是，澄清自己。

　　原来，她和笔杆儿男人的婚姻如此地重要。可是要怎么澄清自己呢？郭晓晓决定去寻找长发男人，让他出面给自己作证，证明他和她之间是陌生的，是清白的。证明一场夜遇的发生，纯粹是在雷锋式好人好事精神的指引下进行的。一夜无眠的郭晓晓，在周六的早上，开着红色嘉陵摩托车，从家里出发了。楼下的电话亭已经营业了，电话亭女主人隔着二十多米的距离喊话，小俊媳妇儿，这早就去看孩子？郭晓晓应答着，心想要不要给小可打一个电话，告诉她今天妈妈有事儿，会晚一点去看她。但又不想在这个女人的电话亭打，有些话题是需要回避的。去别的电话亭打一个？但转念一想，时间尚早，小可说不定还没有起床。她不想听见公公或者婆婆的声音，说不定她会控制不住自己，对他们大发雷霆。不，她要把证据找出来，让笔杆儿男人心怀愧疚，然后亲自去指责他的父母。儿子大发雷霆的效果，一定要好过儿媳妇大发雷霆。

车子挂挡，右手刚要加速，身上的呼机滴滴滴响了起来。小可，知道今天是星期六，顾不上睡懒觉的小可。郭晓晓拎出来呼机一看，小小屏幕上的号码却不是公婆家的电话。这个号码也不陌生，是二哥街坊家的，母亲曾经用它呼过郭晓晓。七十多岁的老妈不会用电话，每次都是二哥街坊的家人帮忙，才完成一次对女儿的亲情呼叫。这样的呼叫不多，当然不仅仅是缘于母亲为儿子们没完没了的忙碌，还缘于母亲不太想麻烦别人。用别人的电话，还得让别人帮忙拨打一组好神秘的数字，她总是于心不忍的。二哥家里也装了一部电话，家里有其他人的时候，母亲不好意思给女儿打电话。女儿是她很私密的一个存在，被哥哥嫂子窥视到了，不是一件光彩的事情。家里没有其他人的时候呢，母亲又不会拨弄键盘。所以，她就到邻居家里打电话，这个邻居还得是靠得住的，不到儿子儿媳面前说漏了。否则，儿子儿媳知道老太太偷偷用别人的电话，防备着自己家里的人，百分百会大不悦的。因此，不到万不得已，母亲不会呼叫郭晓晓。是家里出了什么事情么？郭晓晓的心脏紧张得跳跃起来，前后左右地撞击，发出杂乱的砰砰声。摘了挡，摩托车熄了火儿，郭晓晓冲向电话亭。几根长手指在电话键盘上飞舞，几秒种后，话筒里传来一个老人的说话声：是老丫头么？哦，大点儿声，听不清楚。哦，是老丫头。没事，没事，你爸好好的，这不是轮到你二哥家了么，你爸早起给你二哥喂鸡去了。你二哥盖了一个大棚，养肉鸡呢。昨儿我眼皮跳了一天，老丫头哇，你没啥事儿吧？闹得一宿也没睡踏实。没事啊？没事就好。好好的，两个人别打架，日子慢慢过，听见了么？哪天把小可给我带过来瞅瞅，姥姥想了。那行，就挂了吧，别费电话费了……嘟嘟嘟……郭晓晓举着话筒，忘了放下。

小俊媳妇儿，人家都挂了，愣啥神儿呢。

郭晓晓这才放了话筒。付了电话费，重新走向红色嘉陵摩托车，重新戴上同样红颜色的头盔。发动，挂挡，加油，起步。渐渐远离了电话亭，郭晓晓的泪水才悄悄流下来。上一次去看望老母亲，两个月前，还是三个月前，她都记不清楚了。她想念父母亲，可是她不愿意走进哥哥嫂子们的家。把父母亲接过来住几天，也不太现实，乌泱乌泱的孩子们给看大了，哥嫂家里喂猪打狗的活儿，哪样也少不了老俩口。对老闺女的惦念，只能藏在牵挂里。为了不让年迈的父母担心，自己必须要好好的。嗯，必须。

出了城，郭晓晓的车速慢下来，留意着马路南侧的村庄。这条通往公婆家的马路沿线，散落的村子大概有十来个，郭晓晓分不清它们哪个是哪个，但是长发男人的村子有一个标志，村口有两盏路灯。那天晚上，她就是在路灯下发现他的。只要找到带路灯的路口，再进村打听就对了。他说他是宰猪的，也说了他叫什么名字，只是风太大了，把男人的名字给刮走了。也就是说，郭晓晓要想找到长发男人，无异于大海捞针。郭晓晓不怕，她做好了心理准备，哪怕上天入地，也要把长发男人翻出来，让他洗刷自己的清白。如果一个证人的力量薄弱，长发男人还可以让同伴出来佐证，他们两个真的是萍水相逢。

第一个路口在眼前了。正对着路口望过去，一条窄窄的柏油路的尽头，隐约可见村庄的轮廓。路口两侧，标志性的两盏路灯静静地打量着郭晓晓。它们在纳罕，眼前的女子东张西望的，所为何来？偶遇的路口好像离城更远一些，所以，郭晓晓表现出一副迟迟疑疑的样子。它算是备选的，再往前看看，前边的村子要是没有路灯，那就再折返回来。令郭晓晓诧异的是，马路南侧的第二个村子，村口也有两盏同样的灯。再驱车向前，第三个村子的村口也有，第四个第五个第六个……个个村口都有。它们像是多胞胎，个头一般高，五官都一样，看不出哪个是哥哥，哪个是弟弟。再往前边开，就快到婆家的村子了。郭晓晓调转车头，挂到一挡，沿着马路边儿，缓缓朝着来时的路溜。她在分析一些事情：每个村子的路口都有路灯，但不是每个路口的路灯夜晚都亮起来，因为那晚穿越了太久的黑暗。究竟哪个村路口的灯夜晚是亮着的，郭晓晓心里一片混沌，后来在长发男人的牵引下，过于专注和紧张，根本无暇顾及马路边上的灯光是否存在。即便曾经进了她的视野，却没有形成记忆存储下来。只能先划定一个大概的范围，然后再逐个村子去问。

车子是在出城多久坏的呢？十几分钟的样子吧。想到这个问题，郭晓晓腾出左手，拍打了一下头盔，算是给自己一个小小的惩罚。她才意识到，自己已经是心神意乱，几乎是零智商了。这是一个多么简单的问题，刚出城时就应该想到啊，按照那晚的车速，开上十几分钟，顶多二十多分钟，不就知道车子坏掉的大概位置了么。白白地绕了一大圈，浪费了大把宝贵的时间。什么叫"当局者迷"，这就是。郭晓晓赶紧挂挡加速，朝着回头路更深处挺进。这是一条国道，白天过往的车辆，如一粒一粒的羊粪蛋，不是很稠密，稀稀落落地能够呼应上。大货车夹杂在涓细的车流里，隔着一会儿便出现一辆。仗着庞大，它们是有气势的，后边的小车远远地躲避着。郭晓晓不管，车子挂到了最高的挡位，掌控油门的右手不断地助力，摩托车咆哮着狂奔，像是被谁痛打了一顿的孩子，劈开寒风的阻障去找妈妈寻求安慰。

忽然，郭晓晓高度集中的视线，不经意地瞟了瞟左侧的一片林地。瞟的结果就是，不可遏制的怒火腾腾地燃起来，郭晓晓恨不得剥了自己的肉皮。小树林里的坟圈子就是一个参照物，那晚长发男人不是在这里追上她的么，这里离他们偶遇的村口不远啊。凌乱了，真的是凌乱了。郭晓晓忘了摘挡，就捏住了车闸。吱——车子一声尖锐的嘶鸣，在惯性的推动下，滑出去两三米。郭晓晓险些被甩离车身，胸部都顶在了车把上。

够牛逼的哈。

一辆飞驰而过的大货车司机摇下窗子玻璃，大声赞美郭晓晓。惊出一身冷汗水的郭晓晓，并不理会大货车司机，镇静了一下自己，为向长发男人的村子进军做精神准备。

这些分布在国道两侧的入村小马路，特别像蜈蚣的腿，而国道就是那条连接它们的脊柱。如果俯瞰，小马路和国道组成的一只硕大的蜈蚣，匍匐在北方深冬的某个区域，僵硬而又缺少生气。在其中一条蜈蚣腿上，一个开着红色摩托、带着红色头盔的女子，风风火火的身影，掠过寂寥沉睡的黑土地。

弯了几道弯后，郭晓晓的车停在了村头。在进村前，郭晓晓掏出来传呼机检查了一下，它安静得太久了。以往的周六，日上三竿的上午，如果见不到妈妈，小可的传呼早一条接着一条地来了。是这个周六的小可不想妈妈么？当然不是。一定是公婆联合起来，用各种方法诱骗小可，阻止小可传呼妈妈。他们拔了电话线也说不定，然后告诉小可电话坏了。他们用这种低劣的方式，来警告和惩罚郭晓晓。此时的小可在干什么呢？吵着到村口等妈妈，还是用小手不停地按无法发出声音的键盘呢？

收起沉默的传呼机，郭晓晓摘下头盔，把头沐浴在冷风中。再不能像刚才那般地凌乱了，她要制定一个清晰的找人计划。冷风是军师，咬住郭晓晓的耳朵，窃窃私语。郭晓晓打了个哆嗦，重新戴上头盔，遮盖住被冷风咬得疼痛的耳朵。她启动车子，朝小村的深处挺进，在主街道上寻寻觅觅。她想，主街上人会多些吧。有哇哇的孩子哭声，从一户人家传出来，紧接着是大人的呵斥，很粗暴，很野蛮。却并没有把孩子的哭声压下去，反而更加尖锐和嘹亮。呵斥声也不示弱，分贝直线上升，超越了嘎调的高八度。孩子与家长的对抗，谁也打败不了谁，纠缠着几分烦恼，几分甜蜜。一个挂着双拐的独腿老人，目光炯炯地与郭晓晓相向而行。老人走得很快，拐杖敲击在红砖铺成的路面上，发出清脆的嘟嘟嘟的音响。

大爷，跟您打听一下，这个村有杀猪的么？

郭晓晓恐自己不礼貌，再次摘下头盔。独腿儿老人，见郭晓晓问他话，停止了拐杖的敲击，用很大的嗓音回复郭晓晓，"你说我的腿啊，抗美援朝的时候，让美国鬼子给打没了。丫头，你知道抗美援朝第五次战役不？那时候我们在三八线附近，和以美国为首的联合国军干起来了，整整打了五十天哪，歼敌八万多，把联合国军打得屁滚尿流。我就是在那次战役中负的伤，当时，都打红眼了……"老人激动起来，两只眼愈加地明亮，嘴角微微地颤抖。郭晓晓担心老人出问题，赶紧朝老人摆了摆手，车子继续往前慢慢挪移。终于，一个出来倒垃圾的妇人告诉郭晓晓，村里有大小好几个杀猪的点儿，并把具体的方向一一指给郭晓晓。郭晓晓按照妇人的指点，一个杀猪点一个杀猪点地筛查，寻觅有蓝色摩托车的长发男人。和街上的清冷形成鲜明对比的是，环绕在村子南部的杀猪点里，是一片热气腾腾的场景。大锅里的水在沸腾，长长嘴巴的猪猡在嚎叫。比晚霞还红的血珠子，在长柄尖刀上滚动。冒着热气儿的猪大肠，被盛放在大盆里，滑溜溜颤巍巍。难闻的气味，蛮横地往鼻孔和人的皮肉里钻，试图给陌生的闯入者一个下马威。穿着长筒靴子的男人们，注意力埋在自己的那一道工序里，无暇过多打量郭晓晓。

郭晓晓的眼睛略过一颗又一颗乱蓬蓬的头，没有发现哪一颗的头是长发。怎么会这样呢，一个杀猪点没有，全部四个杀猪点都没有。长发男人是剪短了头发？一场夜遇，她竟然不曾记住他的五官，如若剪短了头发，就真的无法判断了。可是，长发男人会记得她的，对不对？即便对她的长相是模糊的，但那晚发生的事他肯定是记忆犹新的。郭晓晓一下觉得峰回路转了。她逐个走近年纪稍轻的杀猪男人，杀猪的男人一边干活，一边听一个夜遇的故事。讲完了，郭晓晓对男人说，我是来表示感谢的，那个晚上是你么？

是我啊，你想咋感谢我？有几个男人一脸的坏表情。

你在讲童话故事吧？更多的男人这样说，在忙乱中丢给郭晓晓一个质疑的眼神。

统统不是夜遇的他，而且说话的腔调也不对，没有长发男人的嗓音动听。刚刚才觉得是峰回路转，不想又是一条死胡同。站在杀猪点院子里，郭晓晓再次检阅停放无序的摩托车，有黑色的，红色的，偏偏就没有蔚蓝色的。也许，长发男人生病了，今天没来杀猪，或者有其他的事情也说不定。院外几只唧啾的鸟雀，不理会郭晓晓的无助，在枯树枝上欢乐地跳跃。离几只鸟雀不远处，是一只吊在电线杆上的大喇叭，喇叭口正对着鸟雀们。突然，大喇叭就响了起来，惊吓得鸟雀们扑棱棱逃跑了。

各户注意了，谁看见张石头的大孙子了，赶紧告诉孩子往家走，他们家找他呢。张石头的大孙子，听见广播跑步回家，你们家人找你半天了。再通知一遍，各户注意了……

听着大喇叭里传出来的寻人启事，郭晓晓跨上摩托车就出了杀猪点儿的院子。她要去大队部，让喊喇叭的人帮她在喇叭里也播放一条寻人启事。也许，长发男人听到了，会主动来联系她。一通打听，郭晓晓找到了大队部，大队部在村子的心脏位置，独立的院落，几间旧房舍。每间屋的窗子上都伸出来一截烟囱，大部分烟囱黑洞洞地沉寂着，只有一个冒出来袅袅的烟火。郭晓晓推开有烟火气息的屋门，见屋子中间有个驼背老人坐在炉火旁边，抱着炉子上的烟囱取暖。听见门响，他扭过脸来对着郭晓晓，"你是谁家的新媳妇儿？"

于是，郭晓晓给驼背老人讲了她的故事，以及她的来意。

我们庄子上，还有这样的好小子？咳咳咳……驼背老人突然爆发了一阵猛烈的咳嗽。老人咳得脸红脖子粗，嘴巴大大地张开，紫红的舌头簌簌地抖动。

郭晓晓环顾左右，见靠墙的桌子上有暖瓶，还有一只掉瓷的缸子，便倒了半缸子热水给驼背老人。老人终于咳完了，唏嘘着喝了口水，从火炉边站起来，向着靠墙的桌子移动。到了桌子边，老人将手里掉瓷的缸子放下，打开安卧在桌子上的一台机器，把嘴对着一只弯弯的鸭脖似的话筒吹了吹。

各户注意了，下边再播一条寻人启事。前几天黑夜，有一个年轻的女的，在国道上摩托车坏了，说是咱庄子上的人，给帮着修车来着，车没修好又帮着送家去了。今儿个啊，这个女的呢，找到咱庄子上了，说要感谢帮她的人。谁做了好事，赶紧到大队部来一趟，人家在这儿等着呢。

郭晓晓盯着老人广播，听老人把她的讲述，变成他的表达方式传播出去。老人的声音，在西北风的纠缠下，嗡嗡嗡地响彻于村子的上空。"再广播一遍……"就在驼背老人预备再重复广播的时候，新一轮的咳冲杀过来，老人捂住话筒，伸着脖子和猛烈的咳搏斗。郭晓晓一步上前，用手拨开驼背老人捂住话筒的那只手，把自己的嘴巴凑过去。

我叫郭晓晓……

郭晓晓的广播，伴着驼背老人的咳声，传送进小村的每一户人家。她的广播结束了，驼背老人的咳嗽也告一段落了。"大爷，对不起，我太着急了。"她表达了她的歉意，重新端起桌上掉瓷的缸子，示意老人润一下喉咙。驼背老人瞅了瞅墙壁上挂着的一只时钟，告诉郭晓晓，要是半个小时内没人来认领好事，他就要回家吃饭了。郭晓晓也抬头去看那只时钟，表针即将指向中午十二点。

驼背老人又坐到了炉火旁边，抱着温热的烟囱取暖。放广播的桌子后边，有一把落满了尘土的靠背椅子，郭晓晓把它拉出来，用棉手套拂了拂，坐上去。身子对着门口，只要有风吹草动，她会在第一时间冲过去。门很安静，连风也不来叨扰。墙壁上的时钟，滴滴哒哒，哒哒滴滴，愈加衬托出屋子里的安静。安静是有两面性的，展示给郭晓晓的那一面是煎熬。展示给驼背老人的，却是一种享受。

此时的驼背老人，眼睛微眯着，进入到了半寐的状态。他不和郭晓晓说话，也不盘问郭晓晓什么问题，只专心享用怀里的暖意。快要接近半个钟头的时限时，又一阵剧烈的咳发起进攻，驼背老人只得舍弃舒适的半寐状态，全力以赴地和咳博弈。

这一回咳的时间特别长，郭晓晓用手掌在骨感的驼背上轻轻地拍打，把驼背老人的一大口浓痰拍出来，咳嗽才撤退。

也许郭晓晓的拍打起了作用，驼背老人并没有赶走她，而是让她留在了暖意融融的屋子里，继续等待做好事的人。郭晓晓听见出了门的驼背老人，在冷风的助力下，再度被咳嗽扭住。他就一边咳着，一边远去了。

一座蝶形立交桥，把城区和乡野区分开。过了立交桥，就是城区，出了立交桥，就是乡野。进城，在距离立交桥五六十米的地方，有一处加油站。一个二十来岁的服务生，守在加油机旁边，候着来加油的客人。棉服外边套着红色马甲的服务生，揣着手缩着肩，两只脚轮换着在地上踩踏，来换取一些热量御寒。由于不停地动来动去，加油站的光影在他身上斑斑驳驳，忽明忽暗。

郭晓晓的摩托车刚一停下，服务生就麻利地抄起加油枪走了过来。"加多少钱的？"服务生边问郭晓晓，边拧开了摩托车油箱的盖子，加油枪对准了油箱口。一天水米没粘牙的郭晓晓，虚弱地报了价钱后，加油枪便哒哒哒地响起来。服务生真是年轻，被寒冷冻得红润润的脸蛋，一点岁月的痕迹都没有，眼神也是干干净净的，不像笔杆儿男人那样内涵丰富，看上一眼就觉得累得慌。

你有摩托车么？递钱的时候，郭晓晓问服务生。

有。服务生答完，把钱捏了，转身进了加油机后边的房子。再出来时，手上的钱已经没有了。

小弟弟，姐问你一个问题，要是我的摩托车坏了，你能用你的车把我的车拉回家么？我的家在几十里外的乡下。郭晓晓问。

车坏了，干嘛不去修啊。服务生答。

假如附近没有修车的地方呢？郭晓晓又问。

我不知道，您问问别人吧。服务生又答。同时让自己的身子和郭晓晓之间的距离拉大了，用形体语言提示郭晓晓，不要再继续无聊的话题了。

又是一个认为自己不会这样做的人。人们啊，真是可笑，自己不做的事情，就怀疑别人也不会这样做。她不会气馁的，一定要找出来长发男人，用事实来证明，她的婆家人，以及社会上一些人是多么的肤浅。郭晓晓在大队部等长发男人，一直等到了下午四点钟，没有任何动静。看大队的驼背老人，实在看不下去了，牺牲些抱着烟囱半寐的时间，帮郭晓晓分析，是不是外村的？西边的两个村子也有杀猪的呢。郭晓晓说，明明看见他进了这个村子的。驼背老人说，兴许他认得这个村谁家的人。

如果真像驼背老人说的那样，长发男人不是这个村子的，要想找到他，岂不是难上加难了么？下午余下的时间里，郭晓晓并没有去其他的村子，她设定了一个周密的计划。她要一个村子一个村子地去捞长发男人，捞的过程中，把网织得密密实实，不放过任何有价值的信息。所在的这个村子，虽然杀猪点儿走过了，大喇叭也广播了，但是不排除漏网的可能，必须挨家挨户去访问。郭晓晓说干就干，把摩托车放在大队部的院子里，从村子最南部的街道开始，拍打开一家又一家的院门。有的人家客客气气地开了门，再客客气气地关了门。有的人家从门里扔出来话儿，说家里没有这么大的小子。也有的人家，老太太一边蹲在灶膛边烧火，一边怒气冲天地骂，我们家的连亲妈都不孝顺，还会到外边去做好事，太阳打西边出来了吧。

人世的百态，一一在郭晓晓面前呈现。走完了两条街，天就黑得透透的了。郭晓晓只得去大队部取了摩托车，踏上了返城的路途。离开加油站，往家的方向开。路边梧桐树上最后几片枯叶，在寒风中苦苦挣扎，拒绝被吹落。寒风相信自己拥有强大的摧毁力，于是集中力量和枯叶对决。终于，一片枯叶敌不过寒风，先于其他几片落下来，掉在郭晓晓的头盔上，扑的一声，碎裂了。枯叶的碎裂，加重了郭晓晓紧张的心情。她是紧张的，因为她不确定自己家的那面窗子是否亮了起来。愤怒了大半夜的笔杆儿男人，早早就出门了，不知道是不是去单位加班了。现在是晚上八点多钟，如果没有特殊的情况，笔杆儿男人应该已经回来了。

郭晓晓不敢望向两边的住宅小区，小区每一面窗子里泄露出来的明亮灯光，都具有炫耀的嫌疑。她从来没有如此地渴望过自己家那面窗子的灯光。在这个陌生的小城里，所有的窗子都与她无关，只有她家的那面窗子，能给她带来些许的暖意。因此，她渴望它亮起来。

就在自家小区的马路对面了。郭晓晓熄了摩托车的火，把自己和车隐没在一个箱式广告牌的暗影里。怯怯的眼神慢慢地爬过马路，爬到电话亭子附近，刚要经过它，发现亭子里出现了异常。一个挂了电话的顾客转身要走，电话亭女主人叫住了他，说您还没给钱呢。顾客说没打通给啥钱。电话亭女主人说咋没打通，你看看明明打通了。一顿争执就这样开始了，两个人谁也不让步。中年女人的津腔儿尖利、高亢，愤怒从眼睛、嘴巴、鼻孔、耳朵眼里一起往外喷射，一头卷卷的发丝颤抖、跳跃，以乱舞的形式咆哮。

顾客说，报警吧，报警！

电话亭女主人抱住电话，你凭嘛用我的电话报警，到别处报去！

郭晓晓对他们的争吵不感兴趣，怯怯的眼神绕过电话亭，往高处攀岩。被吝啬的路灯光弄得浑浊的夜色里，悬挂着一架隐形的软梯，怯怯的眼神在上边攀爬，一尺一尺地往上行进。到了和某一楼层的某一扇窗子等高的位置，怯怯的眼神停下来，但是它们没有勇气面对，万一窗子没有亮起，怎么办？

黑。比最黑的黑还黑。

啊——目光从软梯上坠落。没有大地的承接，向着深渊坠落。我要死了么？不，不能死，死了小可就没妈妈了。我要陪着她上幼儿园，上小学，上中学，上大学。嗯，陪着，必须陪着。救我，谁来救救我……危急时刻，一个人的肩膀托住了目光。肩膀不宽厚，简直是瘦峭。她细细地打量，很是惊讶，原来是笔杆儿男人的肩膀。

郭晓晓擦了擦眼睛，仔细地辨认，确定就是笔杆儿男人。他是犹疑的，不坚定的，和昨晚判若两人。慢慢地，他抬起了头。虽然郭晓晓只能看到他的后脑勺，但从笔杆儿男人的角度判断，他也在看楼上的窗子。那面他们共同的窗子。

　　看窗子是否明亮着。

一个叫李雪莲的女人

1

这个李雪莲是天津李家庄的李雪莲，不是电影里那个说话舌头伸不直的李雪莲。李家庄的李雪莲和电影里的李雪莲，不仅名字相同，而且经历也非常相似，都是坚持不懈上访的人。电影《我不是潘金莲》刚开始上映时，很多人都以为电影里的李雪莲原型，就是李家庄的李雪莲。很多人里边，包括李家庄的人，包括长河镇政府的人，当然也包括李雪莲自己。

李大姐，是你偷偷给冯小刚提供的线索吧？

早上八点，李雪莲拄着拐杖，刚一进长河镇镇政府的大院，就碰上了刚从食堂吃完早餐的刘宣委。过去六年的每个早上，李雪莲都会在这个时间点，碰上从食堂出来的刘宣委。刘宣委总是热情地和李雪莲打招呼，李大姐，又来上班了？李雪莲回应刘宣委灿烂的笑容，刘宣委早！今天，刘宣委竟然变换了打招呼的方式，说她和冯小刚有关系，可是把李雪莲吓了一跳。她知道冯小刚是谁，是一个大导演，而且听说《我不是潘金莲》就是他导演的。原本，听到不少风言风语的李雪莲心里就疑惑，怕是电影里的李雪莲真的和自己有瓜葛，这下子连刘宣委都这样说，她是跳进黄河也洗不清了。她自己清楚自己，真的没和冯小刚联系过，这个冯小刚不定从哪听说的消息呢。假如冯小刚真把她的事情拍成了电影，岂不是侵犯了她的隐私权？上访这么多年，可是学习了很多法律知识呢。冯小刚，你不要逼我告你噢。

李雪莲很是不开心，冯小刚侵犯了她的隐私权还放在一边，把她陷入不仁义的境地才是大事。她说没有和冯小刚联系，别人不信，长河镇政府的人不信。刘宣委是镇里的宣传委员，他的态度从某种程度上就代表镇政府的态度，镇政府一定以为她李雪莲背后和冯小刚说了坏话。她真的冤枉，真的不知情呢。她不能得罪镇政府，她的官司还指望着镇政府为她撑腰呢。李雪莲的心就慌了，这一慌，就没心思像往日那样，在政府"上班"了。

李雪莲决定请假，到城里亲自看一场电影。她想去找王镇长请假，就礼貌地敲响了镇长的办公室，王镇长正在被一堆人围着，好像在商量什么事情。见李雪莲进来，王镇长问道，李大姐，有事？王镇长对李雪莲非常了解，她是一个十分懂事的上访户，不会在他正忙时来叨扰他，除非有特别的事情。

王镇长，我请个假，去城里看场电影。

从来没听说过上访户还要请假的，王镇长噗嗤一声笑了。李雪莲也笑，放心吧镇长，不用担心，还没到那个特殊的日子，我肯定不会去北京。说完就往外走，拐杖将花砖铺的院子敲打得嘚嘚响。看着李雪莲远去的背影，王镇长拿起桌上的手机，给刘宣委打电话，如此这般地叮嘱了一番。也别怪王镇长不放心，表面上的安全往往是一种假象，这么多年的基层工作经验，他早积累了和上访户斗智斗勇的一套经验。刚开始调到长河镇的时候，大家都说李雪莲是个特例，一个坚持数年到镇里上访，而且还和镇里上下混成"朋友"的人，不会出啥纰漏。结果，李雪莲就给他上了一课。前年特殊的日子里，镇里将辖区的上访户承包到个人，哪个上访户出了问题，拿哪个承包人开刀。独独就忽略了李雪莲，特殊日子开始的第二天，上边就来了电话，说是长河镇的李雪莲到北京了。王镇长这才发现，每天八点准时来镇里"上班"的李雪莲，不见了踪影。那次，王镇长亲自跑到北京去接的李雪莲。李雪莲见到王镇长，第一句话就是，王镇长啊，我不是来上访的，是来北京玩的，你一定要相信我。

王镇长明白，这个李雪莲聪明着呢，她在以这种方式要挟他，和他要条件。她家要吃低保，按说，以李雪莲的家庭条件，符合低保的规定，可是李雪莲是个老上访户。你照顾了她，她也不会撤销上访。为这事，李雪莲和他在镇里谈了几次，都没有达成最后的协议。王镇长咬定了一条，你李大姐保证不再上访，低保立刻就办。李雪莲嘿儿嘿儿地笑，镇长啊，这是两码事，不能混在一起的。结果，李雪莲就在节骨眼上，给他王镇长整了北京上访这出戏码。李雪莲拒绝承认越级上访，这又是她比别的上访户高明的地方，你要是拘留她，人家根本没有上访啊，理亏得很。你要是不懂她的提醒和警告，她往后就给你来点真格的。王镇长只得怕了李雪莲，如了她的意，出面给李雪莲一家办理了低保。

真是得寸进尺，前不久，李雪莲又和他谈起了盖房补贴的事情。特困户盖房，的确是有补贴，但是要先盖房子，然后才能补贴。这个李雪莲倒好，她先要补贴，要了补贴才盖房子。她说不给补贴，哪里来的盖房子钱呢。王镇长说，真的不能违反了规定，你是上访户，已经很照顾了。正在就补贴款先给后给拉锯的时候，李雪莲提出来请假看电影，谁知道肚里又藏了啥花花肠子。

接到电话的刘宣委一肚子不高兴，让他盯着李雪莲，怎么去？跟着李雪莲等班车么，长河镇进城的班车车站，离着镇政府至少有五百米。五百米的路不算个啥，但和李雪莲这个上访名人走在一起就算个啥了。长河镇上没有不知道李雪莲的，五百米的路程还没走完，各种版本的新闻早就热腾腾地出锅了。不坐班车，就只能开私家车进城。因为车改，把公车全给改没了。这个李雪莲哪。想想自己即将损失几十块钱的油钱，刘宣委追上往大门外走的李雪莲，李大姐，我跟您开玩笑的，您咋可能私通冯小刚呢，您多光明磊落啊。再说了，现在看电影，谁还去电影院，在手机上看就行了。您手机不是没上网么，用我的手机看，弟弟够意思不？李雪莲说，刘宣委，我就是想看电影了，现在网上还没开放呢，你咋就能看呢。

刘宣委暗自一惊，这家伙还不好骗呢。便说，我的大姐，这能难得住我么，一会儿让您看电影不就得了么。说着，拿出手机在某个黑网站上搜索，准备下载《我不是潘金莲》。李雪莲还是不乐意，刘宣委，我就想在电影院看，你的心意大姐领了。李雪莲有她的小算盘，万一这刘宣委弄一个假电影糊弄她呢，才不上当。手里的拐杖嘚嘚响着，继续朝着大门口逶迤。走到悬挂国旗的旗杆下，嘚嘚声有了一个暂时的中断。支撑旗杆的是一块水泥方台，方台一侧靠着一个老太太。老太太也和李雪莲一样，每天到镇政府来"上班"，不同的是，老太太不是来上访的，是来等人的。她一言不发，来了就到方台下靠着。一年四季如是。李雪莲垂首和老太太告别，我看完电影就回来给你讲故事，乖乖地等着噢。

两片浑浊的光，从遥远的某个地方收回来，然后慢慢地爬到李雪莲脸上。李雪莲弯下腰，又说了一遍，乖乖地等着，我一会儿就回来。老太太冻出红晕的面颊有了表情，等，听故事。李雪莲这才又让手里的拐杖重新嘚嘚响起来。走到门外，见刘宣委的车门敞开着，竟自收了拐杖，上了车子。从刘宣委追着给他下载电影开始，她就知道自己去城里看电影的路程，将不再孤单。

她什么都知道。

2

李雪莲够牛气，看一场电影还得镇政府的干部陪着，而且看电影的钱也是镇政府的干部花的。八十块钱一张电影票呢，两张就是一百六十块钱，要不是为自己洗刷蒙受的不白之冤，即便不是自己花钱，李雪莲也有些心疼。

弟弟啊，回头我跟王镇长说说，让他给你把钱报了，姐知道你日子难呢。

这句话差点没让刘宣委哭了。刘宣委不是本地人，公务员考试让他有机会和李雪莲相识。他到长河镇上班的第一天，也是李雪莲开始上访的第一天。因此，李雪莲对刘宣委家里的情况非常清楚，家在农村，条件一般，娶了个本地女孩子做老婆。老婆是独生女，家里房子车子具备，刘宣委拎着包就入住了。按说该幸福得找不着北吧，但让刘宣委不如意的是，老婆太厉害，全权地控制了他的工资卡。他一个月的零花钱都有严格的执行标准，比如，刘宣委早上喜爱喝羊汤，老婆就跟着他到羊汤摊儿，亲眼见证刘宣委喝几碗羊汤，吃几个烧饼。然后以此为尺度，算出一个月的早餐钱。把钱掐紧了，男人才没有钱去花心，没有钱去救济老家的穷亲戚。刘宣委是个孝子，只得舍弃了羊汤，每天到单位的食堂去吃免费的早餐，将节省下来的钱悄悄给父母亲积攒着。这些李雪莲都知道。

看完电影，李雪莲相信了刘宣委和他开玩笑这一事实，如释重负了。电影里的李雪莲和她没有半分钱的关系，名字相同，经历相同，纯粹是巧合而已。但是，长河镇不是每个人都看过电影，谣言就是不明真相的人在传播。私通冯小刚这顶帽子，将会让她很被动，说不定会丧失盖房子先给钱的机会。她明白得很，把上访弄到电影上，是给长河镇抹黑呢，长河镇会给她好果子吃？

看完电影的李雪莲，决定和王镇长好好谈谈。尽管从早上王镇长的态度看，和往日没有啥区别，但是谣言这东西，跑得快着呢。万一王镇长没有看过电影呢。一直等到下午，王镇长的办公室才清闲下来。李雪莲抓住这个有利时机，去找王镇长谈心。王镇长早从刘宣委那里了解到，李雪莲真的只是看一场电影，并没有其他的意图。王镇长很是纳罕，李雪莲何时有了这份雅致，他不相信李雪莲看电影的纯粹性。这个一只眼的女人不简单，绝对不可麻痹大意。只要李雪莲不越级去上访，他愿意好言好语地待着她，不是已经过去好几年了么。再最后坚持一下，明年顺利地离开这个地方，在基层的煎熬也就结束了。基层简直就是炼狱，很多工作根本就没法开展，土地流转是头号难题。国家储备林不让占用耕地，不占用耕地，土地从哪里来？

王镇长正发愁，李雪莲来了。只要李雪莲在屋子里，不管多冷，王镇长的门儿都要敞开着。敞开，是坦荡，是公开。更是自我保护。万一李雪莲做出点什么举动，关起门来就说不清了。前些天，李雪莲就冷不丁地往王镇长口袋里塞钱。吓得王镇长两只手高高地举起来，并不敢去和李雪莲撕扯，你一触碰她，她说不定会讹上你的。只用嘴巴劝阻，李大姐，您这是行贿，是犯法的。幸亏梅梅副镇长跑来救了驾。梅梅副镇长开玩笑说，我们镇长成弱势群体了，往后我得保护着点。李雪莲边往自己口袋里装那五百块钱，边笑呵呵地回，我是表达一下心意，就我这点钱还行贿，谁看得上？

王镇长以为看完电影的李雪莲，又要和他谈盖房子的事情，没想到和他谈起了电影。了解清楚王镇长确实没有看过《我不是潘金莲》后，李雪莲将电影《我不是潘金莲》的故事情节从头到尾讲述了一遍，讲完了，还一条一条地给王镇长分析。刚开始，王镇长有些心不在焉，脑子里徘徊着储备林土地流转的事情。做镇长久了，就学会不露声色了，从表面看，一副认真听李雪莲讲故事的样子。王镇长有一对丹凤眼，笑也是笑，不笑也是笑，李雪莲特别爱看。每次面对王镇长的时候，李雪莲总是有意识地侧着身子，尽量将自己的左半边脸展示给王镇长。她知道，单看自己左半边脸，不仅是正常的，可以说是美丽的。李雪莲说，第一，我和电影里的李雪莲只是名字相同。第二，我们上访的目的不同，电影里的李雪莲是想证明她不是潘金莲，我是想证明派出所的人推了我。第三，电影里的李雪莲是个大美女，而我……李雪莲停顿了一下，并没有说出"而我"下边的话。本来，她也可以是个大美女，只是命运太残酷。王镇长觉得有意思了，集中精力听李雪莲列举的一二三四，他想看看李雪莲究竟要从一二三四下边，捧出什么样的意图来展示给他。

第四，我真的没有和冯小刚联系过，冯小刚也没派人和我联系过，他拍的电影和我没有任何关系。我向组织保证，从来没有越级上访，也从来没有向媒体通风报信，更没有把素材提供给影视界，给政府抹黑。说完了，李雪莲就用左脸上那只眼睛，静静地注视着王镇长，等着王镇长表态。实事求是地说，李雪莲的思维相当清晰，但是内容实在太好笑了。冯小刚是谁，李雪莲家的亲戚，想联系就能联系？王镇长一个没忍住，噗嗤就笑了出来。丹凤眼笑得弯成了初一的月牙儿，若有若无的一痕。

隔壁的梅梅副镇长被笑声吸引过来，李大姐又出新段子了，瞧把我们镇长笑的。这个长头发的好看女人，说着从办公桌的一盒抽纸里抽了一张纸给王镇长，让他擦擦笑出来的眼泪。李雪莲注意到了，她说"我们"，把李雪莲排除在外了，这让李雪莲很不爽。"李大姐，我们梅梅副镇长也没看过潘金莲那个电影，给梅梅副镇长再讲讲，好吧？"王镇长说完又笑。

李雪莲心想，才不要给梅梅副镇长讲呢，她有王镇长官儿大么？重要的是，李雪莲不喜欢这个梅梅副镇长。长得好看咋了，自己要不是……说不定给王镇长递纸巾的人就是她呢。李雪莲捉牢了拐杖，准备走了，不打扰领导们谈工作，不打扰。拐杖嘚嘚嘚响到门口，又回头叮嘱王镇长，您要相信我，真的没做给长河镇抹黑的事儿。说完，让嘚嘚声牵引着，离开了镇长办公室。

3

六年前的李雪莲只有三十一岁，那时的她，从来没有想到过今后的六年，会每天到镇政府大院去上访。三十一岁之前的很多年，她都像一个普通女子那样，到服装厂去做工，凭着劳动能力换饭吃。她三十一岁了啊，善良的李家庄人怎么可能熟视无睹呢，他们一个接着一个地给她介绍男人。村人不相信，凭借大家的热情和耐心，嫁不出去一个李雪莲。俗话说，有剩男没有剩女。村里一个智障的女孩子，除了吃喝拉撒，连路都走不稳，最简单的和人交流都无法进行，也找男人嫁了。男方家里穷一些，岁数大一些，但智商是没有问题的。那样的女子都嫁了出去，更何况是只瞎了一只眼睛的李雪莲呢。退一步讲，别说李雪莲瞎了一只眼，就算了两只眼都瞎掉了，也不愁找不到个男人。只要是个母的，大家就有本事给她配成对。

一只眼睛的李雪莲还真就不买村人的账，介绍一个否定一个，介绍两个否定一双。男方不是瘸子，就是死了女人的，至少也是离婚带孩子的，碍着面子李雪莲也就没发作。中学学历的李雪莲，是有自己的想法的，也许那个人不够富贵，不够帅气，至少要自己看着顺眼。李雪莲不知道，她的择偶标准，也是大多数女孩子的择偶标准。李雪莲清楚得很，她不是大多数女子中的一个，她是属于少数的。因此，李雪莲的择偶标准就有些高了。没有谁比李雪莲自己了解自己，从表象看来，她确乎不是大多数女子中的一个，但她的内在，她的心是和大多数女子无二的。从某种程度上说，甚至要超过大多数女子。还有一点不能忽略，李雪莲是虚荣的，她要用择偶标准来证明给其他人看，她李雪莲不是一头瘸腿驴子，只能配破磨。"其他人"里，就包括李雪莲的母亲。

一晃，再一晃，李雪莲就到了三十一岁。"你要找个啥么，想臭在家里？"被类风湿折磨的母亲，又开始找茬儿和李雪莲嚷嚷。因了下午李雪莲又拒绝了一门亲事。以往，李雪莲还顾及媒人的脸面，和男方见上一面，这次一听男方的条件，根本就没见，直接给回了。李雪莲从来不会迁就母亲的态度，暴怒道，我要是不臭在家里，谁伺候你！母亲也是贱骨肉，听了女儿的斥责，也能忍着身上的疼，不吭气了。火气拱上来的李雪莲，一边在火炉上给母亲煎药，一边不依不饶：要不是你做的好事，我能臭在家里么，我看你就是成心的。是不是？

母亲不敢回嘴，也不敢迎接女儿的目光。那目光好凌厉，刀子似的，往骨头缝里扎呢。她已经够疼的了。药熬好了，李雪莲端给母亲。母亲用变形的手接了，牢牢地捧住后，做了一个动作，将鼻子凑上来，吸了满满一鼻子苦涩味儿。然后，她皱起眉头和李雪莲谈条件，她要是把药水喝了，李雪莲再去相看一次张家庄的男人。

"人家说可以倒插门呢，这好的机会错过了，真要臭在家里呢。"听到"倒插门"三个字从母亲嘴里说出来，李雪莲二话没说，上去就夺了母亲手里的药碗，使劲地惯在地上。母亲被惊吓到了，两扇皱巴巴的嘴巴大大地打开，干涸的眼底沁出来的湿润液体，正从清浅逐渐变得丰厚，随时准备外溢。

把眼泪憋回去！

母亲一哆嗦，慌忙把眼睛撑得圆鼓鼓的，给泪水充分的回旋吸收空间。在女儿的注视下，眼底一点一点重新干涸起来。李雪莲内心的坚硬软了一角，收拾了地上惨败场景，重新在火炉上给母亲煎药。她将一面固执的背部给母亲，不让母亲看见她脸上的表情。母亲这个词汇，给李雪莲的不是温暖，是一生的痛。如果不是母亲，她就不会失掉一只眼睛。如果那只眼睛健康，她是美丽的，不是么？多少次，她悄悄地遮住玻璃花似的右眼，认真仔细地审视自己余下的四官。每一官都是无可挑剔的，它们继承了出走父亲的全部优点。他是给她美好的那个人，然而，她的美好被母亲破坏，成了压垮他的最后一根稻草。他抛弃了她，再也没有回来。所以，李雪莲对父亲的仇恨并不比母亲少。父亲就是倒插门给母亲的，"倒插门"三个字，对李雪莲而言，是三把力量聚合在一起的钢刀，根本触碰不得。一旦触碰，刀立即出鞘，直插李雪莲那颗千疮百孔的心脏。曾几何时，"倒插门"亦是母亲的禁忌，同样不能提不能碰。少年时的李雪莲，为了打击到母亲，冒着杀敌一千自损八百的风险，将出鞘的利器斩向母亲。母亲一声咆哮，拐着已经弯曲的腿，一头撞向门前的大树。

看来母亲输给了岁月，输给了病痛。与其说"倒插门"为了女儿的幸福，倒不如说为了她自己。有了倒插门女婿，李雪莲就会时刻守在母亲的病榻前，给母亲煎药，听母亲发出疼痛的呼喊。这个自私的欲念，比"倒插门"这柄利器的威力更大，前者打败了后者。三十一岁时的李雪莲，一边重新给母亲煎药，一边做出这样的判断。母亲败了，她李雪莲不能败。张家庄的什么男人，见鬼去吧。

三十一岁时的李雪莲万万没有想到，张家庄的什么鬼男人，会是她人生的一个重大转折点。事情发生在转天。李雪莲早上去服装厂上班，临走给母亲的身边放了足够的水和吃食。母亲假装睡着，她昨晚惹到了李雪莲，怕李雪莲再骂她，不敢睁开眼睛。李雪莲早识破了母亲的把戏，在嘴角堆出一个冷笑，出了家门。李雪莲骑着自行车去上班，上班路程要花费二十分钟，骑到十分钟时，要经过一个废弃的板厂。李雪莲的人和自行车就要过去了，一个男人从废弃的厂房里闪出来，站在路边喊李雪莲，李雪莲，我有话对你说。

男人出现得很突然，完全没有思想准备的李雪莲，连忙来了个急刹车，左右两只手同时捏闸。车轱辘的运行被强力中断，发出聒噪的吱吱声。一个能准确叫出自己名字的人，肯定是熟悉的人。李雪莲定睛细看，却不是这样，自己并不认识眼前的这个男人。一蓬乱发掩盖住男人的脸，粗看上去，根本辨别不清五官。李雪莲的一只眼睛，费了好大气力，才寻到男人的眼睛。它们正拨开乱发，将混合着怨愤与欲望的光芒，扑打在李雪莲的身上。

我倒插门，是看得起呢，凭啥不愿意，啊？！

瞬时，李雪莲知道男人是谁了。昨天她刚刚拒绝掉的邻村张家庄的那个人。"我不用你看得起。"丢下这句话，李雪莲蹬上自行车，准备离去。她不准备和他恋战，不是每个人都值得她耗费精力的。就在这个时候，张家庄男人做了一个动作，从裤裆里掏出来一个物件，向李雪莲叫嚣，看过这个不？那肉质的物件，就像孙悟空的金箍棒，迎风一晃，变得异常雄伟。哈哈，你让我倒插门了，它就是你的了，见天夜里让你攥着。男人淫邪地笑，那雄伟的物件也淫邪地笑，笑容粉红粉红的。

哇——李雪莲差点没晕厥过去。但是很快，李雪莲就反应过来，她必须做点什么，否则她就有被侵袭的可能。于是，她放开喉咙大声呼喊，快来人啊，有人要流氓！

张家庄男人淡定地把雄伟的物件收回裤裆，恶狠狠对李雪莲说，早晚有一天我日了你。然后，就消失在废弃厂房里不见了踪影。事情并没有随着张家庄的男人消失而结束，李雪莲到长河镇派出所报了警，说男人强奸她。长河镇派出所民警传唤张家庄男人，张家庄男人说根本没有这回事，我们两个原先是男女朋友关系，该结婚了她让我倒插门，我不同意提出来分手，李雪莲就怀恨在心存心报复。李雪莲哇哇大叫，你这个张家庄的男人，真是不要脸，谁和你是男女朋友关系。民警 A 问张家庄男人，你说是男女朋友关系，谁给你证明。张家庄男人说李家庄的媒人可以证明，警察 A 把李家庄的媒人叫来一问，媒人果然如张家庄男人所说，李雪莲和张家庄男人是未婚恋人。

民警 B 说回家吧回家吧，我们忙得很，没空陪你们游戏。

李雪莲不走，说你们这是对工作不负责任。民警B说既然强奸，李雪莲你就要拿出证据来，比如粘着精斑的内裤啥的。李雪莲说我没有证据，他是强奸未遂。民警C说谁证明他是强奸未遂？李雪莲说我自己证明。民警A说你自己证明不管用，得有第三方。李雪莲说，你们警察不讲理，我身边要是有人他还敢强奸么，只有我们两个在场，你让我找第三方，你告诉我，我去哪找。民警A说，我告诉你去哪找，还用你找么。

ABC三个民警失去了耐心，他们确实要急着去处理另外一起警情，说李雪莲你要是不走，就一个人在派出所待着吧。问题没有解决好，李雪莲不让ABC三个民警走，从屋子里追到楼道里。长河镇下辖的派出所没有在长河镇政府院里，而是一所独立的三层小楼。刚才的谈话地点在二楼，ABC仨民警刚要从二楼往一楼走，李雪莲的手就伸了过来。她撕扯住其中一个的警服。其中一个警察见李雪莲撒泼，反过来推搡李雪莲，和李雪莲纠缠在一起。纠缠中，另外两个警察过来帮忙，最终，不知道A警察，还是B警察，或者是C警察，将李雪莲推下了楼梯。这是李雪莲的说法。警察ABC的说法是，在撕扯中，是李雪莲自己滚下楼梯的，并没有人推她。不管推的，还是自己滚的，反正李雪莲从楼梯上摔下来，而且摔进了医院。

4

三十一岁时的李雪莲，怎么也不会想到，这一摔会把她的腿摔残了。李雪莲躺在医院的病床上，母亲躺在家里的炕上。李家庄的人在村委会的安排下，轮流给娘俩个送些食物，以及力所能及的照顾。看见一名村妇端着她的便盆，捏着鼻孔往病房门外走的那一刻，李雪莲想到了放弃自己。一具会呼吸会吃饭喝水的尸体而已，还要累赘人，遭人嫌弃。但最终，李雪莲并没有如了自己的愿，放弃这具在阳世的不完美肉身。

给她力量的，不是瘫在炕上的母亲。是 ABC 三个警察。他们把她送到医院就消失了，没有承担任何的责任。她要讨回一个说法，否则死不瞑目。为了这个说法，李雪莲努力地吃东西，努力地无视村民的怜悯，以及怜悯背后的一些元素。她要尽快好起来，以虎虎生风的状态，投入到为自己讨说法的战斗中。那时的李雪莲还是信心满满的，她觉得正义会垂青于她，帮助她打赢官司。事实上，正义也想垂青李雪莲，但是证据呢？正义一点也不情绪化，它尽管很同情李雪莲的遭遇，但理智告诫它，没有证据的同情是无效的。

是啊，证据呢？

总不能又像告张家庄男人那样，让李雪莲给李雪莲作证吧？

恨不能把手里的拐杖作大刀，向着"鬼子"的头上砍去。李雪莲脚也跳了，愤怒也用了，司法人员日复一日地朝着她使用职业式微笑，好像在看一场小丑的表演。不就是证人么，李雪莲决定把被告逼出来，让被告给她这个原告做证人。打了一辆车，将炕上的瘫母亲拉着，母女在长河镇派出所门口驻扎下来。其时正是腊月，一年中最冷的日子。李雪莲将一条棉褥子铺在地上，把母亲的身子放进去，身上再围裹一条棉被。只露出一颗苍老至极的头颅，和两粒仓皇的深深陷在眼眶的干瘪眼仁。李雪莲在拐杖的搀扶下，站在母亲身边，义愤填膺地控诉派出所 ABC 三个民警，他们如何把她推下楼，如何使她成为一个残疾人，失去劳动的能力，不能供养重病的老母。她的一只好眼睛血红血红，一只坏眼睛惨白惨白，让过往的行人不寒而栗。

派出所的领导出来了，ABC 三个民警也出来了。派出所领导指着 ABC 三个人，对李雪莲表态，我们是人民的民警，人民的民警是为人民办事的，怎么会做出伤害人民的事情呢。当然，不排除个别警察办案简单粗暴，真是他们三个人的原因，导致您从楼梯上滚下去，我们绝对不会包庇，不用您到处告状，也会给您一个说法。但是，经过我们的调查，ABC 三个人不存在这种现象。虽然您的摔伤，不是我们民警的责任，我代表所里全体民警，也代表我个人，对您的遭遇表示深切的同情。现在是一个大爱社会，更是一个和谐社会，一家有难八方支援，所以我们所的全体干警组织了一次募捐，帮您渡过暂时的困境。

派出所领导是个矮胖子，没有戴帽子，圆圆的脑袋只有少许毛发。少许毛发随着主人说话的节奏，颤颤地摇摆，像是在为主人精彩的演说喝彩。演说是慷慨激昂的，已经有围观的群众开始频频点头，这李雪莲出名的难缠，这回说不定是要讹公家呢。演讲完毕，派出所领导朝着身边的民警 A 伸手，民警 A

赶紧递过去一个牛皮纸信封。矮胖领导将牛皮纸信封交到李雪莲手上，说了一句，带着老太太回家吧，别再把老太太冻着了。三十一岁时的李雪莲真想把信封砍向矮胖的派出所领导，打击一下他作秀的气焰，同时也想证明自己是多么光明磊落。手臂就要抬起来了，李雪莲改变了主意。她将牛皮信封打开了，悉数掘出里边的纸币，当着警民数了数，然后报出一个数字。大声说道，这算是你们预支的钱，等官司赢了，我会从赔偿款里扣出去。

矮胖子派出所领导，有两只小眼睛，小眼睛很一般，不一般的是小眼睛里的光芒。它们成分很复杂，有执法者的警惕，领导者的干练，涉世者的深沉。无论它们落在谁的身上，都会很有分量，心和身单薄的人，说不定会被压得摇摇晃晃。那一刻，矮胖子正用这样有分量的眼神，给李雪莲一个最后的交代：您放心，您哪天说有充足的证据，来证明我手下人的确对您造成伤害了，我绝对不会包庇他们。

就走了。李雪莲分明感到被有分量的眼睛狠狠推了一下，幸亏她的身子牢牢地抓住了拐杖，才没有朝后趔趄。就这样走了？她和母亲该怎么办？坐上派出所领导安排好的警车，灰溜溜地回到李家庄？李雪莲不甘心，真的不甘心。一股鱼死网破的勇气，在她破败的体内翻滚，让她必须马上做点什么。可是，她又找不到一个合适的方式，比如粗暴的谩骂，比如撒泼打滚，比如用自己的身体做武器，去撞击逍遥法外的人。还比如让车轮碾压自己残破的躯身，享受瞬间摧毁的快感……

家走……冷啊……疼啊……

鱼死了，强韧的网依旧在。鱼死了，需要鱼照顾的人也会活不成。

李雪莲绝望地意识到，她有鱼死网破的勇气，却不能获取鱼死网破的价值和资格。听着从棉被里发出的母亲的哀求声，李雪莲不知道自己何去何从，任由派出所的两名辅警将母亲抬上车，朝着家的方向疾驰而去。她拒绝坐，坐了，是一种彻底的妥协。不但会招来李家庄的人笑话，自己也会唾弃自己。这样的结局，已经够丢脸的了。母亲两粒干瘪的眼仁，透过车子的玻璃窗，投向李雪莲。它们充满了焦虑。

傍晚的寒风，带着肆虐的动机，抽打着艰难而行的李雪莲。没有生命力的原野，大片大片的荒凉印象，被寒风加深后，往李雪莲的一只眼睛里扑撞。抽打也好，荒凉也罢，都没有奈何三十一岁时的李雪莲。她顾自默默地行走，在拐杖的搀扶下，摇摇晃晃。就在这个时候，一个人拦住了李雪莲的去路。

是张家庄的男人。

张家庄的男人拦住李雪莲，说李雪莲我可以给你做证人，证明你是受害者。但是你得答应我一个条件，让我去你家做上门女婿。你看看，你现在又瞎又瘸的，除了我真的没人要你啦。李雪莲，你不说话，是不是被我感动了，没想到我这么大人大量吧。任凭张家庄的男人自说自话，李雪莲一声没吭。她明白，张家庄的男人这是看她笑话来了，气她来了。她要是生气了，骂他几句，正中了他的下怀。她只牢牢地握紧了手里的拐杖，心想，只要男人敢像上次那样耍流氓，从裤裆里掏出那个东西炫耀，她就一棍子下去，给他打折了。做好了准备的李雪莲，面对着张家庄的男人，不仅没有出现男人预料中的怒气冲冲，相反，她学着执法人员的模样，微笑了。微笑着看男人吞吐成串的字词。张家庄男人见李雪莲一副微笑模样，嘴一咧，哭了，我日你李雪莲，我是真想到你家当上门女婿。男人哭得哞哞的，蹲在地上，将头扎进裆里哭。沉闷的哞哞声像老牛在吼，哭透了，张家庄男人站起来。

你要是不让我倒插门，我就不给你作证……我这辈子还没碰过女人，不让插，就不作证，哼。

男人自言自语着远去了。像是一个大男孩，在和家长赌气，既委屈，又怨愤。完全没有了废弃厂房前的匪气和流氓气。

张家庄男人的哭，给了李雪莲某种提醒，微笑的力量比愤怒的力量大多了，在某种特定环境下，微笑比愤怒更锐利。也是从那一刻起，李雪莲调整了作战方案，她要微笑着打赢这场持久战。

她要上访，到长河镇镇政府上访。

5

听故事，我要听故事。

见从镇长办公室出来的李雪莲，朝着旗杆走过来，旗杆下的老太太，眼神活泛起来。一天都快结束了，李雪莲还没给她讲故事呢，老太太有些着急了。

一会儿咱该下班了，赶明儿再讲，老太太，乖昂。

李雪莲蹲下身子，安慰旗杆下的老太太。她朝着老太太微笑，很真诚地微笑。老太太很听李雪莲的话，伸出两个手指头，赶明儿要讲两个。李雪莲也伸出两个手指头，两个就两个。老太太又重复了一遍，两个噢。

李雪莲将老太太的手，握在自己的掌心里。暖意与冰冷，在逼仄的掌心里交汇，相互侵入，相互抵达。两代人的手掌，这样相握的场景，已经成为长河镇政府的一道风景，在长河镇政府存在六年了。时间几乎和李雪莲上访的日子相等。

六年前，三十一岁时的李雪莲，带着她有准备的笑容来上访。那时候，王镇长还没有来，镇长是已经调走了的张镇长。也是像现在这样，等镇长空闲了，李雪莲才去找镇长谈话。张镇长没有丹凤眼，但张镇长和王镇长好多做法一样，他也客客气气地面对李雪莲，也在大冬天把办公室的门敞开，也不收李雪莲的礼物。李雪莲送张镇长的不是钱，是一条江山牌子的香烟。张镇长喊，梅宣委，过来一下。话音还没落地，那时还是宣委的梅梅就过来了。梅梅宣委将香烟交还给李雪莲，哎呦，李大姐，您把我们镇长当成啥人了，能收您的礼物么。说到张镇长，梅梅也说"我们"，但那时李雪莲一点不舒服的感觉都没有。她觉得梅梅说"我们"是有道理的，张镇长和梅梅是一个队伍的，她自己是一个队伍的。后来，李雪莲想过这个问题，之所以不怎么反感，是因为张镇长不是王镇长，他没有长着一对丹凤眼。

李雪莲就不给张镇长送礼了，大多数时间，她在政府大院里，做些修修剪剪的工作。李雪莲是个巧手的人，从十几岁，母亲身上穿的棉衣就是她缝制的。政府大院里的花草长相很随性，一看就没有经过园艺师的修剪。李雪莲就利用等待的时间，拖着一条瘸腿，精心地给花草修枝打杈，把它们变成精致的一团团，一簇簇。因为李雪莲，春暖花开的长河镇政府，变得异常美丽妖娆。与其说李雪莲是一个上访者，倒不如说她是一个园艺师。这样一个独特的上访者，别说大院里的人没见过，大院外的人也没见过。所谓伸手不打笑脸人，何况李雪莲不仅有笑脸，还配备着精巧的手艺，谁也拉不下脸来，把她推出政府的大门儿。

有一天，李雪莲正在认真地修剪一簇冬青，进来一个老太太。老太太进得大院，东张张，西望望，仿佛在寻找什么。大院里少不得来来往往的人，和李雪莲一天进大院的小刘，就是后来顶替梅梅的位置、当上宣委的那个外地小伙子，迎上前去问老太太，您老有事啊？老太太看了看小刘，并不理会，继续寻找。忽然，老太太眼前一亮，朝着插旗杆的水泥台子走过去。到了台子跟前，绕着台子左转一圈，右转一圈。转完了，选择朝东的台阶坐下来。坐着，嘴里含糊不清地咕哝，妈等你，等你。

老太太，这不是您呆的地儿。小刘在尽大院儿人的职责。

老太太见有人轰赶她，忽然就狂躁起来，面露狰狞之态，手舞足蹈，抵御外界的侵入。老人的嘴巴里是有语言的，只是组成语言的每一字，都被吞掉了半边似的，形象模糊不清，让听众无法辨识。这是谁家的老太太，赶紧找家人来领，你别招惹她，回头讹上你，说得清么——梅梅宣委斥责小刘。小刘就突奔出了大院，沿着街道打听，谁家的老太太跑政府去了。一直快到中午了，才有一对扛着锄的夫妻，匆匆地赶来。他们对着大院的人一个劲地道歉，然后去领旗杆下的老太太。李雪莲发现，在寻家人的这段时间，坐在旗杆下的老太太异常安静。脸上的表情和身体的表情，都释放出浓烈的等人气息。

家走吧，亲妈，别折腾我们了。您有几个儿子可等啊，我不是在这了么。

中年男人将锄交给媳妇，去拉旗杆下的老太太。老太太不干了，重新狂躁起来，捉住中年男子的手，呲出来零落的牙齿去咬。见咬奈何不了对方，便牢牢地抱住旗杆，下边用脚来踢接近她的人。滚，等我儿，滚。

这几个字大家听清楚了。

他不是你儿么？肩膀上负荷了两把锄头的中年女人说话了，一天给我们整一出戏，哪天折腾死我们，你就舒心了。这是政府，你以为是你儿子开的？

妇人气囔囔地走了。毕竟快六年了，李雪莲记不清老太太儿子是如何离开的，政府大院的人又是如何没再逼着老太太立即出去。反正，后来旗杆下只剩下了老太太自己。老太太重新陷入到等待的宁静中，像塑立在旗杆下的一座雕像。午饭的时间到了，机关人员开始忙碌着吃饭，刷餐具。李雪莲也该"下班"回家了，收了修剪花草的工具，拄着拐杖往大门外走。经过旗杆下的老太太时，她转头对老太太微笑。因为右边半边脸对着老太太，李雪莲转头的动作有些大，这样才能将自己微笑的左眼暴露给老太太。那天，她为什么要对着老太太微笑，是自己在大院里微笑的一个习惯动作么，李雪莲仔细想想，好像不完全是。神奇的是，她的微笑，没有给老太太造成警觉，把她的微笑当成想要达到驱赶目的的一种手段。老太太依旧完好地在自己迷恋的等待状态中。

娘俩有缘呢。

李雪莲只能这样解释。而且，这种缘分一旦维系起来，就是长长的六年。长长的六年里，李雪莲忙着和领导谈话，忙着和大院儿的上下处好关系，忙着修剪花花草草，同时，也忙着给旗杆下的老太太讲故事。前边的忙是斗智斗勇的忙，只有面对花草和老太太的忙，才是一种放松和享受。老太太的等待和李雪莲的上访一样固执，坚信只要坚持就会有结果。有时候，李雪莲特别感激老太太，或许老太太并不明白她讲的什么，可是老太太会倾听她，很专注很天真很慈祥地倾听她。倾听，就像李雪莲缺失的父爱和母爱一样，是如此地珍贵。旗杆下的老太太，对政府大院的任何工作都不造成影响，只是需要旗杆下一块地方而已。毕竟镇政府是基层政府，被农村和百姓包裹着，对付一个手无寸铁的老人要有节制。久了，政府也就懒得动用人力清除了，从某种程度上成全了老太太固执的等待，以及李雪莲倾诉的欲望。

故事都是陈旧的老故事，李雪莲自己的。她不断重复地讲述，老太太不断重复地倾听。听完了就忘了，忘了再接着听。也许，老太太根本就没记住过。因此，每次的再重复，老太太都保持着新鲜感。这些，都不重要。不重要，真的。

老太太记不住故事，却记得住李雪莲今天没有讲故事。然而，李雪莲今天显然没有时间留给老太太了，马上就下班了，她得抓紧进行下边的程序。

下班了马主任？我今儿看电影去了，《我不是潘金莲》主人公和我名字一样，也叫李雪莲。就是名字一样，内容一点都不一样呢。

下班了赵组委？我今儿看电影去了，《我不是潘金莲》主人公和我名字一样，也叫李雪莲。就是名字一样，内容一点都不一样呢。

......

李雪莲用一只手给旗杆下的老太太传递温暖，用另一只手和下班回家的人打招呼。这些人绝大部分住在城里，回家的交通工具或者是政府的班车，或者是私家车。李雪莲嘴里招呼的马主任赵组委之类的，开着私家车经过李雪莲她们，车窗的玻璃闭合着，也不知道听没听见李雪莲的话，人和车子就滑过去了。马主任和赵组委这类人，李雪莲把他们归为一个群体，他们不需要李雪莲耗费精力，去一个一个解释，用一二三四讲明白自己和电影里那个李雪莲的区别。他们是领导，不是主要领导，对他们表示了充分的尊重就可以了。六年的大院儿生活，李雪莲早学会并能正确使用某些习气了。

刘宣委也开车走了，梅梅副镇长也开车走了。李雪莲记得每一辆车，以及每一辆车的车牌号。最后是王镇长的那辆"津A5588"车子，就要经过李雪莲时，王镇长摇下车窗子，对李雪莲高声说，李大姐，该下班了。

每天等来这句话，李雪莲才牵着旗杆下的老太太踏上回家的路。今天也不例外。

6

李雪莲一手撑着拐杖，一手牵着老太太。老太太的家不远，在镇子的末端。而李雪莲还要走四五里的路程，才能回到她的李家庄。这老太太真是奇怪，每天早上到政府大院儿"上班"，不用任何人护送，准能顺畅地找到地方。晚上"下班"就不行，经常忘了家在哪儿。李雪莲不放心，会一直牵着老太太，送到家门口。

到了家门口，老太太往院子里走两步，回头看李雪莲，意思是你还没给我讲故事呢。李雪莲摇了摇没握拐杖的那只手，赶明儿都补上啊。老太太这才不情愿地走向院子的深处。院子里到底是什么情况，老人从来没有和李雪莲说过，她已经丧失了对现实生活描述的能力。里边的事情，李雪莲无权干涉，也没有资格和精力干涉，把人送到门口，是她唯一能够做到的事情。

暮色越来越浓郁，裹着李雪莲残破的身子，踽踽独行。拐杖敲打在小柏油马路上的嘚嘚声，穿透冷风的脊梁骨，将小路两边田野的空旷填得满满登登。四五里路，对李雪莲来说，是一段艰涩的路程。行走着，摇摇晃晃出一首村人不太好理解的诗。不理解的，就认为是不正常的。李雪莲被李家庄的人诊断为神经异常，于是，她愈加地没有朋友，连说媒的人都不再登她家的门儿了。终于，李家庄的轮廓在暮色中逐渐清晰起来。树影儿，房影儿，眉目开始清澈。李雪莲害怕这种清晰，这意味着真的到家了。

她有多么不情愿走进李家庄最矮小的那所房子。然而，她没有选择。首先迎接她的，是一股强烈的尿骚气味。她白天不在家，母亲拉尿都在被子里。早上到政府大院"上班"前，李雪莲是给母亲垫上尿不湿的，结局往往是，母亲拽掉尿不湿，直接将大小便排在炕上和被子上。大便再经过手的涂抹，弄得半边的墙壁都是。回家的李雪莲第一件事就是将封好的火炉捅开，让冰冷的屋子有几缕暖意后，开始刷洗，先刷母亲，再刷被子和墙壁。这个时候的母亲，裹着新换的干净被子蜷在炕的角落里，眼睛从下往上，挑着看李雪莲。两粒干瘪的眼仁，是惊恐的，又是顽劣的。像做错了事的孩童，在等待家长的训斥。李雪莲偏不训斥可怜的孩子，沉默是对她最好的惩罚。她闷了一天了，极度需要家长的关注。

明天在家陪我好不好，我要死了。

母亲终于忍不住了。这是母亲最近常说的一句话。

　　李雪莲并不理会母亲，洗刷完了，认真地清洗两只手，然后在灶间升起火，煮两个人的晚饭。黑色的烟雾顺着房顶的烟囱飘摇，左顾右盼，没寻到一个同伴，就多了几分的孤独与惆怅。煮好了饭，李雪莲给母亲端到炕上，母亲又拿两粒干瘪的眼仁挑李雪莲，赶明儿你在家陪我，我就吃。母亲居然又来要挟李雪莲，像六年前那样。见李雪莲没有发脾气骂她，母亲又鼓起勇气说，你不在家，我会冻死的。

　　火炉里的火开始旺起来，一半的暖意被从房山裂缝中探进来的风舌头卷走了，另一半余下的暖意尽心尽力地烘烤着弥漫了骚气味道的屋子。母亲冻红的鼻头上，红晕开始慢慢退却。不是李雪莲存心冻母亲，她不在家，就得把火炉封死了。母亲挪动不了，煤火燃尽了是小事儿，她怕母亲煤气中毒。

　　那还在被窝里拉尿，跐湿窝子，冻死也不多。李雪莲说着，端起炕上的饭碗，用勺子舀了饭，送到母亲的嘴边。这是她第一次喂母亲，忽然间，母亲就受宠若惊了。两粒干瘪的眼仁，迅速地潮湿饱胀起来。和潮湿同时发生的是，嘴巴张得大大的，等候李雪莲将勺子里的食物送进去。然后，夸张地咀嚼。看着努力表现的母亲，李雪莲的心砰砰直跳。她尽力地压抑住，在母亲面前，早已习惯了包裹住自己柔软的那一面。面对母亲的，是一如既往的坚硬。如果坚硬是壳，李雪莲愿意一辈子背负着它。

　　对不起——猝不及防的，母亲停止了咀嚼，盯视着李雪莲的一只左眼，清脆地说。

它来得太突然，李雪莲丝毫准备都没有，惊到了。等她反应过来，唯恐柔软在母亲面前坍塌，慌不择路地逃跑了。她忘了手上的碗，碗滑落了，掉在地上，废墟中生长出一片碎裂声。它来了，三十四年前的碎裂声来了。碎裂声像一个魔鬼，拉住李雪莲的衣襟，非让李雪莲再看看它恐怖的容颜。

看见了。母亲站在地上，凶猛地和父亲吵架。她的手里端着一只茶杯，茶杯的水随着身体的震颤，忽而左右晃荡，忽而上下晃荡，在茶杯里跌跌撞撞，痛不欲生。母亲越吵越兴奋，撒着欢儿地骂父亲，走可以，把你闺女领走！像以往的吵架一样，父亲就要选择逃避了。愤怒到高潮的母亲，猛然意识到手里水杯的存在，举起水杯泄愤，以震慑转身的父亲。两三岁的小雪莲害怕父亲走掉，哇哇哭闹着，追赶父亲。三个人的动作同时发生，高潮是杯子碎了，跑得过于急促的小雪莲摔倒了，玻璃碎片中的最邪恶一枚，一跃而起，刺向比它明亮的眼睛……

火炉很卖力地燃烧，一层一层地剥去寒冷的外衣，尽量把丰盈的寒冷变得瘦弱一些。母亲终于沉沉睡去，即使在疼痛的骚扰下，也不肯醒来。母亲那句迟到的对不起，李雪莲等了三十多年。在三十多年里，母亲把所有的罪责都叠加到逃跑的父亲身上，她深切地痛恨着李雪莲的父亲。因为恨屋及乌，牵扯到李雪莲，母亲吝啬对女儿母爱的表达。李雪莲长得太像她父亲了，是她父亲遗留在尘世的孽缘，必须要留下来替父亲照顾母亲。于是，尚未完全瘫痪的母亲，将自己病残的身子，横陈在通往学校的路上，阻止李雪莲的升学之路。十五岁的李雪莲，从此脚踏缝纫机板，踩出一条过早负重的生活路。

一句"对不起"就能弥补母亲的过错，换取她所有的谅解么。这是一个没有答案的问题，李雪莲无法回答自己。一声痛苦的呻吟，从母亲的梦里传出来。李雪莲把目光移向母亲，昏黄的灯盏下，疼痛在母亲的眉头堆积成一座小山包，正是这个小山包，给母亲赋予了几丝生命的气象。否则，裹在被子里的，就是一具十足的干尸。李雪莲忽然有了一种紧迫感，也许母亲的时日不多了，要趁着母亲有生命在时，把房子盖好了。这个老房子还是母亲的父母留下来的，父亲在的时候，母亲心心念念就是盖新房子。新房子也是母亲和父亲吵架的一个理由。等盖了新房子，就在家里陪着母亲，一起度过剩下的日子，不再去政府上访了。可是，王镇长坚持按规定办事，先盖房子，后给补贴款。怎样才能先拿到补贴款呢，送礼人家不收，明摆着嫌少呗。

王镇长，你这个长着丹凤眼的冤家。李雪莲的心隐隐疼痛。

7

第二天，太阳照常从东方升起。李雪莲照常去长河镇上班，照常在院子里遇到从食堂里出来的刘宣委，两个人照常热情地打招呼。旗杆下照常坐着老太太，老太太照常陷在自己的等待里。从表面上，"照常"又成为一天的主题词。

照常，今天的李雪莲该捡拾院子里的垃圾才对。花草还不到修剪的季节，以往的日子，李雪莲除了适时地向王镇长表达她的愿望，给旗杆下的老太太讲故事，和大院里的人维持和谐友好的关系，大部分时间用来清理垃圾。她自己做了一根铁钎子，铁钎子伸进扫把无法清扫的地方，比如花坛，比如角落，将那里的塑料袋纸片之类的垃圾用钎子头扎出来。再把垃圾装进一只布袋子里，集合起来倒进垃圾箱。残疾人李雪莲对付垃圾的耐心，不比修剪花草差多少，一片垃圾不管藏在哪里，都会被李雪莲翻腾出来。今天，李雪莲无心按照常的程序进行了。她想再找王镇长谈谈，谈房子的问题，要让王镇长明白，向她们这样的穷人，是没人敢借给她们钱的，所以自己预先垫付这条路根本就行不通。行不通，房子就盖不了，旧房子不会等新房子，说不定熬不过明年的雨季了。

怎么说，说的程度如何，都是一门学问。实在不行，就抛出杀手锏，用放弃上访的条件来交换。再晚了，母亲怕是住不上新房了。就在李雪莲徘徊，寻找时机的时候，刘宣委来找她，说是王镇长有请。李雪莲三十七岁的心脏突兀地跳腾了一下，她赶忙伸手按了按，给了它及时的安抚。真没出息——李雪莲暗自批评自己，然后，跟在刘宣委后边，一直由刘宣委引着，来到镇政府的会议室。李雪莲当然熟悉会议室，这里是干部职工开会和学习的地方。看来，王镇长要在会议室召开会议，专题研究她家盖房子的问题。进门前，李雪莲特意在门玻璃上，看了一眼自己的影像，用手捋了捋被风吹乱的刘海。

会议室里的人不多，但都是领导阶层的。王镇长坐在前排中间的位置，挨着他的是梅梅副镇长。梅梅副镇长见李雪莲进来，噗嗤笑了，对周围的人说，你没看见，昨天把咱们王镇长笑得都不行了。李雪莲注意到，梅梅用了"咱们"，虽然没有"我们"亲密，还是把她和他们分成了两个阵营。从大家欢悦的面部表情推断，在她进来之前，他们一定在谈论她。而且，和昨天去看电影的内容有关。

李雪莲笑盈盈地面对着大家，一一打过招呼后，礼貌地候着。王镇长招呼李雪莲坐下，一起听一堂课。李雪莲这才注意到，主席台后边的背景墙上，悬挂着一面小黑板。黑板上写着一些数字，仔细辨别，是一个三元一次方程组。这是要干什么？揣着一肚子疑惑的李雪莲，慢慢在二排最边上空位上坐下来，将拐杖抱在怀里。

开始吧。

王镇长的话音刚落，刘宣委就走到主席台后边的小黑板旁边，面朝着大家站定，说了几句开场白，很客套很谦卑的那一套。然后，用手里的一截白色粉笔，引领着大伙的视线，一步一步地解黑板上的三元一次方程组。刘宣委还没有解完，李雪莲就看出来了，这个方程组没有解。李雪莲不吭气，心里暗暗猜测，王镇长请她来看一道无解的方程式，背后的用意究竟是什么。微微地侧了身子，一只眼睛的目光从王镇长的后脑勺掠过，轻轻地，不惊动一根发丝。再次绕到小黑板上时，答案出来了，果然如李雪莲预测的那样，是一道无解的题。

李大姐，您看好了，这是一道无解的题，对吧？

刘宣委问李雪莲。这句话把所有的目光都引过来，包括王镇长的。它们齐刷刷地看着李雪莲，期待着李雪莲的答案。好隆重的目光，好隆重的期待。李雪莲有了不祥的预感。她不说话，不回答对，也不回答不对。

好，既然李大姐默认了答案，那么咱们把 XYZ 用人来代入，看看结果是什么样的。刘宣委说着，手里的粉笔在黑板上移动。

民警 ABC 的名字出现了。李雪莲立即就明白了，他们是用一道无解的数学题，来告诉她，她长达六年的上访也是无解的。为什么无解，因为条件不够。他们在客客气气地下最后通牒了。愤怒么？委屈么？把拐杖戳到他们头上，还是痛哭流涕，求他们可怜？李雪莲给了自己短暂的思考，她决定什么都不做，像什么都没有发生一样，饶有兴趣地看着刘宣委讲完题。尽完了讲课的职责，刘宣委退到了一边，把场子给重量级人物腾出来。

王镇长站了起来。绕过前排的桌子，和桌子后边的人，向着李雪莲坐的位置而来。李雪莲看见，当王镇长经过梅梅副镇长身边时，梅梅副镇长对着王镇长点了点头。表示，无论他做出怎样的决定，她都站在他这边，支持他，为他摇旗呐喊。点头的幅度不大，但是李雪莲捕捉到了。

王镇长的面部表情和往日没有变化，有些上吊的丹凤眼，笑意盈盈。也许他在笑，也许他没笑。笑也是笑，不笑也是笑。不好判断他真实的心情。在距离李雪莲大概半米的位置，王镇长站住了。话未说，先朝着李雪莲深深地一躬，李大姐，您的遭遇我们也非常同情，可是，我们也是心有余力不足。我们大伙商量了一下，决定个人凑点钱，您再找亲戚拆借点儿，把房子盖上。房子一盖上，补助款的事，我给您跑。

说着，递过来一只信封。

又是装钱的信封。六年前，李雪莲从派出所所长手里接过信封，可那是他们欠她的，她该拿的。眼前的这只信封呢，是同情，是怜悯。也是另一种驱逐。李雪莲的自尊受到了伤害。她没有接王镇长递过来的信封，说了一句"我只拿我该拿的"，拖着拐杖，歪歪扭扭逃出了会议室。

为了让她离开政府的大院儿，曾经的张镇长使出了各种甜蜜的办法，托人给她找男人，以为嫁出去了，问题就解决了。李雪莲用实际行动一个一个地瓦解了张镇长的计划，表明了她坚如磐石的上访决心。"王镇长，我这摊子就交给你了，还有这个老上访户。"直到调离也没把她解决掉的张镇长，有一天用手指向她，把她交给新来的镇长。她逆着张镇长的手指，看到了张镇长身边的男人。被称作王镇长的男人，对张镇长说，不就是李大姐么，早听说过大名，张镇长放心，您在没出问题，我在也保证不出问题。李雪莲听清了王镇长的话，也看清了王镇长的一对特别的丹凤眼。它们笑微微的样子，很有亲和力，也很有魅力。

假如是张镇长用这种方式赶她走，也许她没有这么难过。他是她悄悄喜欢的王镇长啊，因为他，她这个上访户才吃上了低保。因为他，她对男人有了珍贵的萌动。尽管她不敢奢望什么，不敢表达什么，但起码有过了。而现在，他在用最柔软的武器，谋杀她内心仅有的一点美好。

妈妈，您说我该咋办？告诉我，好么？

李雪莲蹲下来，捉住旗杆下老太太的手，泪如雨下。

8

暖暖的春一到，那个特殊的日子就该来了。每年的这个特殊日子，都会让一部分人紧张。

上边的通知下来，今年谁的地盘要是出现情况，经济上不仅要重罚，还会作为前途考量的条件之一。把特殊的日子过了，王镇长就真的要调离长河镇了，临走，他可不想弄得磨磨叽叽。年前给李雪莲上的一课，就是他处理"身后事"的一个掠影。王镇长召开紧急会议，在会上将镇域内的特殊人物进行集中细致的梳理，然后，责任到人，哪怕上天入地，也要看护住特殊人物。在那个会议上，大家头一次看到王镇长的丹凤眼不再是笑意盈盈。在暖意融融的春天里，它们蕴含着一股凌厉逼人的寒气。

会议室外，李雪莲正修剪花草。心在花草上，眼睛在花草上，浅浅的笑意在花草上。花草是花草，花草也不是花草。它们会变成小小的婴孩，伸出胖嘟嘟的小手，拽一下修剪人的衣襟。那一拽最是顽皮，惹得修剪人心痒痒的，禁不住伸手去拍打小手。需轻轻地拍，唯恐手落重了，弄疼了小家伙。等到夏天，你就会变成大姑娘了，对不对？夏天，并不遥远。可是，自己还会看到它们长大的那一天么？

李雪莲浅浅的笑意里，便多了几重的伤感。

李大姐，我帮您？

刘宣委不知何时站在了李雪莲的身边，而且还主动拎起地上的大布兜子，将修剪下来的枝杈装进去。李雪莲知道，刘宣委不会闲到陪她修剪花草。又到特殊的日子了，在特殊的日子里，大院儿里重中之重的工作，就是看守老上访户。从她前两年在特殊日子里，到北京溜达一圈儿开始，就被列入了重点看守对象。这套程序，李雪莲一点也不陌生。陪她干活和聊天，除了上厕所，一直在视线范围之内，就是刘宣委的工作。

李大姐，我写了一首诗，给您念念？

诗？

嗯，诗。

好吧。

李雪莲继续修剪花草，一旁的刘宣委掏出手机来，一阵翻检，果真找出一首诗，朗朗地念起来：昨夜，起床小解／一阵雨点儿急行军般从小区驰过／女儿，梦游般突然坐起／喃喃了几句，复又睡去／粉嫩粉嫩的小脚，搁在我的肚子上／很轻，却比夜色还沉重……

李雪莲停止了修剪，愣愣地听着刘宣委念诗。粉嫩粉嫩的小脚丫，是刘宣委女儿的，也曾经是她李雪莲的。她不知道，自己粉嫩粉嫩的小脚丫是否在父亲的肚皮上搁置过。如果是，父亲看着她粉嫩粉嫩的小脚丫，是否也像诗里说的那样，比夜色还沉重。

李大姐，这是我写给女儿的。还可以么？

噢——李雪莲回过神儿来，弯下腰接着修剪花草，夸赞刘宣委，你是个好爸爸。

剪着剪着就到了王镇长办公室门前。正对着王镇长办公室门口的，是六七株牡丹组合在一起的牡丹群。它们是前年落户的，李雪莲用心最多。去年的五月份，它们大朵大朵地开，开得落落大方，丝毫没有小家子气。以粉红和粉白两种颜色，招惹得大院儿人，蝴蝶似的扑飞过来。今年，一定开得更旺的，是不是？李雪莲用手里的剪刀和牡丹群交谈。枝叶正逐日从纤瘦转向丰腴的牡丹，刷拉拉地回应李雪莲。

这时，梅梅副镇长从自己办公室出来，拐进了王镇长办公室。李雪莲注意到两个细节，一是梅梅副镇长没有敲门儿就进去了。二是，梅梅副镇长进去后，随手关上了门儿。而她李雪莲进去，不但要礼貌地敲门，门还要被王镇长敞开来。一个关门，一个敞门，不同的待遇，就因为一个是美丽的梅梅副镇长，一个是丑陋的女上访户？李雪莲无限怅惘。自从年前的那堂数学课，她再也没有进过王镇长的办公室，也再没谈起过房子的问题。两三个月的时间，她像冬眠的蛇一样，静静地蛰伏着，只等春风吹来的时刻。

那扇关闭的门儿，坚定了李雪莲内心的某个决定。

9

又到"下班"时间了。

李雪莲站在院子里，笑吟吟地送下班的人，挨着个和大家打招呼。送走了坐班车的，送走了开私家车的，最后一个送走了车牌号为津A5588的私家车。车子的主人经过她时，依旧减速摇下窗子玻璃，客客气气地告别，"李大姐，明儿见"。"明儿见"，李雪莲回应。

下班了，老太太。所有的程序结束了，李雪莲招呼旗杆下的老太太。和往日一样，一手撑着拐杖，一手牵着老太太，嗯嗯嗯嗯地踏上下班的路途。在两个人的身后，不远不近地跟着一辆车，驾驶车子的刘宣委把头从车窗里探出来，李大姐，上车我拉着你们。李雪莲没有回头，也没有应答，只顾和老太太走路说话。

老太太，一直往前走，别转弯，就会找到家的。知道？

知道。

过了这个小商店就到家了，小商店，记住了？

记住了。

老太太，我叫啥名呢？

忘了。

李雪莲，我叫李雪莲，重复一遍。

李雪莲。

好，不要忘了噢。

不忘。

你要是不记得我叫啥，就不给你讲故事了。再说一遍，我叫啥？

……

忘了。

李雪莲开心地大笑，你这个老太太，脑子坏掉了。老太太见李雪莲笑得如此开怀，也跟着嘿嘿地笑。后边的刘宣委戴着耳机，在和小女儿通电话。

把老太太送到家，李雪莲蹒跚向着自己的家而去。她坚持着不坐刘宣委的车，自己在前边蹒跚而行，车子在后边蜗牛似的尾随。天还大亮着，沿路的人都看到了这一风景。看到风景的人都认得著名的上访户李雪莲，爱说话的人就打趣李雪莲，李雪莲，有高级轿车咋不坐呢。李雪莲，又带保镖啦。李雪莲，这么嫩的小白脸，黑夜还不把他睡喽。李雪莲不急也不恼，她知道，老百姓很多话是说给车里人听的。

晚上，刘宣委吃了一张李雪莲烙的大饼后，靠在车子的座椅上玩手机，把他写的诗配上音乐录下来，在微信功能"这一刻的想法"上，写下"加班中，以这样的方式想念你，我的宝贝"，然后发在微信朋友圈里。时不时地，眼神穿透挡风玻璃，观察一下李雪莲家的动静。倒插的门儿，以及黑暗的窗子，和乡村的夜一样娴静。和他意愿中的一样，没有意外，特殊的日子正常行走。坚持到午夜十二点，替换他的人一来，难熬的加班就结束了。还好，还好，这样的加班一天补助三百块钱。当然，如果出现意外，补助不但泡汤，还要扣奖金的。看了一下朋友圈，朋友的点赞和评价正潮水般涌来。女儿，他的小女儿，是他在异地获取甜蜜的唯一来源。点赞和评价就是掌声，就是喝彩声，在一片静谧中响起来。刘宣委享受地笑了。

而此刻在对面的屋子里，李雪莲丝毫没有睡意。这么重要的一个夜晚，她怎么可能会睡去呢。静静地躺着，等候夜色从年轻变得苍老。车灯的光束，打在窗子上，映照出一条女人的身影。细看去，却是电影《我不是潘金莲》里的李雪莲，光影笼罩中的她，是仓皇的，也是勇敢的。刚刚摆脱了"上边"的围追堵截，疾走在进京的上访路上。她的步履铿锵，踏在窗棂上，发出咯噔咯噔的响声。咯噔声震耳欲聋，李雪莲不由得伸手捂住了两片耳朵。

我要死了，要死了。身旁的母亲发出梦呓，惊扰了咯噔声。再看，窗棂上疾步的人儿也消失了。李雪莲给母亲披了披被子，将母亲的一只手臂收拢进去。对不起……母亲又在梦呓里说。李雪莲的嘴巴蠕动了几下，她想说点什么，来应和母亲的梦呓。最终什么都没说出来，只让身子慢慢地贴向母亲，给被子里那具干枯的躯体，一个轻轻的拥抱。

然后，起身。准备实施某项重大的计划。

就在身子直起的那一瞬，李雪莲仅有的一束目光，逆着车灯的光芒而上，在光芒的尽头看到了一片风景。刘宣委坐在风景里，对着手机的一张脸，洋溢着浓艳的幸福。幸福上粘着蜜糖，而她的目光就像饿了一个世纪的小蜜蜂，落上去便是一通疯狂的餐食。好美，好甜，根本就停歇不下来。

粘着蜜糖的幸福，一定来自有着粉嫩粉嫩小脚的女儿。李雪莲想。

拥 抱 我

1

暖是一名职业拥抱师。

在冰城所有的拥抱师中，暖的身价最昂贵。这是无可争议的，不仅仅因为暖是冰城拥抱师的开山鼻祖，还因了暖有着独一无二的怀抱。暖的那一弯怀抱，会发散出淡淡的清香，那种清香没有人能形容，它有别于世上的任何香料和花草的气味。抑郁的，病痛的，孤独的，所有的恶性讯息，在一场以暖的怀抱为战场的战役里，很快便被异香逼迫得节节败退。作为敌手的异香，看似清淡温润，实则霸气锐利，蕴含了强悍的攻击力。

暖的怀抱让人迷醉。人们甘愿举着钱币，眼睛里闪耀着焦渴的光芒，对暖说，请拥抱我吧。

四十出头的暖不年轻，但也没到衰老的地步。容貌和她的年龄一样，不是特别漂亮，却也绝对不丑。如果她不是著名拥抱师，或将是芸芸众生中的一个，普通而又寻常。沙滩上的一粒沙子般，毫无与众不同之处。那弯迷人的怀抱自带光芒，给暖这粒沙子披上耀目的外衣，使她明显有别于其他的沙粒。这便是旁人眼里的暖。作为旁人的大众，愿意以仰望的姿态来看暖，他们早就忘记了当初对暖的诽谤，以及各种嘲笑。此刻，沐浴着秋天早晨的阳光，暖又出发了。

许是没有休息好的缘故，暖的眼睛有一点点浮肿。已经是冰城名人的暖，是在意自己形象的，她努力牵动嘴角，让微笑浮现出来，转移人们的注意力。这样的效果很好，小区里匆忙着去上班的人们，并没有发觉暖和往日有什么不同。其实，即便暖有什么不同，也和他们没有关系。只不过给大家留下一个悬念，看哪，这个靠拥抱别人挣钱的女人，肯定遭遇到不好的事情了。他们会猜测，身体上的，还是精神上的？暖不想授人以任何的把柄，一点点的负面消息都会影响她的声誉。她不能给那孩子留下丝毫的口实。昨晚的失眠，就因他而起。

出了小区，暖站在马路边等出租车。冰城很多人都知道，暖的拥抱是按分钟收费的，以暖的身价，完全可以自驾宝马级别的名贵车，再不就是有助理接送，才和她的名气匹配。暖却不是这样，在家和工作室两点之间二十分钟的车程，她靠公交车来完成。驾驭一辆机器需要耗费她宝贵的精气神，任何额外的耗损，对暖而言都是得不偿失的。坐在车上，暖可以选择彻底地放松身和心，还可以选择让思绪信马由缰。偶尔，遇到特殊情况，暖才会打出租去上班。这一刻，已经坐上出租车的暖，不想放纵自己的思绪，她怕那孩子又闯进来，进一步恶化她的情绪。恶情绪太浓重了，会让她失去掌控能力，影响工作质量。暖强迫自己不去想那孩子，让目光透过玻璃窗子，看街上的风景。低处，全是目光灼灼的人。他们仿若被什么无形的东西追打着，集中全部的力量朝前方奔突。红灯亮起来，影响了速度，他们会皱起眉头来。右转弯，骑电动车的人与开轿车的人互不礼让，削减了奔突的进程，向彼此投掷诅咒的眼神。

这是一些需要拥抱的人。暖很职业地想。

升起目光，暖捕捉高处的风景。暖吃惊地发现，路边银杏挂了一树又一树的金子。金子质地上乘，黄得投入且纯粹。它们的美如此地炫目，也是如此孤独，竟然少有人停下来看它们几眼。见终于有人类肯注视自己了，一树又一树的金黄有些激动，飘落的叶片在半空三百六十度优美地旋转。暖内心的某个部位一软，有了落泪的冲动。只是冲动，眼窝并没有真的湿润。它们多久没体验过潮湿的快感了，暖自己都记不清楚了。反正，很久很久了。

车程过了三分之二的时候，暖再次降下目光。在距离她的"拥抱我"工作室三分之一的路段中，连着有几家拥抱店铺。她每天都要经过它们，每一次经过，都会向它们投以注目礼。这些名字各异的拥抱店铺，皆为她的那片"拥抱我"的复制品。

它们门庭若市，客源不断，极大地满足了中低价位拥抱市场的需求，从一定程度上缓解了这座城市的焦虑。暖的注目礼与欣赏、高兴无关，更是和蔑视、不屑没有关联。它们于她而言，是一种提醒。

她的第一次。十年前的第一次。

2

让我抱抱你吧——她说。说完，她朝着他打开怀抱。而他，那个一直在颤抖的陌生青年男子，真的就填充到她的臂弯里。

那是怎样一个夜晚啊。暖从来没有防备过，从来没有预想过，她人生历史上最绝望的夜晚，会突然横陈在她的面前。她不知道该如何跨越它，换言之，她根本就没有能力来完成这个跨越。他曾经说过，她的怀抱是世界上最芳香的、最迷人的，他永远都不会离开。他说，"要你抱我一辈子"。他甜蜜话语的温度还在，人却走了，连头都没有回一下。他留下了她，留下了那孩子。一条河在冰城的内部缓步而行，暖坐在石头砌成的河坡上，从日落坐到星辰满天。是个深秋的季节，彻骨的凉趁机瓜分她身上仅有的几丝暖意，她竟然毫无察觉，只顾着和绝望缠绵。她太想被绝望彻底俘获，与眼前波澜不惊的河流达成永恒的结盟。然而，那孩子还那么小，她得承担起抚养和教育的责任。因此，她不能太过任性，必须与绝望保持适度的距离。但是啊，她的力量好弱，即便那孩子加入进来，也奈何不了深重的绝望。绝望是所有的美好、所有的期许合谋转化的结果。

陌生青年男子，就在她最艰难的时刻出现了。或许，他早就在视野之内了，只是她没有精力去发现。他好像很冷的样子，手臂环抱着双肩——颤抖。淡黄色的灯光，打在男子的侧脸上，剪辑出青春胡茬儿的局部。他开始往坡下走，保持着环抱双臂的动作。径直走到河边，站定了，他颤抖得更厉害了。他要干什么，跳河么？她看着他，忽然想，他要是跳河，自己去搭救，还是成全他？一阵风走过，慢性子的河流，有了几分的灵动，顽皮地将几朵浪花推到岸边。陌生的青年男子，下意识地往后退了几步。因他完全地背对了她，她无法再捕捉他的面部表情，她猜测，他一定是为自己刚才的后退行为感到羞耻，所以才又继续向前了。很遗憾，他的步态不是十分坚定，看来，又一个放不下牵挂的人。由于不够坚定，他抖动愈加激烈的身子宛如一条锯子，把她的目光割成碎片。

等一下——她对着陌生青年男子的背影高声喊道。她的声音很突兀，惊到了他，也惊到了她自己。

你是不是很冷？平静了一下，她问他。

他不说话。不点头，亦不摇头。用一张苍白的青春的狐疑的面孔对着她。他太年轻了，哪怕再强烈的颤抖与不坚定，都可以原谅。

然后，她就说了那句话——我想抱抱你，可以么？

她不知道他是否做了思想斗争，做了怎样的思想斗争，反正，他奔着她打开的怀抱而来了。一个被摧毁欲念的人，根本就不打算防备陌生的人和事物，那时的她，不也是这样的么。她臂弯里的颤抖，在开始的几分钟里，渐次地加速，制造了一个惊心动魄的高潮后，山体滑坡般地崩裂了。陌生的青年男子，动用灵魂完成了一场酣畅淋漓的哭泣，眼泪和鼻涕涂抹了她一身。她多么羡慕他，还能够如此畅快地哭泣。大略十分钟后，他在她怀里彻底安静下来，如同一只乖巧的小猫。就那样安静地拥抱着，他和她之间没有任何的语言。

分别时，他的脸色已经红润起来。大概想到自己之前的表现，他羞怯地说，姐姐，谢谢您的怀抱。不知道是不是为了掩盖羞怯，他竟然和她开了一句玩笑，我看您可以出售拥抱了，美国早就有这项服务，知道赫斯吧？她就是个了不起的拥抱师。说完，陌生男子和她道了别，消失在朦胧的堤顶路深处了。那是一个彼此拯救的夜晚。拥抱了负心汉以外的，与她没有血亲关系的男性，暖的心里升腾起报复式的快感。她的怀抱从此不再相信天长地久。

暖真的成了一名拥抱师，不断地去拥抱各种各样的人。她在拥抱中平衡自己，在拥抱中获得财富。改变她生活的，是那个陌生的青年男子。没有陌生青年男子，便没有她的第一次，也便没有后来的拥抱师身份。而她不当拥抱师，眼前这些拥抱店铺或许就不存在了。不光她，冰城所有的拥抱师，所有需要拥抱服务的人，都应该感念那个启蒙者。

到了，暖的工作室就在眼前了。工作室名字和暖的名字一样暖，牌匾上的"拥抱我"三个字，源自冰城一个国字号的书法家之手。三个字有着颜体风韵的同时，兼具与主人暖协调一致的气质，让需要拥抱的人莫名地觉得亲近。早有助理过来给暖开了玻璃门。暖进门的第一件事情就是，坐在椅子上，听助理给她汇报一天的工作安排。椅子身后，是个精致的书柜，书柜醒目的位置摆放着暖的新书。这本名为《拥抱我》的书，一经出版，就在书店和网上热销。短短十天，销量达百万册，创下了自媒体时代的销售神话。在近十年的拥抱生涯中，暖发明了近百种拥抱姿势，比如"双人单车"，比如"盖毯子"，等等。《拥抱我》既是暖的创业史，也是一本拥抱的百科全书。

算上眼前这个具有经纪人性质的助理，暖的工作室里一共有四名助理，都是比较年轻的女性。其他三名助理，扮演的是拥抱师的角色。现在的她们，已经开始在各自的工作间工作了。尽管提供的是一种商业行为的服务，但毕竟拥抱具有私密的特性，因此几个工作间是独立的。四个工作间，一个接待室，构成了"拥抱我"的格局。为了防止意外的发生，提供服务前，工作室会要求客人签订由律师拟定的约法三章。服务过程中，客人必须保持干净，有礼貌，衣着齐整。而且，每个工作间都安装有摄像头，如果服务的对象有小动作，身体出现生理反应，或者其他的越轨行为，将会立即停止服务。出现意外情况的，多发生在异性拥抱服务之间。拥抱的服务方式有两种，一种是客人来工作室，一种是上门服务。上门服务，客人提供的地点可以在电影院，可以在公园，也可以在家里。安全起见，拥抱师必须携带防身工具。

按照助理的安排，今天暖上门服务业务量比较多，第一个顾客，是一位老人。出于职业习惯，临出门儿，暖将防身工具携带上。

3

助理开车送暖。服务的地点在一所医院。拥抱服务是老人的儿子预订的，听助理说老人儿子是个民营企业家，把生意做到了德国。最近新并购了德国一家企业，诸事忙得不亦乐乎。听上去儿子好孝顺，百忙中不忘给住院的老子雇用了拥抱师。

老人需要拥抱的原因是躁动，因为什么躁动呢？马上要投入工作状态的暖，在赶往医院的路上，努力轰赶着脑子里滞留的恶劣情绪，把那孩子暂时清除出去，为即将开展的拥抱服务进行预热。长期的拥抱经验告诉暖，不能因为对方是个老人就可以松懈，你永远不知道会有什么突发情况。下意识地，暖摸了摸随身的防身工具。它在。

从什么时候开始携带防身工具呢，暖当然不会忘记，契机也是源自一位老人。在那之前，暖的警惕性几乎都来自年纪轻些的人。当刚刚有着一年多从业经历的暖，抱住需要服务的一具衰老的身体时，衰老的身体突然反手，将暖抱在怀里。同时，一张口气冒着腐朽气息的嘴巴，恶狠狠地盖在暖的唇上。遭到暖的激烈反抗后，从腐朽的嘴巴里喷出来一长串侮辱式的句子：啥拥抱师，不就是过去的妓女么，少在我这装纯洁。老爷子付钱，就得让老爷子玩高兴了……在提供拥抱服务之前，暖是做了详细调查的，他是从一个光鲜岗位上退休的老人，接连遭遇丧偶丧子等家庭变故后患了抑郁症。幸而那具身体过于腐朽了，才没有酿成严重的后果。但那件事情，给了暖很大教训，从此再不敢看轻任何一个服务对象。作为顾客的他们，充满了不确定的危险性。

我不要打针，不要吃药。不要，全部都不要……

还没踏进这所三甲医院最高级的家化病房，暖便看见一个枕头从敞开的门内飞了出来。已经称得上见多识广的暖，当家化病房的全景呈现在面前时，心里有了不动声色的震撼。它太不像病房了，完全是家居的模样，柔和的色调，别致精巧的布局，盎然的绿植。细看，与家居设置不太一样的是，一张双人床的不远处，安卧着一张单人床。暖推测，既然是家化病人，单人床应该是给陪伴病人的家属准备的。

屋里的女人，五十岁上下的年纪，立在大床旁边，看着床上一个情绪激动的老人，恭谦而又无可奈何。从中年女人的衣着和神态上判断，她应该不是老人的直系亲属，很像是雇工或是保姆。"老爷子，听话，就扎一下，一小下。"中年女人哀求老人。采指血的小护士，左手捏着消毒棉球儿，右手捏着采血针，等待老人随时伸过来的一枚无名指。"我数一二三，再不听话，就换一个扎针疼的人啦！"小护士下了最后通牒，开始细着嗓子，用哄小孩子的口气数一二三。最后的通牒，更加刺激了大床上的老人，已经没有枕头可扔的他，将两只手攥成紧紧的拳头，藏起全部的十根手指，吼着"你们总骗我，我才不上当"，额头青筋暴露地向后蹭。眼看身子到了床沿儿，就要跌落了。

暖几个步子，近了大床，用身体挡住老人。"乖，我们不扎针，去，你们都去。"暖大声斥责合起伙来扎针的人。

老人扭转头，看着微笑的暖洋洋的暖。在长达半分钟的审视里，老人眼底有了变化，紧张引起的激越慢慢地退潮，涌上来的是孩童式的委屈。委屈正是暖需要的，说明她被信任了。不怕，抱抱就好了。她适时地张开手臂。果然，老人顺从地被她环住。暖坐下来，使用她创造的百种拥抱方式中的"母子式"，手掌轻轻地拍打怀里的人。拍打很有节奏，无论是手劲儿还是频率，都刚刚好。控制节奏的，是发自内心的母性的爱。暖动情了，她恍惚觉得，怀里的是那孩子。没有长大的那孩子，那么依恋她的怀抱，每一个晚上都在她的拍打中入睡。

小姨，你是小姨么？

不是那孩子的声音。怀里的，是她服务的客人。此刻，这个非常衰老的人，正仰头看着她，两束纯粹的目光从浑浊的眼睛里发射出来，期待着她的答案。是，我是小姨。暖回答他。

乖孩子，听小姨说，你生病了，需要配合护士采血。小姨在身边陪着，不怕的。暖说着，又抬高了声调呵斥护士，轻着点儿，不许扎疼我们噢。护士赶紧应承着，保证不疼，不疼呢。老人真的很听暖的话，勇敢地伸出护士要的那根无名指，让护士顺利地采了血样。"小姨，我棒不棒？"他希望得到暖的表扬。

暖当然表扬了老人。她以为她的工作该告一段落了，尽管是按照分钟收取费用，付费方也不差钱，但暖是拒绝延长"母子式"拥抱服务的。它对她是个伤害，她总会想起那孩子。尤其是今天。"小姨，你给我讲故事好不好？"戴着一口漂亮假牙的老人，又提出了要求。天，那孩子小时也经常这样说，妈妈，你给我讲个故事好不好？暖的心跳突然加快，她是多么害怕接下来老人会说，小姨，咱今天就讲七个小矮人吧。这个故事是那孩子的，她已经很多年不去触碰它了。

　　小姨，要不还是我给你讲吧。怀抱里的老人忽然说。"好呀，小姨听你讲。"暖暗暗舒出一口气，继续向老人提供"母子式"拥抱服务。

　　老人的故事开始了。

4

　　老人的故事不长，却反复地讲。故事以及故事里的人物，像是从旧时的老上海长出来的。什么小姨，什么旗袍，都是故事的主角。后来，实在累得不行了，困得不行了，老人就反复叮嘱，叮嘱暖不要离开。"小姨，我给你准备了好多故事呢……"老人把未完的讲述噙在嘴巴里，在暖的怀里睡着了。睡相甜美而单纯。

　　把睡成婴儿的老人交给保姆（暖已经确定中年女人是保姆）照看后，暖的拥抱服务结束了。这是暖拥抱生涯中最漫长的一次服务，而且还是比较忌讳的"母子式"拥抱服务。暖从未有过的疲惫，她多想像这个老人一样，来一场婴儿式的甜蜜睡眠。可是不行，后边还有预订好的客户等着她。

车子上，有助理备好的快餐。原来，已经是中午了，暖却一点不觉得饥饿，食欲被"母子式"拥抱的疲惫侵占了大部分。余下的一部分，填充的则是未知的隐忧。暖害怕接下来的拥抱服务，还会出现什么母子式。今天，太特别了，大洋彼岸的那孩子居然……她确信，哪怕再有一例"母子式"服务，她肯定崩塌无疑。是啊，那孩子怎么就说了那句话呢。"我不想回中国了"是什么意思啊，那孩子准备一辈子都不原谅她，是么？她要怎么跟那孩子解释，自己无法舍弃拥抱工作，缘于对抛弃他们母子的那个男人的报复，已经所剩无几了。她需要拥抱带来的可观效益，给那孩子最好的教育，最光明的前程。

暖的身体开始微微颤抖，她情不自禁打开双臂，用双臂环抱住自己。这是一个无助人才有的下意识动作。助理从反光镜中看了暖一眼，谨慎地问她，您没事吧？暖这才意识到自己失态了，再一次向自己发出严厉的警告，打起精神来，应对一拨接着一拨的拥抱工作。

5

绝对是一拨接着一拨。

万幸的是，在下午连着几拨的顾客中，所需的服务方式并没有母子式的。客户 A 是一名高管。在拥抱前，暖和他坐在一家咖啡厅里，边喝咖啡边聊天。喝咖啡是拥抱服务的前奏，暖把它写进了《拥抱我》这本书。在公共场合里，一杯咖啡的工夫，客人所需的拥抱方式，眼神和骨子里有无杂念，拥抱师都会摸得清清楚楚，这样会提升服务过程中的安全系数。一旦发现异常，拥抱师会拒绝提供拥抱服务。客户 A 无论从衣着上，还是从气场上，百分百成功人士的标配。但是身经百战的暖，却从他外在的咄咄逼人中，看出了破绽。他所有的虚弱都隐蔽在强势身后，它们长有尖锐的牙齿，得意洋洋地啃噬着前边的强势。从表面看，强势依旧是强势，实际上早就被"虚弱"给掏空了。强势不过是在假装，作为门面的它，不能轻易倒下。

这就好，暖可以对症拥抱了。转换了场所后，暖播放了英国乐手菲尔·柯林斯的歌。伴着歌声，暖的"盖毯子"式服务开始了。她像一条毯子般，盖在客户 A 身上，头枕在客户 A 的肩膀上。音乐，奇异的清香，缓缓地输送进客户 A 的身体与精神内层。两三分钟后，暖怀抱里僵硬的强势有了感觉，开始变得松弛和柔软。客户 A 享受地闭着眼睛，辨别度不是特别清晰的喃喃低语，从他的嘴巴里发出来。"时间到了。"客户 A 睁开眼睛，之前隐秘的随时来掏空身体的"虚弱"不见了。起码是暂时不见了。

暂时的，就可以了。不可能一抱便是永逸了。高管下面的客户有些与众不同，是一个群体。暖对他们的个体印象非常模糊，她记得他们是体制内的人，每月拿着稳定的薪水。但是他们有着严重的睡眠障碍，所有的安眠药都帮不上忙，前几天有一人选择了自杀，从单位的十三楼跳了下去。睡眠问题一下子被前所未有地重视起来，单位集中组织了这次的拥抱服务。被某个什么负责人牵引着，暖一个办公室一个办公室地走过，挨个儿地拥抱。每个人的拥抱时间是均等的，不能超过两分钟。暖为其中一个人提供服务时，同办公室的人在旁边等候着。"你多了五秒钟，多出来的时间自己掏钱！"脸上刚刚有了几丝红晕的被服务者，面对同事的斥责，极度地不满，当着暖的面和斥责者口角起来。红晕褪去，面色重新变得苍白。

这样会影响拥抱效果的！暖不得不厉声向他们发出警告。暖还记得，这个群体的拥抱时间是分档次的，从两分钟到十分钟不等。享受最长十分钟的那个人，当然是单位的最高层领导。他开始是推诿的、拒绝的，他说这项服务是提供给大家的。在带领暖的那个负责人的坚持下，才无奈地接受了拥抱服务。那具身子被暖拥抱住时，暖发现，他才是整个集体中最需要抚慰的。

最后一个客户是位癌症患者。他不是非常衰老，却瘦弱得厉害，只有六七十斤的样子。看上去已经到了生命的尾声，暖的怀抱让他的疼痛有所缓解，难得地安静了片刻。拥抱完了癌症患者，天已经黑了。从高管到癌症患者，在暖采用的各种拥抱方式中，没再出现让暖心有余悸的母子式。也正是如此，暖才硬撑着完成了密集的拥抱，没有在工作中出现明显的失误。虽然失误不明显，客户也没看出来有什么不对，但暖自己知道，她其实是有欠缺的。拥抱癌症患者时，她本可以向对方传递更多的暖意，使她的拥抱不那么职业化。那一刻的她，像见多了生死的外科医生，在病人面前能够做到动技术不动心了。

是她实在没有气力了。

暖不打算再回到"拥抱我"工作室，准备提前结束一天的工作。她让助理开车先走，到工作室处理一下相关事宜，再挨家给其他拥抱店铺的拥抱师打个电话，告诉大家今晚不要过来了。看着助理的车子绝尘而去，几乎一天没有进食的暖，沿着马路缓步而行。她不知道自己要去哪里，这一刻，想做的就是没有目的地行走。通信工具，已经在助理离去后被她关掉了。她明白，如果不关掉，那些拥抱店铺的拥抱师，非把它打爆了不可。

每天的这个钟点，是暖为拥抱师们提供服务的时间。这是每天最后一道服务，拥抱完了她们，"拥抱我"才打烊关门儿。拥抱师们为什么也需要拥抱服务呢？因为一天的拥抱服务下来，拥抱师从客户那里积攒了很多糟糕的情绪，她们需要排解，才能平衡自己的心态，为下一个工作日提供充足的身体与精神上的保障。暖是拥抱师的鼻祖，拥有最迷人的怀抱，从三四年前开始，她就成了拥抱师们固定的排解对象。开始，有男朋友的女拥抱师，会选择男朋友的怀抱。这样做是有风险的，没有哪个男朋友是钢铁战士，可以在漫长的时间里被磨损。经历了被男朋友分手的教训后，女拥抱师加入到了向暖求助的拥抱师队伍。

今夜，一具具带毒的身子，将如何排空，暖管不了那么多了。

6

　　她是拥抱师们劳作一天的那份慰藉。那么，谁是她的安慰呢。她也需要排解，需要负能量的减压。在一个又一个孤独的夜晚，她朝着那孩子的照片打开怀抱，然后，双臂紧紧地闭拢，环抱住那孩子。她不忍心把负能量传递给那孩子，但是怀抱里的那孩子会给她力量，以及对未来持有的希望。她的希望是什么呢？那孩子终有一天会懂她，从大洋彼岸回来，奔向她的怀抱，让她好好地享受一回久违的真正的母子式拥抱。

　　她做拥抱师不到一年，那孩子知道了她的职业，从此不再接受她作为母亲的拥抱，要挟她终止拥抱生涯。在那孩子看来，拥抱不可以随便给别人的，尤其是在各种嘲笑奚落的助推下，他甚至认为她的拥抱服务是不可告人的。她用事实证明，拥抱师是伟大的，是纯洁的，冰城人越来越依赖拥抱服务。而那孩子，却依旧没有释怀。她用拥抱师的收入，给那孩子提供了优质的教育环境，把那孩子送到国外去读书。她相信，随着那孩子的成长，一定会有所转变。

　　那孩子的转变，是她的希望。每晚她都把希望抱在怀里，给自己补充前行的动力。然而，那孩子举起利刃，把她的希望斩断了。她该怎么办？

　　暖的脚踩在落叶上，制造出连绵不断的碎裂声。

　　妈妈，别踩它们，它们肯定会很疼……只有四岁的那孩子说。

暖就拿出了十二分的小心，尽量不去伤害任何一片落叶。那孩子四岁时，暖的家非常幸福，她飘散着清香的怀抱，还只属于家里的两个一大一小两个男人。幸福的她，听到那孩子如此同情落叶，差点没掉下眼泪来。她被那孩子童真的爱心深深地感动了。

那孩子，那孩子……她一喊"那孩子"，那孩子便咯咯地笑，露出来一嘴巴的龋齿。

"那孩子！"暖情不自禁地轻唤。

咯咯咯，咯咯咯。一阵清脆的笑声，传进暖的耳朵里。暖吓了一跳，以为自己出现了幻听。清脆的咯咯咯还在继续，暖逆着笑声追寻而去，目光穿越路边一个宅院的铁栅栏墙，撞见一个顶多五六岁的小男孩。咯咯咯的笑声正是发自小男孩。小男孩为什么发笑呢，原来他的左手战胜了右手。橘红色的路灯光影下，小男孩再一次弯腰，从地上的法桐落叶里，挑选出两枚他中意的，一枚给左手，一枚给右手。左手和右手的比赛开始了：左手落叶的叶柄，套进右手落叶的叶柄，左右手同时用力，看哪只手上的叶柄更有韧劲，把对手给拉断。结果，左手又赢了。小男孩举起胜利的左手，又咯咯咯地笑。

暖也笑了。多么熟悉的游戏，她也玩过。不过不是自己，是和那孩子一起玩。她总是故意输给那孩子，找来韧性不是很强的叶柄比赛，赢了的那孩子好开心，咯咯咯地笑啊笑啊。

那孩子，我的那孩子。暖蹲下来，从地上挑选出几枚落叶，举着，奔向铁栅栏墙。"小朋友，我想和你比赛，可以么？"暖充满期待地问小男孩。见有人愿意参与到自己的游戏中来，小男孩也兴奋了，他让暖等他一等，要好好找几个作战武器。"我这里有，用我的吧。"暖将带着叶片的叶柄，从铁栅栏的缝隙伸过去，让小男孩挑选。

我们开始吧。很快，小男孩就选好了作战武器。

既然是比赛，就要立一个规矩，胜利的一方要得到奖励才行。暖提出了要求。

哇，还有奖励啊，什么好东东？小男孩居然一副萌萌的网络腔调。这是一个长着双眼皮大眼睛的小家伙，和那孩子一样。"奖励给胜利一方一个大大的拥抱，好不好？"暖用手臂做了一个拥抱的姿势。

抱就抱。来！

暖假装摩拳擦掌，挑选最厉害的迎战武器。隔着铁栅栏，他们定下三局两胜，头一局暖败了。在暖的顿足捶胸、小男孩咯咯咯的笑声营造的比拼氛围中，暖再一次败北。好吧，好吧，愿赌服输。作为失败者的暖，准备奖励胜利者一个大大的拥抱了。身体贴紧了冰凉的栅栏，以便双臂充分地伸过去。这个拥抱等得好久哦，暖的心跳加快，血液急速奔流，两条最大限度打开的手臂，在半空中幸福得发抖。许多年没被滋润过的泪腺，此时极度地充盈，泪水就要喷薄而出了。

来吧，那孩子。